文章自在

張大春

目次

序

文章自在

從比較嚴格的意義上說，我從來沒有出版過一本「散文集」，過往紙本媒體通行而發達的時代，絕大部分非虛構的文章隨寫隨刊，手邊不留底稿，也不以為這些東西有甚麼結集保存甚至流傳的價值。二〇〇三年之後開始用電腦寫作，一鍵輕敲，百篇庋藏，都在硬碟文檔之中，偶爾對屏捲看。不讀則已，一讀就想改；一改輒不能罷休，幾乎除舊佈新。也因之暗自慶幸：好在當時沒有出書！在我的電腦裡，絕大部分的散文稿都集中在一個檔名之下：「藏天下錄」。

這就讓我想起一則九百年前改文章的老故事。南宋宰輔晏敦復是大詞人晏殊的曾孫、晏幾道的侄孫，可見傳家文氣，累世風流。有一次晏敦復為某一同朝仕宦作墓誌銘，作完了拿給另一位詞家朱敦儒過目，朱敦儒閱後道：「甚妙，但似欠四字，然不敢以告。」晏敦復苦苦相求，朱敦儒才指著文章裡的一句：「有文集十卷」說：「此處欠。」晏敦復又問：「欠甚麼呢？」朱敦儒道：「欠『不行於世』四字。」晏敦復明白了，他沒有完全依照老朋友的指示修改，仍遵其意，添了「藏於家」三個字。

朱敦儒改晏敦復的文章，是「修辭立其誠」的用意。即使死者為大，也不應當予以過當的稱許。文集十卷固然堪說是「立言」了，然而既未獲刊行，便不可藉模糊之語謬讚。十卷文集之不得行於世，表示此人的文章尚未獲公認，這就涉及作墓誌者一言褒貶的文德。晏敦復大約還是不忍道破，遂宛轉以「藏於家」來取代「不行於世」；既不失實，也保全了亡者顏面，如此修改，是小文章裡的大判斷。

然而，我畢竟還是把應該「藏於家」的一部分文字翻檢出來，例以示法，針對的是那些和我自己的孩子差不多年紀、一樣處境、苦於命題考作文的青少年，只為了說明一個概念，那就是「寫文章，不搞作文」。

由考試領導的教育是多方面的。在每一個學科、每一個領域的教學現場，老師們都有不得不逐潮而去、恐後爭先、而徒呼負負的感慨。作文當然也是如此。你可以說：本來文章無法，可是一考就考出了拘縶文詞之法。你也可以說：本來文章有法，可是真正讓文章有妙趣、有神采、有特色、有風格的法，非但不能經由考試鑒別；也不能經由應付考試的練習而培養。

於是學子所能悟者，反而是最惡劣的一種心思，以為寫文章就是藉巧言、說假話，「修辭敗其誠」。其上焉者多背誦一些能夠廣泛發揮的銘言事典，臨考時兵來將擋，水來將也擋；中焉者多援引幾句爛熟於胸的俗諺成語，臨考時張冠李戴，李冠張也戴。下焉者只好閒話兩句，「匆匆不及草書」，順便問候批改老師：「您實在辛苦了！」無論何者，面對考題，只能順藤摸瓜，捕捉出題人的用意，趨赴而爭鳴。國人多以中文系所、復獻身教育的先生們會寫文章，自然也知道如何教文章。事實卻非如此。大部分的教育工作者並不寫文章，但是所有的國文科教師都必須隨時教作文、考作文、改作文。我們的教育主管當局只好辯稱：作文是訓練基本表達能力，不是培養專業作家。而我卻要說：如果不能以寫文章的抱負和期許來鍛鍊作文，不過就是取法呼下而不知伊於胡底，到頭來我們所接收的成果就是一代人感慨下一代人的思想空疏、語言乏味、見識淺薄。

今天自以為身處新時代進步社會的我們每每取喻「八股」二字以諷作文考試。殊不知眼前的考作文還遠不如舊日的考八股——因為八股講究的義法，還能引發、誘導並鍛鍊作文章的人操縱文氣，離合章句；條陳縷析，辨事知理。而當前的各級升學作文考試，卻由於不只一代的大人普遍不會寫文章、教文章，而任令中文系所出身的學者，運用文法學、修辭學上極其有限的概念，設局命題，制訂評分標準，刻舟求劍，膠柱鼓瑟，更進一步將寫文章美好、活潑以及啟發思維的趣味完全抹煞。達官顯貴一至於販夫走卒，在這一點上倒是齊頭立足皆平等：不會作文章而乃不知如何表達，遂成舉國累世之共業。

有文藏於家，時或欠公德。畢竟我眼裡還看著：年復一年、有如必要之惡、不得不為之的各種作文考試依舊行之如儀；而舉目多有、也只能聽任其各申己說，致使作文不斷公式化、教條化的補習教育也依舊大興其道。實難想像：這樣的環境和條件，大概除了等待天才如果陀、卻永無可期之外，安能啟迪造就願意獨立思辨且樂於真誠書寫的人們？就一個寫了四十多年、自負各體文章無不能應心試手的我來說，是可忍而孰不可忍？即使自私地從一職業作家的角度來說：一代又一代，不能識我之文的人愈來愈多，能夠體會我意的人愈來愈少，也著實大不利己。

於是搜篇發篋，檢點篇什，編而輯之。在這本書裡，除了序文之外，還包括概論三篇，引文三十四篇、例文四十篇，兼收蘇洵、魯迅、胡適、梁實秋、林今開、毛尖等古今諸家文各一篇，以及跋文、附錄各一。

小子何莫學夫散文？即使一生儘寫一部書，而不行於世，但能博得三數學子青眼，以為比課本講義教材評量等物有趣，便值得了。是為序。

第一部分

語言美好

我在小學五年級遇到了俞敏之老師。俞老師教國文，也是班導，辦公桌就在課室後面，她偶爾會坐在那兒抽沒有濾嘴的香菸，夾菸的手指黃黃的。坐在俞老師對面的，是另一位教數學的班導劉美蓉。劉老師在那一年還懷著孕——我對她的記憶不多，似乎總是在俞老師的煙霧中改考卷、以及拿大板子抽打我們的手掌心。

俞老師也打人，不過不用大板子，她的兵器是一根較細的藤條；有的時候抽抽屁股，有的時候抽抽小腿，點到為止。那一年九年國教的政策定案，初中聯考廢止，對我們而言，風中傳來的消息就是一句話：比我們高一班的學長們都毋須聯考就可以進入「國民中學」了。而俞老師卻神色凝重地告訴我們：「你們如果掉以輕心，就『下去』了！」

五年級正式開課之前的暑假裏，學校還是依往例舉辦暑修，教習珠算、作文，還有大段時間的體育課。俞老師使用的課本很特別，是一本有如小說的兒童讀物，國語日報出版，童書作家蘇尚耀寫的《好孩子生活週記》。兩年以後我考進另一所私立初中，才發現蘇尚耀也是一位老師，教的也是國文，長年穿著或深藍、或土綠的中山裝，他也在辦公室裏抽沒有濾嘴的香菸，手指也是黃黃的。

我初見蘇老師，是在中學的校長室裏。那是我和另一位女同學沈冬獲派參加臺北市國中生作文比賽。行前，校長指定高年級的國文老師來為我們「指導一下」。蘇老師點了一支菸，摘下老花眼鏡端端正正插在胸前的口袋裏，問了兩句話，也一口浙江腔：「你們除了讀課本，還讀些甚麼書啊？除了寫作文，還寫過甚麼東西啊？」

我在那一刻想起了俞老師，想起了《好孩子生活週記》，想起了小學課堂上煙霧繚繞的日子，但是我連一句話都沒來得及回答——蘇老師沒讓我們說話——他自己回答了：「我想是沒有的！」

在校長室裏，蘇老師並沒有提供甚麼作文功法、修辭秘笈，只是不斷地提醒：要多多替校刊寫稿子，「寫甚麼都可以，就是不要寫作文。」至於我們所關心的比賽，他也只是強調：「參加了就是參加了，得名不得名只是運氣，不必在意。」

我和沈冬運氣不錯，拿了個全市第一。至於為甚麼說「我和沈冬」呢？得名的雖然是我，可是我一直認為，臨場慌急匆忙，忘了檢查座位，很可能我們調換了號次，錯坐彼此的位子。因為我深深相信：自己寫的那篇文章實在是爛到不可能拿任何名次的。然而市府和學校畢竟都頒發了獎勵，我只能把獎品推讓給沈冬，至於注記了我的姓名的獎狀，則收了壓抽屜。從此我對蘇老師那運氣之說深信不疑，若非如此，我還實在無法面對竊取他人名譽這件事。

蘇老師卻從此成為我私心傾慕的偶像。每當我在校園裏、走廊上看他抱著課本踽踽獨行，就會想起他的話：「寫甚麼都可以，就是不要寫作文。」話裏好像有一種很宏大的鼓勵。我的確開始給每月發行的報紙型校刊投稿，每月一篇，一篇稿費十五塊錢；有的時候，一個月甚至可以領到三十塊。每個月都和我一起領稿費的，是另一位女同學，叫黃慶綺。後來她有了很多筆名，有時候叫童大龍、有時候叫李格悌、有時候叫夏宇——是的，就是那位風格獨具而廣受各方讀者敬重的詩人。據我所知，她也沒有代表過任何學校參加作文比賽。

非但寫稿寫得勤，我還央求父親多買些東方出版社少年文庫的書回來，父親起初不同意，他認為那都是小學生的讀物，字邊都還帶著注音符號的。我都上中學了，怎麼回頭看「小人兒書」呢？我說：我要看的那些，都是我的老師寫的。

其實不是。他大部分的出版品都是改寫故紙之作。從《孔子》到《諸葛亮》，從《班超》到《鄭和》，以中國歷史名人的傳記為主，也有像《東周列國志》、《聊齋誌異》或《大明英烈傳》之類的古典小說。我曾經非常熟悉的《好孩子生活週記》裏那個充滿現實小康家庭生活細節與倫理教訓的世界不見了，彷彿他從來沒有塑造過那樣的一家人、那樣的一個小學時代。蘇老師後來更多的作品，是把無論多長多短的古典材料修剪或補充成一個獨立完整的中篇故事，總是以主人翁人格上的特色為核心，洋溢著激勵人情志風骨的趣味。

在一篇改編自《聊齋‧陸判》的故事裏，有這樣的段落：「朱爾旦立刻跳起來叫著說：『唉呀！我完了！昨晚我冒犯了他，今天他問罪來了！』那判官卻從大鬍子裏發出聲音來說：『不，不！昨天承你好意相邀，今晚有空，特地赴約來的。』」

其中「那判官卻從大鬍子裏發出聲音」既俏皮、又驚悚，令人印象深刻。多年以後我對照原文，才知道原本蒲松齡的文字是這樣的：「判啟濃髯微笑曰」。蘇老師省略了「微笑」，因為在生動地表現大鬍子裏發出的聲音之後，再去表達微笑，就會顯得冗贅；為了微笑而不那樣改寫的話，又無從承接前述朱爾旦的恐懼之情。

在《大明英烈傳》裏，也有匠心獨具的發明痕跡。原著第七十八回〈皇帝廟祭祀先皇〉，說劉基（伯溫）聽見朱元璋咒罵漢代的張良：「不能致君為堯舜，又不能保救功臣，使彼死不瞑目，千載遺恨。你又棄職歸山，來何意、去何意也？」

原本朱元璋一路大用劉基，常常稱許他「吾之相，誠無逾先生」、「吾子房也」，如今指著和尚罵賊禿，其疏賤之心可知，劉基就堅持告病還鄉了。可是在蘇老師改寫的版本裏，橫空多出一段，描寫劉基的老朋友宋濂前來送別，還問他：

「只是你走了以後，我可寂寞呀！你看我應當怎樣做呢？」

「你是一個純良的讀書人，工作也很單純，仍舊做你的官，寫你的文章好了。」

這樣一段老朋友的際會，非徒不見於《大明英烈傳》，亦不見於《明史》，顯然是蘇老師別有領悟，而劉基對於宋濂的勉勵，又何嘗不是蘇老師對於少年讀者的提醒呢？關鍵字：純良、單純、讀書、寫文章；讀書，寫文章。

而不是寫作文。

但是請容我回頭從寫作文說起。

除了指斥作文中的缺陷，俞敏之老師教書通常都流露著一種「吉人辭寡」的風度。她平時說話扼要明朗，句短意白，從未賣弄過幾十年後非常流行的那些「修辭法則」，也沒有倡導過「如何將作文提升到六級分」的諸般公式。印象中，她最常鼓勵我們多認識成語，不是為了把成語寫進作文，而是因為成語裏面常常「藏著故事」。但是一旦罵上了人，話就無消無歇、無休無止、綿綿無絕期了。我甚至覺得：若不是因為在拈出壞作文時可以痛快罵人，她可能根本不願意上這堂課呢。

有一回我在一篇作文裏用了「載欣載奔」的成語，俞老師給劃了個大紅叉，說：「怕人家不知道你讀過陶淵明嗎？」、「讀過陶淵明就要隨手拿人家的東西嗎？」、「人家的東西拿來你家放著你也不看一眼合不合適嗎？」

直到我活到了當年俞老師那樣的年紀，已經健忘得一塌糊塗，是在甚麼樣的上下文聯繫之間用了這個成語，已經不能想起。只依稀記得有兩個穿著蓑衣在雨中奔跑的農夫——說不定也只是一則簡短的看圖說故事吧？

但是俞老師足足罵掉我一整節的下課時間，必然有她的道理。她強調的是文言語感和白話語感的融合。同樣是「載……載……」我們在使用「載歌載舞」的時候或許不會感到突兀；而用「載欣載奔」形容高興奔跑，卻難掩那雅不可耐的彆扭。

五年級下學期的某次月考，俞老師出了個作文題：〈放學後〉。我得到的等第是「丙」。非但成績空前地差，在發還作文簿的時候，俞老師還特地用我的那一篇當反面教材，聲色俱厲，顯得浙江鄉音更濃重：「第一行跟第二行，意思差個十萬八千里，翻甚麼鬼筋斗啊？」

我的第一行寫的是四個字、四個標點符號：「打啊！殺啊！」——這當然是指放學之後校車上最常聽見的打鬧聲。之後的第二行，另起一段，第一句如此寫道：「我是坐校車上下學的……」

俞老師搖晃著我的作文簿，接著再罵：「打啊殺啊跟你坐校車有甚麼關係？文從字順是甚麼意思你不懂嗎？上面一個字跟下面一個字可以沒關係嘛，上面一個詞跟下面一個詞也可以沒關係嘛，上面一句話跟下面一句話也可以沒關係嘛，上面一段文章和下面一段文章也可以沒關係嘛！」——你已經聽出來了，老太太說的是反話！接著，隔了五六個同學，她把作文簿扔過來了，全班同學一時俱回頭，都知道是我寫的了。他們當然也都立刻明白：俞老師是因為失望而生氣的。

「我看你是要下去了！」她說。

從俞老師帳下，一直到高三，前後八年，教過我國文的還有孫硯方老師、陳翠香老師、申伯楷老師、林學禮老師、胡達霄老師、魏開瑜老師；幾乎每一位國文老師都當堂朗讀過我的作文。那些一時為老師激賞、同學讚歎的東西究竟是些甚麼東西？我連一句、一字都記不得了，五十年春秋華髮到如今，印象深刻的偏只「載欣載奔」和〈放學後〉那蹩腳的起手式。兩番痛切的斥責，則字字灌耳，不敢或忘。想來興許有些沉重，卻在我成為專職寫作之人的時候，時刻作用著。無論我日後寫甚麼、也無論使用甚麼書寫工具，時刻在我眼前浮起的，總是米黃色打著綠格子的摺頁毛邊紙，也總是那濃重的浙江腔的提醒：「上面一段和下面一段……」

說得雅馴一點，俞老師講究的就是語感協調、結構嚴密，但是教人寫作，雅馴之言雖簡明扼要，卻顯得空洞、飄忽。我很慶幸，在我求學的過程裏，那麼些老師裏面沒有一個教我甚麼是類疊法？甚麼是排比法？甚麼是映襯法？他們只要帶著飽滿的情感朗誦課文，在上下文相互呼應之際，遞出一個心領神會的眼神，就足以讓學子體會：甚麼是語言的美好。

初中畢業前夕，高中聯考在即，卻由於不大受管束，又浮盪著那種不知道哪天就再也不會踏進校門的惆悵情緒，我們在校園各個角落裏尋找著偷看了三年的女生班同學。有的拿出紀念冊，要個題款或贈言；有的伺機遞上自覺帥氣的照片，要求交換留影。我則帶著那本珍藏了五年的《好孩子生活週記》，在理化教室旁的樓梯上攔住了蘇尚耀老師，請他給簽個名。他從中山裝胸前的口袋裏拔出老花鏡戴上，工整地簽下了名字。我問他：「為甚麼老師說：『寫甚麼都可以，就是不要寫作文』？」

他乍沒聽清，我又問了一次，他沉吟了一會兒，才說：「作文是人家給你出題目；真正寫文章，是自己找題目；還不要找人家寫的題目。」

我是在那一刻，感覺小學、中學一起畢了業。

文章意思

做為一個現代語詞，「作文」二字就是練習寫文章的意思。練習是一種手段，必須有目的，而且最好是明確的目的。十八歲以下的青少年不得不寫作文，目的是在升學考試拿高分、進名校。這個目的相當明確，可是人人沒把握，老古人早說了：「不願文章高天下，但願文章中試官。」誰知道批改作文的試官是怎麼看待一篇文章的好壞呢？於是，原本明確的目的變得模糊，練習寫文章多少帶有試運氣的成分，這也是老古人面對考試結果時早就流傳的無奈結論：「一命二運三風水，四積陰功五讀書。」到頭來，關於文章本身的意義和價值反而無人聞問，大凡是捨筏登岸、過河拆橋，又是老古人教訓過的話：「先考功名，再做學問。」

面對惶惶不可終日的考生及家長，我總想說：如果把文章和作文根本看成兩件事，文章能作得，何愁作文不能取高分呢？以考試取人才是中國人沿襲了一千多年的老制度，以考試拚機會更是這老制度轉植增生的餘毒，既然不能迴避，只能戮力向前，而且非另闢蹊徑不可。

說得再明白一點：寫文章，不要搞作文。

那麼，請容我就幾個古人的故事來說說這文章的作法。他們是：洪邁、蘇東坡、葛延之。

洪邁是南宋時代的博物學者、文章家，也是一代名臣。他的《夷堅志》、《容齋隨筆》至今還是文史學者極為重視的珍貴材料。相傳他「幼讀書日數千言，一過目輒不忘，博極載籍，雖稗官虞初，釋老傍行，靡不涉獵。」這段話裏的「稗官虞初」，就是小說雜文——甚至可以看成是與科舉作文無關的娛樂文字了。

這樣一個人，在他的精力才思、知能智慮邁向顛峰的四十五歲左右，擔任起居郎、中書舍人、兼侍讀官，日日在學士院待命，替皇帝草擬詔書。有那麼一天，也不知道是甚麼緣故，要草擬的文告特別多，不斷有上命遞交，自晨過午，已經寫了二十多封詔書。

完工之後，他到學士院的小庭園裏活動一下筋骨，不期然遇見了一個八十多歲的老人，攀談之下，發現對方出身京師，為世襲老吏，一向在學士院處理庶務，年輕的時候，還曾經見蘇東坡那一代早已作古的知名文士。多年供職下來，如今子孫也承襲了他的職掌，自己已經退休，在院中宿舍清閒養老。

洪邁一聽說老人見過大名鼎鼎的蘇學士，不覺精神一抖擻，把自己一天之內完成二十多封詔書的成績顯擺一通，老人稱讚著說：「學士才思敏速，真不多見。」洪邁還不罷休，忍不住得意地問：「蘇學士想亦不過如此速耳？」他沒有想到，老人的答覆如此：「蘇學士敏速亦不過此，但不曾檢閱書冊。」也就是說：當年蘇東坡寫文章是不翻閱參考書的。這一則筆記最後說：洪邁聽了老人的話之後，為自己的孟浪自喜而慚愧不已。

這故事的教訓，難道是說一個文章寫得好的人，必須腹笥寬廣、博聞強記，把四書五經之語、諸子百家之言，都塞進腦殼，隨用隨取，才足以言文章嗎？看來未必，因為蘇東坡自己說過，文章該怎麼寫，才寫得好。

在先前提到的《容齋隨筆》、以及其他像《梁溪漫志》、《韻語陽秋》、《宋稗類鈔》之類的筆記上，還有一則記載，說的是蘇東坡被一貶再貶，最後被放逐到海南島的儋耳。當時，已經名滿天下的「蘇學士」有一個大粉絲，叫葛延之，是江陰地方人。他聽說蘇東坡遭到流放，便一路追蹤，自鄉縣所在之地，不遠萬里而來到儋耳，和他心目中的偶像盤桓了一個月左右。其間，葛延之向大文豪「請作文之法」。蘇東坡是這樣說的：「你看這儋州地方，不過是幾百戶聚居人家，居民之所需，從市集上都可以取得，可卻不能白拿，必然要用一樣東西去攝來，然後物資才能為己所用。所謂的『一樣東西』，不就是錢嗎？作文也是這樣的——」

接下來，我們看筆記所載，蘇東坡原話是這樣說的：

天下之事，散在經、子、史中，不可徒使，必得一物以攝之，然後為己用。所謂一物者，意是也。不得錢不可以取物，不得意不可以用事，此作文之要也。

葛延之拜領了教訓，把這話寫在衣帶上。據說，他在那一段居留於儋耳的時日裏親手製作小工藝品做為答謝，那是一頂用龜殼打造的小冠，蘇東坡收下了，還回贈了一首詩，詩是這麼寫的：

南海神龜三千歲，兆葉朋從生慶喜。

智能周物不周身，未死人鑽七十二。
誰能用爾作小冠，岣嶁耳孫創其制。
今君此去寧復來，欲慰相思時整視。

這首詩不見於《東坡集》，依然可見學士風骨，尤其是「智能周物不周身，未死人鑽七十二」，這兩句話——用蘇東坡關於作文先立其意的論述來說——應該就是全篇根柢，他一定看出葛延之苦學實行，然而未必有甚麼才華天分，於是以自己為反諷教材，慨嘆智慮再高，也未必足以保身；有時甚至正因為露才揚己，反而落得百孔千瘡。對於一個憨厚樸實、渴求文采之人而言，這真是深刻的勉勵與祝福了。

文章裏面該有些甚麼意思才作得好？此處之求好，畢竟不是為了求取高分，而高分自然寓焉。好文章是從對於天地人事的體會中來；而體會，恰像是一個逛市集的人打從自己口袋裏掏出來買東西的錢。如何累積逛市集的資本，可能要遠比巴望著他人的口袋實在。

寫好玩的

中小學教學現場一直有一個說法（我忍住不用「迷思」二字）：不考作文就沒辦法教寫作文。坦白說：我不相信這一點。因為這個說法無法解釋孩子在聯考時代到會考時代從來不考玩耍，可是一樣愛玩耍；不考滑手機，可是一樣愛滑手機。

考作文之「理據」看起來是消極性的——也就是說：當教學手段無法激發學習興趣的時候，就乾脆不去激發興趣，而是激發學習者「不學習就要倒大楣」的恐懼。目前會考學科之外以作文六級分為錄取門檻就是這種手段的極致。

我多年來一向呼籲：要徹底除升學主義之魅可能很艱難，但是要從作文教學扭轉八股流毒的取向倒是可以做到的。問題在於實施教育的人有沒有辦法不以考試領導教學（也就是不以激發恐懼帶引學習動機）。

我的臉書之友莊子弘是幾年前參加會考的國中生，他傳了私信給我，問我：「余秋雨和郭敬明到底怎樣？」彼時已無大考小考，一個十五歲的孩子半夜不睡可不只是因為隔日不上課的緣故，他恐怕是真心想印證一下——在他看來「文學造詣可疑」的作家們之浪得虛名或恐會讓他睡不著覺吧？

我撐著答了幾句，褒貶玩笑如何，也不太記得了，要之在於這位於我堪稱陌生的小臉友對寫作這件事有興趣、對寫作的價值判斷有好奇心、對寫作的成就或名聲有想法，這些興趣、好奇、想法或者不成熟，無論如何卻是自動自發的。

我鄰居的孩子也在今年應考，她是一位小提琴高手，非常注重課業，隨時都檢討著自己和同學在學科方面的評比情況——老實說，我總覺得她競心太強，日後一定很辛苦。可是，有一天，她忽然填了幾闋馬致遠的〈天淨沙〉，要我欣賞。我細讀幾遍，發現一些平仄聲調上的問題，就提供了點意見。我問她：「這是學校的功課嗎？」她居然說不是，「是自己寫好玩的。」

「自己寫好玩」，表示別人不一定以為好玩。可是從事教育的人不也經常把「適性量才」掛在嘴邊，說是要尋找每個孩子真正的興趣嗎？「真正的」絕對不是「唯一的」或者「最喜歡的」，早在盧騷（Jean-Jacques Rousseau）的論述之中，就已經明白昭告天下人：對於一個少兒來說，真正的興趣是無窮盡的，只要施教者（或成人）讓事物顯現其趣味。

莊子弘發文提到他的作文二級分，我無意也沒有資格替他爭取。可是衝他那一通擾人清夢的留言，我斷斷乎相信他還保有一種對於更繁複的文學世界單純而執著的興趣；至於小提琴高手，我也幾乎可以斷言：她對元曲的興趣並非來自與同學作課業較勁的動機，而是自然而然感動於、也回應了詩歌音樂性的召喚。

我一再回憶這些孩子們青苗初發的文學興味，其難能可貴，都令我泫然欲泣；因為我知道：再過幾個月、也許幾年，經歷過課堂上隨時壓迫而來的考試恐懼，再加上種種為了應付考作文而打造出來的修辭教學，他們就再也不會相信文學最初的感動，也不再記得曾經騷動他們的文字。他們終將隨俗而化，視融入積極競爭而獲致主流社會認可的成功為要務。也就像懷特（E. B. White）在《夏綠蒂的網》（*Charlotte's Web*）中所諷喻的那樣：女孩主人翁芬兒（Fern）很快地長大，之後再也聽不見動物們的交談。

我不是要告訴你文學多麼美好，我只是要說：考作文殺害了孩子們作文的能力，讓一代又一代的下一代只能輕鄙少兒時代多麼言不由衷或人云亦云。一切只歸因於年長的我們不會教作文。

第二部分

命題與離題

命題有時要直白，有時要隱晦，不一而足。有人在作文之前必須給自己命題，有人在行文之間反覆改題，也有人文成之後不知所據何題，隨手下個「無題」，也交得了差，或可能無礙於是一篇文從字順、言之有物而成理的佳作。

從技術面來說，也有不同的立論。有人以為命題必須覆蓋全文要旨，有人以為命題只須透露一篇肯綮，還有人覺得隨便從文中撿出一句數字，足以識別，也別具神韻。這些見解或習慣，本無是非高下之別。施之於甲篇，或恐從甲論為上；施之於乙篇，或恐從乙論為佳。

可憐的是，學子在應付作文一事的時候，從來沒有別樣的心思和顧慮，他們一向只能從「命題必須扣合全文要旨」這一個角度去看待文章，所以作起文來，就是牽連幾段文字、引錄幾條銘言、運用幾則故事，「順題就範」、「鞭思到軌」，猜解、追隨著命題先生框設在試卷上的題字，來拘縶自己的思想。出題的人就像是主子，作文的人也就成了奴隸。主人若是寬大些，題目顯得觸機可發，活潑靈動，人們已經稱頌不迭，以為這難能可貴了。殊不知題目既出，主奴之分已定，把這份課業操持個十年下來，不免感覺俯仰隨人，偏偏上了中學之後，正是青少年想要建立自主性的時代，豈不益發厭惡命題作文？

在教學現場，為師者必須設計兩種相輔相成的課程：

其一，選佳作名篇數十紙，掩去作者名字並題目，讓學子精讀數遍之後，另出機杼，代原作命新題，之後再對比於原題討論損益離合，正反偏側。這樣實施，儘管在精神意義上看來不免唐突古人，可是對於學者掌握篇旨、凝聚思維、萃取文義等各方面的訓練（特別是經由廣泛的討論之後），都會有所裨益。

其二，予學子一段議論、故事或情境描述，多不過百數十字，少亦不過百數十字，供其揣摩，爾後發展成一文章，並自訂一題目。這種教學練習若能施之於大考，就連命題也可以包括在計分範圍之內。若施之於大考會引起不易甄別的爭議，則於平日課堂練習時實施。在我看來，讓學子既能體會閱讀消化的思想，又能操持命題用意的權柄，才是完整的作文功夫。

我有過一個經驗，某日整頓數十年前大學用書，見有開明書店舊版《談美》、《談文學》、《文藝心理學》等，忽然想起這三本書的作者朱光潛在引進義大利克羅齊（Benedetto Croce）之直觀美學理論時，曾有「彼岸意識」一說，是當年我們讀書時老師每年都極重視的立論，每見於考古題中。這一段記憶之深刻，讓我幾乎就把「美學」、「朱光潛」、「直觀」這幾個詞語都劃上了等號。當下靈機一動，這不也可以把來寫成一篇文字嗎？

問題是題目該如何訂定？〈論彼岸意識〉嗎？〈說說距離美〉嗎？〈總看著遠處的風景〉嗎？〈生活在他方〉嗎？用這幾個初擬的語句作引子，我就逐漸捉摸出別樣的意思，想要寫的「題目」慢慢浮現，居然變成了一段和朱光潛或克羅齊一點兒關係都沒有的感懷——「人生之不滿足，行處皆有，我們只能作選擇，或恐常覺得沒有選擇的那一處、那一人、那一事、那一境才可愛、才值得，於是只能留下日後無窮的追悔。」

這已經遠離了我先前整理老舊書籍時的所感所悟，但是也只有在這幾個句子浮現之後，文章似乎才可能真正成形。這時，我給訂的題目是〈鸜哥與賽鴿〉。你看，與原先的發想復相去幾何？但是這個題目讓人猜不透，猜不透，不就召喚著想看下去的動力嗎？更要緊的是，鸚哥也好、賽鴿也好，就是兩則精練動人的小故事，破題說事不講理，便把原先想講道理的心思按捺住，文章繞禁錮室裏娓娓道來，就顯得舒緩多了。

這篇文字的最末，原本是這樣一個句子：「說得多麼透徹。」寫完之後，我總覺得欠缺神采；因為扣題太緊，略無舒緩從容之趣。於是又補了一句；評點了一下王國維的對聯，那是與題目、題旨無關的閒話。我反而想要強調這樣的筆墨，建議學寫文章的孩子們多加體會。要知道：文章結在該結的地方固是好處，蕩開一筆，更有風姿。

例

鸚哥與賽鴿

北宋僧人文瑩《玉壺清話》裏的一則小故事流傳至今，連初中國文課的補充教材都收錄了。

故事說的是東南吳地有一大商人段某，養了一隻極聰明的鸚鵡，能背誦〈心經〉、李白詩〈宮詞〉，客人來了，牠還會喚茶，與來者寒暄；主人自然是加意疼惜寵愛。段某忽然犯了事，給關進牢裏半年才放回來，一到家，就跑到籠子前問訊：「鸚哥！」我入獄半年出不來，早晚只是想你，你還好嗎？家人還都按時餵養你嗎？」鸚哥答道：「你給關了幾個月就不能忍受，跟我這經年累月地在籠子裏的比起來，誰難過呢？」

段某聞聽此語，大為感悟，遂道：「我會親自送你回你的舊棲所在的。」果然，段某專程為鸚哥準備了車馬，帶著牠千里間關，來到秦隴之地，揭開籠子，哭著把鸚哥放了，還祝福道：「你現在回到老家了，好自隨意罷。」那鸚哥整理了半天羽毛，似有依依不忍驟去之情。

日後吳地商人有從秦隴之間回來，常有給帶口信兒的，說這鸚哥總棲息在最接近官道的樹上，凡是遇有口操吳音的商人經過，便來到巢外問：「客人回鄉之後，替我問問：段二郎安好嗎？」有時還會吐露悲聲：「若是見著了，就說鸚哥很想念二郎。」

這故事說的不只是生命對自由的渴望，也是對囚禁的依戀。甚至也可以這麼看：對自由的渴望與對囚禁的依戀也許還是一回事。

人生八苦之說俗矣！八苦之中有「愛別離」、「怨憎會」、「求不得」，三語實是一理。大約描摹出為情所苦的滋味：愈是處於分離之際，愈是愛戀難捨；愈是朝夕聚合，愈是易生怨憎；愈是不能盡為吾有，愈是求心熾烈。「圍城」或「鳥籠」之做為婚姻之隱喻，錢鍾書反覆申說，今人也耳熟能詳了。而在朱光潛的《文藝心理學》裏，曾名之曰「彼岸意識」，謂人身在一境，輒慕他方，總覺得「對岸」的風景殊勝。換用俚語述之，則說「這山望著那山高」，顯然不只是視覺的問題。

小說家黃春明有一個常掛在嘴邊、卻始終未曾寫出的故事，說的是一個養了好幾籠賽鴿的人，特別衷情而寄望於甲、乙二鴿，日日訓練群鴿飛行時也獨厚此二禽。唯甲鴿善飛而較溫馴，乙鴿亦矯健而較野僻。大賽之日，甲鴿一去便沒了蹤影，倒是乙鴿比預期的時間早飛回來一兩個小時。眼看就要贏取大獎，偏偏主人與這乙鴿的情感不若與甲鴿那樣密邇，乙鴿逡尋再四，就是不肯回籠。主人只有一個法子：開槍射殺之，取下腳環，前去領獎。然而若是這樣幹了，一隻可以育種的冠軍鴿也就報銷了。若不及時取下腳環，這養鴿之人多年來的心血也就白費了。兩權之下，他會做出甚麼決定呢？

黃春明在此岸、觀彼岸；至彼岸，又瞷此岸，總覺得另一個結局比較好。既不能決，就多次在公開演講中揭之以為小說立旨佈局之難，卻被另一位也寫小說的楚卿聽了去。楚卿先給寫出來了，也發表了——以賽鴿喻之，腳環沒取下來，讓別的飼主捷足先登了。

人生不可逆，唯擇為難。行跡在東，不能復西；王國維「人生過處唯存悔」之句，將「挂一漏萬」的懊惱，將life is elsewhere的傾慕，說得多麼透徹——顯得他自己對的落句「知識增時轉益疑」反而境界偪仄，落於下乘。

引起動機

「這個世界與我無關。」

受夠了世事擾攘、人我糾紛，我們總覺得自己有權利這麼說、這麼感受、甚至這麼生活著。然而不能。我們總會受到陌生人或遠方故事的牽動，儘管與自己無關。這個從無關到有關的觸動相當微妙，尤其當觸動的機關是：這一切應該被看到，應該被寫下來，應該有更多人注意……

試想：一個原本與我無關的生命，如何引發我寫成一篇文章呢？

通常，作文訓練就是按題演繹，小學生如此，中學生也是如此，乃至一生一世為人，皆以為如此。累積許多年經驗，往往是拿到了一個題目，順從其旨意，掌握其範圍，連綴字句，鋪陳見聞——或許還要添補情感。殊不知大多數的人作文——可能還包含著無奈而討厭作文——都不是因為腦中字句不夠、見識太淺，而是由於這被動。

不過，以下這篇例文恰恰不是這麼來的。它的寫成，也正好反應了一連串動機的觸發，請容我先條列如下：

一、某日早起，不斷地在腦中盤旋著〈你來〉這首合唱曲的旋律。（然而還不構成寫作的動機。）

二、讀網路新聞發現：有好多首我已經哼唱了半輩子的歌——包括先前提到的這首〈你來〉，居然出自一位獨居在德州某老人公寓的女士。（然而還不構成寫作的動機。）

三、這位女士在一場火災中受到慈濟功德會的照護。（然而還不構成寫作的動機。）

四、被救助者會不會使用「景仰」兩個字去讚美提供人道協助的單位呢？有點可疑，感覺像是救援者藉著被救援者表彰自己的功績勞苦……（好像有那麼一點不大安心的感覺來了，這是動機嗎？可疑。）

五、提供人道協助的單位顯然只顧著報導自己的慈善，從頭到尾不知道他們所照護的這位女士是許多美好歌曲的作者。（動機有點加強了。）

六、這樣一位了不起的歌詞作者的晚年，似乎走進了自己的歌詞裏。或者應該這麼說：她年輕時寫出來的歌，竟然和多年以後自己的處境和心情若合符節。（這種混合了悲哀與奇妙的感傷，的確應該放在一篇文章裏表現吧？）

七、寫完了這篇文章之後，我自己還要交歌詞呢！（這個世界好像還是與我有點關係。）

「這個世界與我有關。」

從無關，到有關；一篇文章的動機就是這麼產生的。

例

看見多年前的呂佩琳

我大學時代參加系合唱團兩年，是無比感人的經驗；尤其是唱了好幾首郭子究先生所作的歌，才真正體會出合唱的美好。在這些歌裏，我最早學唱的兩首是〈回憶〉和〈你來〉；都是呂佩琳女士作的詞。

多年來，與參加過合唱團的朋友說起〈回憶〉和〈你來〉，都道是郭子究的歌；郭子究先生桃李遍天下，更是許多知名合唱曲的作曲人。其名顯，也就不期然遮掩了呂佩琳的名聲。我只知呂佩琳其名，不知其人、也不識其遇。不過，一旦碰上花蓮出身的朋友，總不免好奇一問：當年合作了那麼多好歌的老人家，而今安在哉？

猶如任何尋常的一天，清晨起來，你常會被某一旋律包圍，通常過午未必稍歇。今天環繞著我的，就是〈你來〉。我終於去網上尋訪一下，想知道這位老人家近況如何。

在眾多的報導中，與音樂或歌謠完全無關的，是一頁二〇〇七年間發行的第七一二期通訊刊物——這是一份由美國德州慈濟人編撰刊行的小報《佛法在人間》。其中有一文，標題顯是〈老人公寓大火——德州志工及時發放送溫情〉，其中「發放送」三字之中看來重了某一字。

由於我找到的這份通訊僅僅標注著「下」字的後半篇，只有合併其他網海資料檢索，發現：二〇〇七年十一月二十六日上午十點半，慈濟德州分會鄰近的貝爾黎夫（Bellerive），一棟八層樓低收入老人公寓突陷火海，歷經消防人員一個多小時的搶救，火勢終於撲滅，所幸無人傷亡，卻造成兩百多名平均年齡七十三歲的老人家暫時無家可歸。

這群高齡長輩半數以上為華人，其他包括來自越南、印度、巴基斯坦、非州、西裔及白人，在休士頓市政府住屋局（Houston Housing Authority）的安排下入住飯店。

災後第四天，慈濟志工每戶給予二百美金的慰問金，一人給了一條毛毯，還分別作了一些採訪。當然，目的不外是宣揚慈濟營救災難的功德。至少我還是相當感謝慈濟功德會的；畢竟，夾雜在一條條綿延數吋的歌頌與感恩文字之間，我還是看到了呂佩琳的名字。她的英文姓名是Annie Lu，報導說她「約七十五歲」獨居在公寓的三〇五號房。曾經居住在花蓮三十年，在花蓮師範學院任教至退休，而後赴美與兒孫團聚。至於為甚麼會住在這棟公寓裏，報導並未揭露——顯然，報導者只想告訴讀者：呂佩琳「對花蓮有著一份深厚的情感，尤其對慈濟更是景仰，無論是精舍，還是花蓮慈濟醫院她都有去過，而當看到這麼多慈濟人的身影，令她十分感動。」這幾句話，應該是編撰《佛法在人間》的慈濟人被自己感動的意思大些。

之後，就沒有之後了。

無論從年齡、工作背景上看，都像是我心目中那位作〈回憶〉和〈你來〉的呂佩琳了罷？希望她到今天還健朗，也知道我們都還在哼唱著她作詞的歌曲。

我不知道一位了不起的歌詞作者應該有甚麼樣理想的晚年，如果後人忘記了他們，也許不該忘記他們的歌。

逼人的回憶，我有；你來嗎？

〈回憶〉

春朝一去花亂飛　又是佳節人不歸
記得當年楊柳青　長征別離時
連珠淚　和針黹　繡征衣
繡出同心花一朵　忘了問歸期
思歸期　憶歸期　往事多少盡在春閨夢裏
往事多少　往事多少在春閨夢裏
幾度花飛楊柳青　征人何時歸

〈你來〉

你來　在清晨悄悄地來
當晨曦還未照上樓臺
你踏著滿園的露水　折下一枝帶露的玫瑰
聽我向你細訴昨夜的夢　夢中回到故園

故園是遍地落葉與秋風
你來　在午後靜靜地來
當正午燦爛的陽光　還在樹影間徘徊　鳥兒也昏昏欲睡
暫時收起嘹亮歌聲　小心呀　不要驚醒牠們
牠們的歌聲　添我鄉愁重重
你來　黃昏後慢慢地來
當晚霞漸漸隱入暮靄　月光剛剛爬上窗臺
我正在窗前等待
你彈起你悠揚的琴弦
那兒時古老曲調　常使我淚流滿腮

設問

一般作文章，就是說話讓人聽。設問則不然，此體要讓讀者不單是聽者，還處於一個發問的地位。屈原〈漁父〉、枚乘〈七發〉皆如此。

由於經常要答覆一些社群媒體上的來函，或者是演講場合裏的提問，腦海之中，不免會漂浮或激盪出自己原先想過以及沒想過的問題，也由於是答客之問，就跟自己讀書、閱世、處人之際所思所慮者又有不同，其間參差，正好成為啟動文章的關鍵。

而應對客問時必須轉出一個「體察他者之所需」、而非「提供一己之所能」的考慮，是以並非每一個議論題目都能這樣寫。有些時候，提問比答覆更要緊，我就常常被問得猝不及防，發現提問者求知之心比我更加迫切，而他們也往往心有定見，只是找我印證一番，甚或只是想借我的嘴說出他想聽的話而已。

一般而言，設問都是虛擬出來的，作者假借有一角色「做球」，令作者便於立題，規範了議論的戰場；此設問之「設」的用意所在。寫作文的時候，不妨變用這個方式，既可以化身成追問的人，再設計一個答問的人；也可以化身成答問的人，而設計另一人提問。善用此法之曠世高手就是莊子。在他的書裏，提問與被問者千變萬化，層出不窮，有老子、有孔子，也有歷史上知名的帝王、隱者，也有神話裏出沒的神仙、術士，還有他自己發明創造出來的角色，將議論一波一波推疊升高，讓道理一重一重揭櫫明朗，而一問一答的隱性衝突也會讓說理這件事有了戲劇性的起伏。

以設問立體之文不常見，原因可能有相當隱晦的層次，比方說：我們並沒有、也不大鼓勵像莊子那樣大膽詰難或推倒學術權威的性格氣質——這裏面還包含了些許亂以他語、蠻不在乎的性格，並非正統或主流教育所欲推廣。近百年來，國人中小學語文和文學教育之觸手獨不親近、追摹莊子之學，恐怕也就源於他那漫衍變化、蹤跡難尋的諸般質疑設問，確乎令方正規矩之士窮於應付罷？

以下有兩篇例文。

第一篇，就是尋常的答客問，所謂「Q＆A」。一般而言，「Q＆A」若是即席提問、當場作答，受訪者的意見任人處置，也就無從施展作手。但是，電子溝通工具的出現，改變了這種情勢。很多時候，訪問者根據自己的需要，一次提出五個、十個，甚至更多的問題，受訪者如自有作意，是可以打造出文章意思的。

由於「Q&A」看來未必有完整的邏輯，我在回答〈作文十問〉的時候盡量想辦法讓前一個問題的答案跟後一個問題像是接卡榫一樣地卯在一起，以便讀者能夠順暢、流利地串接起我對作文這件事的整體主張。

第二篇例文雖然沒有往復辯難，但是刻意用一種看來答非所問的手段，將我關心的意見反套在提問者的疑惑之上，改變了說理的路徑。在我看來，設問文章真正的核心技巧，是答問者轉移了提問者關心的主旨。

另一方面，我選取了兩個不同來源的提問，兩個提問者所關心的事不一樣，所期待的答案也不同，然而我把他們編成一股，藉由一個問題，帶出另一個問題，這也是一種摸索推進的技巧，最後，讓一句話貫串起兩種「對寫作抱持的遙遠憧憬」。

例1

作文十問

一、考作文應該嗎？

答：「應該」是一個武斷的詞。某甲之視為應然者，某乙不一定視為應然。以考試的功能性來說，凡是對升學或生存競爭有利者，人們多半不會反對。考作文的應然與否，在這個前提之下就轉化成考題之平易、活潑、切近生活和鍛鍊語文能力之精進與否了。我在念高中的時代，見識過一個大學聯考的作文試題：〈風俗之厚薄，繫乎一、二人心之所嚮〉。此語源出曾國藩，考後輿論大致認為「略見難度，但是十分具有鑒別學生程度的能力」。

還有一個外交人員特考的作文題：〈誦詩三百，授之以政，不達；使於四方，不能專對，雖多亦奚以為？〉原文出自《論語．子路》，意思是說人的才學貴在能致用，題文也切合外交專業的志業所需，並不冷僻。試問，這樣的題目要是在我們今天所處的環境之中考出來，出題試官豈不要丟飯碗？

一個能虛心累積的文化不怕考任何東西，祇有急功近利到不能好奇求知的地步，才會問：「為什麼要考這個？」、「為什麼要考那個？」對於考作文有焦慮的人或許應該反向思考：其所焦慮者或許不是寫作的形式，而是「說話」，祇有喪失了語言表達能力的人才不能面對寫作文這件事。考，不是問題。字句的組織才是問題。

二、認字的多寡對作文有差別嗎？

答：有的。不過不祇如此；認字的深淺更切切關乎作文的能力。我們的教育體系一向訂有識字程度的量化標準，小學低、中、高年級乃至於國中、高中學生應該認得多少個字，似乎各有定量。然而，幾乎沒有任何正式教材輔助學生理解字源、語彙、形音義構造變遷的種種原理。

換言之，學生從一翻開書、拿起筆，就是死寫死記，到頭來，異稟者勝，熟練者佳。但是人們終其一生根本不能認得幾個字本身之所以構其形、得其音、成其義的故事。也正因為識字淺薄，用語俗濫，寫起文章來，當然不免人云亦云了。看來能寫得出幾千個字者，在日常層次上能夠不寫別字、不讀訛音、不會錯意，已屬難能而可貴，但是，這樣究竟能不能算是識字呢？很難說。

三、作文裏多用成語會比較好嗎？

答：成語的沿習，不應該以多用少用為標準，而是以當用不當用為標準。如果是為了「精簡文字」、「渲染典雅」、「類比故事」甚至刻意「遊戲諧仿」，這都是有動機、有目標地使用成語，自無不可。使用成語的訣竅就是「常行於所當行、止於不可不止」，用得勉強，一如東施效顰，反而弄巧成拙。

四、您個人幾歲開始寫作文的「啟蒙」？

答：小學二年級給《國語日報》寫〈我最喜歡的水果〉。那是一個經由發表來刺激寫作動機的活動，我的印象特別深刻。

五、聽說您小學到中學都持續參加徵文活動，請問參加徵文真的有益作文嗎？

答：這是一個值得演繹回應的問題。請容我把「徵文」兩字擴大來發揮。據說：徵文，是為了鼓勵創作。一般的假設是：得到鼓勵的人會更加有興趣。但是得不到鼓勵的人（數量更多）會不會因而退縮而厭惡寫作文呢？這是要多想想的。

徵文乃是為限量發表而設計的活動，不是直接為普及作文教育而設計的活動。我的體會是：學校、社區或者地方教育行政單位以及關心語文養成教育的媒體應該把「徵文」拆解成更多樣的發表活動。

以丹麥、北德地區的戲劇學校為例：他們每年舉辦大型的巡迴戲劇節，學生參與、包辦一切節內活動（甚至包括飲食、園藝、環境管理）。把「發表」的意義擴散到全面的語文溝通、創意分享和公共服務之中，學生經由長期的浸潤，經由表演活動的各個語文接觸層面，不祇是學會了「寫一種作文」，而是學會了幾十種功能不同的書面寫作，其中當然包括了情節天馬行空的虛構的故事、節目單上的廣告文案、招徠觀眾參與活動的逗趣笑話，以迄於社區公園場地申請書。作文不只是制式的說明文、抒情文、敘事文、議論文等寥寥數端，而是更廣泛的語言活動。

六、孩子寫作文前可以給他們什麼練習？

答：說話。父母跟孩子們說話是天經地義的事。我建議看到這一個題目的父母：回想一下自己過往跟孩子們說話時經常論及的主題、經常使用的詞彙以及經常遂行的思維邏輯。由於言人人殊，沒有可資比長較短的標準；但是總地說來，如果父母想要幫助孩子、使他們在寫作文的時候少些痛苦、多些愉悅，而且從很小的時候就能體會「準確表達思維、感受」的重要性，就不得不經常地跟孩子們進行廣泛的對話。讓他們盡可能不要暴露在惡質談話內容的環境之中（如觀看電視政論與八卦節目），總之，父母要為孩子打造豐富而深刻的語言環境。

七、對您個人而言，對寫作文最有幫助的事情是什麼？

答：選擇性地閱讀以及造句練習。名家名作似乎是人人有機會接觸的，毋須我多費唇舌介紹。造句練習則是很值得有心的父母帶著孩子一起從事的遊戲。父母可以讓孩子把一句話鋪衍成三句話、五句話、八句話；也可以請孩子將一大段話濃縮成幾句話甚至一句話來表達。老師更可以在作文課上要求孩子用五十個字、一百個字甚或三百個字來發揮一個題目，也可以將現成的一篇名家名作縮寫成幾十個字、甚至幾句話。能夠長短自如地操控語言，才能夠掌握精鍊的文字；而操控語言的核心課題是思考，是明白自己的意思。

八、對您個人而言，對寫作文最有傷害的事情是什麼？

答：不經思索地說話，以及經常聽那些不經思索而發表的談話。

九、寫作文最痛苦的是構思，請問您有什麼建議？

答：一個題目出現在眼前，它的每一個字與另一個字有著各式各樣的關連。我們往往會從題目中的關鍵字著眼。比方說前文提到的〈風俗之厚薄，繫乎一、二人心之所嚮〉——風俗明明是長時間裏多數人形成的共識，為什麼會維繫於「一、二人」的心態或意志呢？那麼，這「一、二人」想必是有非常大的影響力的人。應題作文者自然得舉出他所見所聞、所知所識之人，來印證這個論述。以「一、二人」而能形成長時間多數人的共識，那又會是一個怎樣的時代呢？再或者，當大多數人長時間都服膺於「一、二人」心之所嚮，這會不會是一個百花齊放、諸子爭鳴的時代呢？又或者：當「一、二人」對於長時間大多數人的共識有著決定性的影響力的時候，這「一、二人」是不是應該比大多數人更加臨淵履薄、戒慎恐懼呢？更或者：「一、二人」心之所嚮，會不會也是由於更古老悠久的風俗所影響而形成的呢？所謂「構思」不是發明，而是根據已有的寥寥數語，鋪墊出寫文章的人自己的感情和見識。

十、**如果面對一個害怕作文的人，您會給他什麼建議？**

答：不怕、不怕！沒有人能檢查你的思想，因為你本來就可以胡說八道！

例2

我輩的虛榮

前月赴上海參加一場講座，聽眾之中有一對夫妻，帶著他們十一歲的女兒，當場問了我幾個問題。其中最令我印象深刻的是那父親指著女兒、無限憐惜地說：「她看很多文學方面的書，很喜歡寫作，而且很希望能走上這一行，你能給這孩子一些有用的建議嗎？」

我遲疑了片刻，當下想起一樁往事。整整兩年以前，在我目前已經關閉的部落格裏，接到過一則留言。由於留言者並沒有引述我早先說過甚麼話，而引發了他的感慨，是以我只能猜測：在過往不知幾何的歲月裏，我曾經不大溫柔敦厚地勸人——尤其是比我年輕的人——不要再荒廢生命於追求「寫作事業之成功」。這位留言者大約是以「尚未出書」與「已經出書」做為分野，似乎極有感觸。當我為了關閉部落格而整理了八百多篇應答文字的時候，在這裏停了下來。留言如此：

對於已經進入出版世界的人，也許一切成功都是應然，或者想起幾十年前的第一次，都是喜悅與「就是該我」的回憶。對於無法出版的外行者，那些始終嘗試，還對此領域保持希望的無運者，是否應該更溫柔敦厚，正如你的啟發者對你呢？

我當時的回答是：你所謂的「始終嘗試，對此領域（文學創作以及出版）保持希望的無運者」是將所有未獲機會出版以及出版後市場反應不佳的人都歸之於「無運」嗎？我的看法很簡單：寫作是和陌生人溝通的事業，不能在市場上立足，固然不能就此斷然指責作者之能力、思想和技巧；但是一個「始終嘗試」的人若始終失敗，不能單歸咎於運氣，還得想想自己是否錯抱了希望。及早對自己的能力和渴望作務實的評估，就不至於貽誤自己的青春和生活。這樣建議，有甚麼不夠溫柔敦厚的呢？

我看不少在公開講座或者開班授徒的知名作者不時以咻咻之口，諄諄之言，吆喝青年們把筆寫作，似乎人人皆可為此業之豪傑。但是，高懸名利雙收之胡蘿蔔，而所敷設者多屬夢幻泡影，不過是膨脝了這個行業的虛榮。更何況出版了幾部書之後，才發現自己入錯了行的作者也所在多有，豈能概謂「進入出版世界」即算成功？又假設這「成功」竟是「應然」？

我反而寧可隨時提醒自己和我的同行：是否還有比寫作更值得追求的人生？寫作的目的之一恐怕也正是如此。請容許我實實在在地告訴你：對我在這一行裏最有用的啟發，就是不斷質疑我做為一個作家的能力和動機。

站在講臺上、面對充滿期待的父母的那一刻，我說不出這麼不「溫柔敦厚」的大道理，也著實找不出任何一組像樣的語詞來勉勵一個十一歲的陌生女孩——我的直覺是：容或她根本不需要任何鼓勵和勸勉呢！

我遲疑了，忘記所有曾經受之於本行前輩的偉大教訓，讀書、生活、感受、同情……我戰戰兢兢地回到寫作的起點：當我還在念小學的時候，用毛筆寫了一篇篇幅很長的、自由命題的作文。老師當堂讀給班上的同學聽，同學一致鼓掌說我將來會當作家。年少的我很樂，年長的我想起了那份樂來，也想起兩年前答覆部落格來客質問的兩句話：「夢幻泡影，不過是膨脝了這個行業的虛榮。」

「請孩子留心這行業所帶來的虛榮。」我回答。

八股是猜謎

我的姑父歐陽中石先生身分多重，是京劇奚派老生的宗師，也是書法家，另專治先秦名學。他和汪曾祺先生訂交數十年，對於八股，兩人都無法一言以蔽之地抨擊或推崇。數百年以來士子消磨心力，終不能以文章經世濟民；然而一旦廢除科舉制藝，看來也頗令老輩感到斯文淪喪。他們合作過一部京劇《范進中舉》，雖然追隨著吳敬梓的嘲噱，諷刺了科場中人的面目，可是二老都知道：沒有八股，人們還真不知道怎麼學文章、怎麼教文章呢！

我們人云亦云地痛斥八股為「食古不化」、「墨守成規」、「拘泥形式」、「陳腔濫調」……多了。凡是看不上眼的老傢伙、老物件、老想法、老價值，都可以稱之曰：「八股！」由於污名深刻，人人厭之惡之，即使是成天寫著八股文的現當代文人也不願意、甚至不知道自己的八股很八股，而真正的八股卻沒人會作。

當然，我也不想教會人寫八股，我只想提出一個假設：如果我們真能明白「八股文就是猜謎」這個簡單的道理，並且有本事製作一個謎題，也就會寫好文章了。

「八股文就是猜謎」是一個反向思考的方式。有一個很好的例子，請容我細細道來。蘇東坡有一篇〈潮州韓文公廟碑〉，讚的是韓愈，文章開篇劈頭就說：

匹夫而為百世師，一言而為天下法。是皆有以參天地之化，關盛衰之運。

這一段話，翻成今天的白話文，大約是這樣的：「一個平凡人卻能夠成為百世的師表，他所說的一句話卻可以供天下人揣摩學習，這是因為這人參與了天地的化育，關乎人類社會的盛衰。」姑且不論這話的推崇是不是過分，至少前兩句扣緊了韓愈著名的文章〈師說〉而立論。我們先記住這兩句：「匹夫而為百世師，一言而為天下法。」

回到先前說的八股文。有那麼一篇知名的八股文，題目就兩個字：〈子曰〉。至於孔子說了甚麼？恐怕連考官也不知道。考官就是拿這半句來刁人而已。

盡人皆知，科舉考試，絕大多數的考題都刁鑽欺人、割裂文義，這〈子曰〉還不算是最莫名其妙的。不過，八股文開篇有規矩，必須先「破題」——也就是考生得代考官解釋、甚至發明這「子曰」二字的意思，而這兩個字又斷斷乎不能解作「孔子說」。的確有那麼一篇文章，所解的，正是「子曰」，被視為經典破題之例，作者寫的是：「匹夫而為天下師，一言而為百世法。」一眼可以看得出來，正是從蘇東坡的〈潮州韓文公廟碑〉開篇兩句而來。

作者不能不偷換了前引蘇東坡原文中的「天下」和「百世」二詞；因為如果不換，就成了抄襲。一旦偷換，而以前一句（匹夫而為天下師）解釋「子」（孔子），後一句（一言而為百世法）解釋「曰」（孔子的教訓話語），題目這兩個字便分別有了著落，而不像是未完成的半句話。

我舉這個例子就是要說明：一般說來，真正的好文章不會是他人命題、你寫作而成就的。但凡是他人命題，就只好換一副思維，把自己的文章當作謎面，把他人的題目當作謎底。你周折兜轉，就是不說破那題目的字面，可是文章寫完，人們就猜得出、也明白了題目。

還有一個例子，說明真正會寫文章的人還能夠把他人所命之題翻轉扭曲，成就自己的創制，這就更神奇了。明嘉靖三十一年應天鄉試，首場題目是〈君子不可小知而可大受也〉，這話出自《論語・衛靈公》，意思是說：君子不可以用小事情考驗他，卻可以接受重大任務。一般人解「不可小知」，只隨題說去，不外說：君子不孜孜矻矻於細務小節。可是這一年拔取解元的江西士子孫溥卻語出驚人，如此大開大闔地寫道：「故以一事之盡善，而謂其為君子焉，吾意君子不如是之隘也；以一事之未盡善，而謂其非君子焉，吾意君子不如是之淺也，果可以小知乎哉？」這番論證，非但不拘泥於題目的本義慣解，也引伸、開闊了題目的境界。作者讓「小知」不再停滯於解經學者窮究「何謂小知？」、「何謂大受？」的膚廓，而將論辯導入更活潑、也更深刻的層次。

誰出題？答案是作文章的人出題。出題還不簡單嗎？第二篇例文寫於某年春季，每年是時，看不見的花粉瀰漫天地，我們一家四口隨時都在此起彼落地打噴嚏。我忽然發想：這麼簡單的一個舉動，能寫成一篇文章嗎？

這想法擱了一整年，直到第二年又打起噴嚏來，偏偏又手邊正捧著郁達夫的〈蜃樓〉細讀，發現那作者化身的主人翁也在打噴嚏，不免豁然一悟：在郁達夫那裏，噴嚏不但不是人生瑣事，還是小說情節和感情上的重大伏筆，豈能不作成一篇文章？

例1

我如今才不怕你，我要考你

我的姑父歐陽中石先生是奚（嘯伯）派老生傳人，手邊珍藏了一本改編自《儒林外史》的京劇劇本《范進中舉》。作者是他的老朋友、散文及小說家汪曾祺。著作時間已經是上個世紀的六〇年代初了。姑父把這劇本送給了我，我老想著怎麼能把它搬上戲臺。於是時時展卷細讀，還頗讀出一些滋味。

最後一場〈發瘋〉裡有這麼一個段子：主人翁范進得知捷報，中了鄉試第七名亞元，一時樂得失心瘋，唱道：

中了中了真中了，你比我低來我比你高。中了中了真中了，我身穿一領大紅袍。我擺也麼擺、搖也麼搖，上了金鰲玉蝀橋。

讓我們先體會一下范進的心情——此公時年已經五十四歲，應童子試入場二十餘回，好容易在恩師周進的慧眼識拔之下取得秀才的資格，如今中了舉，當然還想再上層樓，進京赴會試，如果能得連捷，功名富貴皆是囊中之物，也不枉前此三十年皓首窮經之苦了。

戲文試圖誇張表現的，正是范進得意忘形的一剎那的心情，前引唱詞便是他當下對兩個鄉親（一個叫關清、一個叫顧白）放言高論的內容。這段唱詞到了演唱家手上有了進一步的詮釋。也由於奚嘯伯和歐陽中石二先生皆是在紅氍毹上直接面對觀眾的藝術家，他們把汪曾祺的戲詞加以鋪陳改訂，給了范進一個更為細膩的發瘋的過程：

瓊林宴飲罷了恩賜御酒，御花園與萬歲並肩同遊。他道我文章好字字錦繡，傳口詔老秀才獨占鼇頭。叫差官與院公順轎伺候，見老爺少不得要三跪九叩——接著轉身囑咐鄉人關清、顧白：「你二人切莫要信口胡謅。」

你看這老秀才，可踧了！這個新科舉人短暫發瘋的諷刺故事很可能是整部《儒林外史》最為人所熟知的段子，也曾一度編入高中的國文課本之中。可是當年在國文科的教室裡，很難坦言范進的發瘋過程中隱含了八股取士之惡根弊源。原因無它，讀《儒林外史》頗有「對鏡」的難堪，反而映照出學生們十年寒窗的迫促命途。

在《儒林外史》的原著裡，吳敬梓並沒有刻畫范進發瘋的心理過程，祇讓他一聲又一聲地喊：「噫！好了！我中了！」倒是從汪曾祺到奚嘯伯、歐陽中石先生的鋪陳，使這新科舉人的譫妄之語具現了科舉制度內在的瘋狂本質。套兩句劇本中范進的唸白，最瘋狂的部分就是：「我如今才不怕你，我要考你！」

「我如今才不怕你」可以分成兩個層次。其一是「我原先是怕你的，可現在不怕了。」之所以今昔有別，全因功名到手。其二是到手的功名使人沒有了恐懼之心。沒有了恐懼之心，才會在瞬間將僥倖獲致的一丁點小成就（鄉試上榜）幻想成大魁天下、獨占鼇頭的尊榮。可見「甚麼都不怕」是瘋狂的徵兆——毋怪乎《儒林外史》原書中有個報錄人出主意給范進治這瘋病，得找個「他怕的人來打他一個嘴巴」。

無所畏懼真可怕。一旦甚麼都不怕了，第二句話便緊跟著上來了：「我要考你」。歐陽中石先生讓劇中的范進緊接著唱了一段二六，既俏皮、又悲哀：

我訂下了文體叫八十股，句句對仗平仄要調。考得你晝夜把心血耗，考得你大好青春等閒拋。考得你不分苗和草，考得你手不能提來肩不能挑。考得你頭髮白牙齒全掉，考得你弓背又駝腰。年年考、月月考、活活考死——你這命一條！

千年媳婦熬成婆，只好再熬自己的媳婦，這是瘋人的理所當然。科舉程文之害，其實不祇是割裂辭章、拘牽文意而已；其最深刻的弊病乃是賦予通過考試之人那種衡量他者「是否可以來分潤權力」的權柄。這個設計使得「文」的教育、習染、趣味、風尚打從一開始就墮落成政治的附庸。

清代名士馬士琪文章蓋天下，應鄉試時闈中出題為〈淵淵其淵〉，馬欲求爭勝於人，不肯輕易落筆，放牌時終於交了白卷，遂題詩一首，其詞曰：

淵淵其淵實難題，悶煞江南馬士琪。一本白卷交還你，狀元歸去馬如飛。

題畢揚長而去，下帷苦讀，三年不窺園。到了下一科，果然讓他考上了狀元。馬士琪是真狀元，以其才豈有不能作〈淵淵其淵〉之理？所以交白卷者，乃為不肯作第二人之想。今世考文章，是考不出這種狀元來的，非為文才不及之故，而是應考者沒有那種把考官當個屁給放掉的氣魄和實學，乃爭逐於揣摩命題之用意，深恐誤解考官的心思，這難道不是「只見目的、不問手段」嗎？這比瘋了還壞。

例2

思君最惹打噴嚏

春來到處聽得到人打噴嚏。天乾也有人噴嚏連聲；地濕也有人噴嚏連聲，花粉是讓人視而不見的東西，卻也搔弄人眼觀鼻、鼻觀心地止不了癢，唯其哈啾能解之。打噴嚏，緊接著難以忍受的酸和癢之後，豁然而解，還有一種讓人來不及回味的舒暢。山東人說打噴嚏，和普通話不同，是反其字序以為詞，叫「打嚏噴」，「噴」字則讀作「雰」（讀作輕聲）。我小時候一「打嚏噴」，我媽就會笑著說：「那麼小小的孩巴芽子家就有人想你了。」

鄉人土語，其來有自，有時意外地源遠流長，而且往往雅馴得令人覺得不可思議。《詩經．邶風．終風》有「願言則嚏」這樣的句子，距今一千八、九百年前的鄭玄為《詩經》作注，就使用了民間傳說，把這個生理反映解釋成分別中的人彼此思念的交感作用。

宋洪邁《容齋隨筆．卷四．噴嚏》解釋得更詳細：

今人噴嚏不止者，必噀唾祝云：「有人說我。」婦人尤甚。按〈終風〉詩：「寤言不寐，願言則嚏」鄭氏箋云：「我其憂悼而不能寐，女思我心如是，我則嚏也。」今俗人嚏云：「人道我，此古之遺語也。」乃知此風自古以來有之。

（按：「說」即悅，喜歡、想念的意思。）

這段話讓經學家從高高的書閣上走了下來，走到里巷之間，聽見男歡女愛（俗人）的聲音。宋代的梅堯臣甚至還將這民間「語俗」放入詩中，當他出外想家時，曾經這樣寫：「我今齋寢泰壇外，侘傺願嚏朱顏妻」。把意思翻成現代語，就是：「我想我年少的妻子，（想得）讓她不住地打噴嚏。」

「願嚏」與愛情之不可分簡直是毫無疑義了。但是將之運用在小說裏而能不露痕跡的作手則極少見。之所以強調「不露痕跡」，是因為一旦在愛情小說中明言有人思念，便無趣起來。我只在郁達夫的一篇未完成的小說〈蜃樓〉裏看到一段妙筆。

這小說非但沒寫完，恐怕連開場都沒打理清楚。就有限的十二段文字來看，主人翁「陳逸群」剛剛揮劍斬情絲，隻身出京南下杭州，卻帶著幾封有夫之婦的女友「詒孫」情意纏綿的書信。不過，他在西湖邊休養肺病的時候，以迅雷不及掩耳之勢、對護士「小李」產生了微妙的情愫，同時更醞釀著和一位銀行家的夫人「康葉秋心」展開更激烈而纏綿的羅曼史。在這一切都還沒有正式鋪陳之際，「陳逸群」還回憶了一段他昔年和二十一歲的冶妮・貝葛曼（Jenne Bergman）由擁抱和深吻堆疊起來的戀情。

值得注意的是那微妙的噴嚏。郁達夫曾如此寫道：

逸群……向上伸了一伸懶腰，張嘴打了一個呵欠，一邊拿了一支菸捲在尋火柴，一邊他嘴裏卻輕輕地辯解著說：『啊啊，不作無聊之事，何以遣有涯之生？』點上了菸，離開書桌，重在一張安樂椅上坐下的時候，他覺得今天一天的疲勞襲上身來了。又打了一個呵欠，眼睛裏紅紅地浮漾著了兩圈酸淚，呆呆對燈坐著吸去了半支菸捲，正想解衣就寢，走上床去，他忽又覺得鼻孔裏絞刺了起來，肩頭一縮，竟哈嗽哈嗽地打出了幾個噴嚏。『啊呀，不對，又著了涼啦！』這樣一想，他就匆匆和著裏邊的絲綿短襖，躺到被裏去睡覺去了。

郁達夫幸而沒有揭露這噴嚏的典故。我們的主人翁畢竟是來養病的，其病體確實也因為貪吃、嗜酒、吸菸以及在淒風涼雨中到處把妹而逐漸萎靡，那幾個來歷不明的噴嚏顯然是一個日後會讓「陳逸群」喀血甚至病故的伏筆，但是當花心公子歡顏入睡之際，我們知道：真正的折磨還在後面——還真有人惦記他。

草蛇灰線

首先，讓我們假設一篇文章的題目——也就是先前所說的「謎底」——是我們的作文的主旨。隨便舉個例子：〈臺北的夕陽〉。一顆孤伶伶的夕陽，怎麼能鋪陳成甚麼主旨呢？純粹從天文物理的角度看來，臺北的夕陽和臺中的夕陽和京都的夕陽和巴黎的夕陽，一定沒甚麼太大的差別；至少沒甚麼深刻精神內涵的差別。

要拿這幾個字當題目，又不想流於俗套、淪為純粹寫景的呻吟之作，不免要涉及作者對於臺北的某種事物、現象、乃至於生活價值即將黯淡、消失，而頗可憑弔的感觸。那麼，我們就得在設想這題目的時候，埋伏一點「話裏的話」，也就是掌握和「日暮」這個時段有關的感觸。

通常，我們管這隱藏於內在、看來不十分明顯的意思叫「草蛇灰線」。它在文章的前段露出一點痕跡，在文章的中間又隨時現出一點一點的形影，到了文章的後段，或以直筆點明、或以曲筆附和，好讓那看似零零落落的、閃閃爍爍的字句，串連成一個完整的意念。

比方說底下這篇也用黃昏為晃子的文章，說的是同里湖這個地方的即目之景，像夕陽一樣無力的陳年舊事、街頭瑣事、家常小事——啊哈，還有國家大事。這就是諷喻；一點兒都不疾言厲色，但是意味幽長。有趣的是：內文幾乎沒有關於黃昏景色的描繪，情調卻非常黃昏。

例

同里湖一瞥黃昏

「同里」二字有個講頭，據說在數百年前，此地經濟發達，人稱「富土」，可是朝廷以為這名字太誇炫了，便給拆了頭、黏上腳，拼成另外兩字，即是「同里」。

同里為吳江八鎮之一，也是大蘇州區的知名古鎮，都說有一千年以上的歷史。前去旅遊的人不時會聽說：這地方已經申報為聯合國教科文組織「世界遺產」的名單；但不知這一類的遺產該屬誰繼承，又該由誰揮霍。

大約一如這世界上經由聯合國點召認可的其它遺產，同里古鎮在大體上依然維持了古舊面目，遊屐交織，運作的卻仍是現代資本。令人心疼的交易觸目可見，那是「遺產級」觀光業核心的廉價勞動。

比方說：南園茶社內側臨河，開軒迎水，波光可掬，一小姑娘迎著落日畫夏荷圖，工筆七彩不打稿，一張賣二十四塊錢人民幣，萬一撞上了不大講究藝術評鑒的好客人，一整天大約也出不了兩張。再比方說：唱著蘇州小調拉麥芽糖的店家，一句一張弛，八句唱罷，恰好招來圍滿半圈兒的聽眾，然而，裹糖收款的程序仍舊是緩慢的、甚至是懶散的，餘音繞樑略久，看熱鬧的大多也就散了。

這些營生還好過三橋邊拿小鐵鉗剝芡實的老太太。老太太就那麼晾在一張泛著油光的老藤椅上，有一搭、沒一搭地鉗著芡殼兒，和街坊們指點著過往的路客。路客幾乎不知道她是在做買賣；賣的也不是芡實，而是「繞繞糖」——老太太腳旁的小招牌上是有七個手寫大字：「回憶童年繞繞糖」。我猜想那童年應該隨著三橋流水打圈兒轉悠，也不知道是流逝著，還是縈迴著。

這些都在古鎮西邊，較近於落日之處。若從此地衝東走，經過河沿兒上新開的咖啡舖子，可以稍事停留。這舖子之所以看似有一種不合地宜的新風貌，當歸功或歸咎於三面落地長窗，並不十分肖古。但是長窗之中，有熟女一名，正在替她的伴侶掏耳朵，其凝神致志，會讓人想起毫芒雕刻。這絕非現代人或後現代人的表演，還真是啟人遐思、令人神往的舊日家常，相信連古裝大戲的專業編導也刻畫不出。

若不願流連於此窺人家務，大可以繼續前行，約一根菸的行腳，便來到「退思園」外了。此處的戲臺寬綽，可容大武生連打四十九個飛腿。若是來得巧了，黃昏也不急著趕人，遊客還能看一折寶蓮燈。戲是老熟的，倒是演華山聖母的花旦要比演陳香的娃娃生還年輕幾歲；不過，哭兒哭娘之情一點也不做作，激動之中還頗有幾分從容，不像是下了戲還要回家忙做飯的。

戲臺前的三桿十丈大旗還繡著對子，應該也是申報遺產單位的巧思。可惜聯合國教科文組織大概不很明白對聯有甚麼意思，他們所在意的，可能是另一幕景象——

若在晴日清晨，順著地上的旗竿日影而行，來到竿影盡處，向右一張望，就可以看見一棟古風盎然的建築。樓高三疊，白牆黑瓦，上書「同里影劇院」；行款雖然有些輕重不均，書家大概也練過幾年端楷。真正殺風景的，是一樓正面懸掛的紅布白字標語：

「人大換屆選舉是人民政治生活中的一件大事」。

人們生活在這樣的遺產裏面，有時不免要退而思之：甚麼是大事？想到大事，就覺得遺產裏還有些負債，尚未清償。

用字不妄

劉勰的《文心雕龍》不容易讀，但是有些句子所帶來的啟發，使人終身受用。在這本書的〈章句〉篇裏，有這麼一段話：

夫人之立言，因字而生句，積句而成章，積章而成篇。篇之彪炳，章無疵也；章之明靡，句無玷也；句之清英，字不妄也；振本而末從，知一而萬畢矣。

僅僅是這麼一段，就是漂亮的行文示範。帶給讀者一種層層漸進、又徐徐遞出的美感。

這篇例文是根據「字不妄」的結論展開。講究準確地用字，與不去計較俗寫、正寫這兩件事看起來有些矛盾；我們總有機會自問一聲：究竟書寫求其當，修辭立其誠的計較，該到甚麼程度呢？僅此一問，也不會有標準答案，似乎只能歸諸於「文章千古事」的下一句——「得失寸心知」。

於是，以下的例文有一個假設：無論題旨如何展開、篇章如何組構、意思如何發揮，歸根結柢，還是用字的審慎。

我在年幼時讀過胡適之的〈差不多先生傳〉，多年下來記憶猶新，而今常聞人說：寫字看得懂就好，又不是中文系學者，計較那麼多幹嘛？彷彿中文系學者關起門來跟自家人講究文字是椿見不得人、也不應拿出來見人的事。說這話的人可能會在別的場合、別的情境、別的事務方面有所感懷，說不定還會羨慕其他國家、其他文化、其他社會的人在生活上、在工作上、在技術上用心推求，處事精巧。偏偏對於本國文字、語言，以及非透過語文工具而遂行不可的思想卻極其不願下半點功夫，懶得問路，或許就走不出一步。

在我的臉書裏，愈來愈常見這樣的信件：「請教您一個問題，『焠鍊』與『淬煉』何者為正確的用法？我查了教育部的字典，看到的是『淬鍊』，但我印象中應該是火字旁。」

緊接著的另一則留言，是這樣的標題：〈一攤水還是一灘水〉：「你好，大春先生，又來請教您了。剛剛在寫噗浪（Plurk）時用到這個單位，不明瞭哪個正確。直覺上我會用一『攤』水，查了一下手邊的國語活用辭典二〇〇五年出的第三版，第二個解釋這樣寫著：『量詞，多用於表示液體或濕潤物的聚合體，例如：一攤爛泥』。不放心，又查了網路上的教育部重編國語辭典修訂本，有關灘的解釋，第三個這樣寫著：『量詞。計算擴散成片的糊狀物或液體的單位。如：兩灘血、一灘爛泥。』我被雷到了。」

提問的人如果手邊有足夠詳瞻的「大字典」，不難發現：「淬」的正確性無法取代；它就是鍛造金屬材料之時，將稍紅的鍛件浸水降溫，以增強硬度的一個程序。職是之故，「淬」還能引申出提煉中藥的「醋淬」之法，以及「浸染」、「冒犯」等義。回頭說來：在「冷卻鍛件」這個意義上，「焠」和「淬」沒有差別；唯「焠」字另有「點燃」、「燒灼」的意思，則與「淬」就無關了。

至於「灘」字，除了表達「水淺多沙石而流急之地」、「水濱平坦之地」而外，的確也有用於平面之上、形容液體的量詞，「一灘水」、「一灘血」，都是正確的用法。唯「攤」之用於此，也只能說是無關正誤、隨俗通假，畢竟從原始字義上說，「攤」字雖有平鋪、展布的意思，卻很難用以形容一片薄水。「攤蛋皮」之「攤」、「攤苦差」之

「攤」以及「攤債務」之「攤」，都是此字做為原初動詞的意思，對照了「灘」來看，與血與水的關係，恐怕還是要讓給三點水的「灘」字來攤派。

這麼幾個對中有錯、錯中有法的字算甚麼學問呢？

看似不必計較的文字之所以會讓人計較，正是我們喊了多少年的中華文化之所以還能夠苟延殘喘、不絕如縷的重要原因。某一世代之人（還未必是多數），受了一種敬惜文辭、不苟聲義的教育（還未必如何高深），就會認為章句、訓詁必有達解而不移，這是一切教化的基礎。譏嘲這樣窮極無聊、追根詰柢之人的也所在多有，以為凡事何必這麼認真？館子的點菜單上不也把「炸蝦飯」寫成「乍下反」，廚子能識得出、做得成、端得上桌，不就結了？

然而像是患了強迫症一般講究文字形、音、義之正確與否的人不無道理——沒有這樣的人，就不容易傳遞基於文字而產生或召喚的信念。真正令人困惑的，反倒應該是我們所依賴的字典。

編字典總是苦功，絕非易事，每一部新編的字典都必須既能本乎前人的正解，增添與時俱進的註釋，還要滿足特定的、無奇不有的求知角度。坊間字典汗牛充棟，即使所本者有限，卻仍言人人殊，有的以簡明為招徠，有的以厚重為特色，有的以檢索方便為訴求，有的以蒐羅廣泛為能事……也有的甚至還會強調套色印刷，插畫圖解等等。然而，字典所反映的，恐怕不是一個社會所能積聚的文字學專業素養，而是社會大眾對於文字的好奇深度。

我們當然無法建議每個人隨身備一套《漢語大字典》，但是，從觸控螢幕手機和平板電腦的普及與便利著眼，我們隨時找到極為精深、專門的文字學答案似乎不怎麼困難，問題在於我們還會不會那麼些看來不切實際的問題？不問這些，我們不會進化到問出更精湛的問題，字典就會愈編愈薄。

行路不難，只是辛苦；問路實難，它決定了旅程長遠的價值。

例

差不多先生傳

胡適

你知道中國最有名的人是誰？提起此人，人人皆曉，處處聞名，他姓差，名不多，是各省各縣各村人氏。你一定見過他，一定聽過別人談起他，差不多先生的名字，天天掛在大家的口頭，因為他是中國全國人的代表。

差不多先生的相貌，和你和我都差不多。他有一雙眼睛，但看的不很清楚；有兩隻耳朵，但聽的不很分明；有鼻子和嘴，但他對於氣味和口味都不很講究；他的腦子也不小，但他的記性卻不很精明，他的思想也不細密。

他常常說：「凡事只要差不多，就好了。何必太精明呢？」

他小時候，他媽叫他去買紅糖，他買了白糖回來，他媽罵他，他搖搖頭道：「紅糖，白糖，不是差不多嗎？」

他在學堂的時候，先生問他：「直隸省的西邊是哪一省？」他說是陝西。先生說：「錯了，是山西，不是陝西。」他說：「陝西同山西，不是差不多嗎？」

後來他在一個錢舖裏做夥計；他也會寫，也會算，只是總不會精細；十字常常寫成千字，千字常常寫成十字。掌櫃的生氣了，常常罵他，他只笑嘻嘻地賠小心道：「千字比十字多一小撇，不是差不多嗎？」

有一天，他為了一件要緊的事，要搭火車到上海去，他從從容容地走到火車站，遲了兩分鐘，火車已開走了。他白瞪著眼，望著遠遠的火車上的煤煙，搖搖頭道：「只好明天再走了，今天走同明天走，也還差不多；可是火車公司未免太認真了。八點三十分開，同八點三十二分開，不是差不多嗎？」他一面說，一面慢慢地走回家，心裏總不很明白為甚麼火車不肯等他兩分鐘。

有一天，他忽然得一急病，趕快叫家人去請東街的汪先生。那家人急急忙忙跑去，一時尋不著東街的汪大夫，卻把西街的牛醫王大夫請來了。差不多先生病在上，知道尋錯了人；但病急了，身上痛苦，心裏焦急，等不得了，心裏想道：「好在王大夫同汪大夫也差不多，讓他試試看罷。」於是這位牛醫王大夫走近前，用醫牛的法子給差不多先生治病。不上一點鐘，差不多先生就一命嗚呼了。

差不多先生差不多要死的時候，一口氣斷斷續續地說道：「活人同死人也差……差……差……不多，……凡事只要……差……差……不多……就……好了，何……必……太……太認真呢？」他說完了這句格言，就絕了氣。

他死後，大家都很稱讚差不多先生樣樣事情看得破，想得通；大家都說他一生不肯認真，不肯算帳，不肯計較，真是一位有德行的人。於是大家給他取個死後的法號，叫他做圓通大師。

他的名譽愈傳愈遠，愈久愈大，無數無數的人，都學他的榜樣，於是人人都成了一個差不多先生——然而中國從此就成了一個懶人國了。

三個「S」

一篇情節推動足夠豐富的敘述文通常包含幾個能夠帶給讀者快感的「S」：surprise（驚喜）、suspense（懸疑）、satisfaction（滿足）。內在動能強大的故事幾乎不須要甚麼技巧，比方說：有一個你信得過而精神狀況並無不佳的朋友忽然告訴你他撞了邪、遇見髒東西，哪怕說得支離破碎，首尾不全，你也會為之憂疑驚懼，甚至夜寢不寧。「入局」的程度，可能遠超過看一部驚悚電影。這是基於讀者與作者之間的特殊關係——也可以稱之為特殊閱讀合約——而達成的效果，未必可施之於一般作品。一段也許能夠感人的故事，最糟的就是說壞了，說壞了就令人來不及有感。

要說得讓臺下人不至於提前把臺上的戲給散了，就得在說故事之前先問：我該讓誰說這個故事？故事可能是某甲遭遇的，內容關係到某乙和某丙，而影響到某丁，某丁居然毫無所知，卻讓某戊受害最深，受苦最大，最後真正能理解這其中意義和價值的居然是某己，而與此事毫無關係的某庚卻被誤會為主導其事發展的幕後主使之人。好了，該由誰來說這個故事？

以下這篇例文沒有那麼複雜，可是我的確為如何展開述說而困擾了很久。應該從那個繪本的神秘作者的角度寫嗎？不對，她是故事裏一切情感的發動者，可是她根本不知道她啟動了甚麼。那麼，從幼稚園園長的角度來寫呢？也不對！若是讓園長開啟敘述，不免會讓一個具有溫情的故事變得說教味十足。那讓餐廳老闆說吧？還是不對！因為一個正常生活著的餐廳老闆，實在不必那麼多事地為人訴說一個與他無關的故事。然而，故事的確是他告訴我的。那時我問他：「店裏有沒有包團滿座的生意？」他說：「當然有。」語氣很不服，像是我太瞧不起人了。接著，就是這個故事。

我說這個，目的在於回到一個簡單的問題：這是誰的故事？小說作者、電影甚至電視劇的製作人和導演都常問這個問題，熟練的編劇在寫作之前會自問好多次。這是誰的故事？它包含了兩個層次的認知：這個故事使誰經歷了最大程度的衝撞、或是誰的感受最強烈？以及最有敘述能力者是誰？這兩個問題都不會有標準答案，但寫作的人不得不問、再問、以及再多問幾次。原因可能是：我們都不知道自己有沒有說故事的資格。

例

仙女未曾下凡

仔細算來，大約就是這時節，我的老朋友鄭安石所經營的法式餐廳剛好滿三十年了。三十年觥籌交錯之際，自然有很多故事。我常在午後或傍晚抽空去閒坐片刻，聽他漫談。有時一事說過好幾遍，講的人不記得，聽的人也不在乎；卻頗有助於雙方逐漸因年紀而退化的記憶。倒是昨天，我頭一次聽他說起店裏的仙女下凡。

那是十多年前的一個秋冬之交，午後休閒時分，他忽然接到了一通電話，撥打的是位女士，言詞間帶著冒昧打擾的歉意，大約是擔心安石把她當成窮極無聊、沒事找事的閒人：「請問你們這裏是長春藤嗎？」「請問這是一家餐廳嗎？」「請問你們的牆上是不是有一張畫，畫著一位仙女，手裏拿著一枝玫瑰花？」

安石告訴她：沒有仙女，但牆上是有一張畫，畫著個手拿玫瑰花的姑娘。對方像是發現了甚麼驚人的秘密，語氣立刻興奮起來，隨即告訴安石：她是一所幼稚園的園長，每天都要在午休之前為園中的二、三十個小朋友讀些繪本故事。最近她讀了一個繪本，描述的是在我們這個大城市裏，有一家名叫「長春藤」的餐廳，牆上掛著一幅畫，畫了一個手持玫瑰的仙女。

這位仙女每天晚上過了子夜十二點，就會從畫裏走出來，打開餐廳的大門，邀請路上過往的孤魂野鬼進來，饗以美食和好酒——可想而知，這是一個交融著中西祭饗神話、流露著生死分潤情懷的故事，過了子夜，於人鬼易主的縹緲虛空之中，畫上的仙女體現了消弭恐懼的好客熱情與慈悲心意。

由於是童書童話，安石並未十分在意，十多年轉瞬而過，當他跟我轉述這一段往事的時候，連那繪本的書名、角色、作者或結局都不復記憶。但是他還記得：那位幼稚園園長訂了一席餐飲，說要在聖誕節的晚上，招待全園的小朋友來長春藤親眼看看仙女和她手上的玫瑰。

到了日子，園長和孩子們都出現了。可想而知：小朋友們都非常興奮，故事裏的角色就在他們的眼前；故事裏的場景也就在他們的足下，每個人都不時地走近畫像，數記著時間，爭看子夜時分仙女是不是真地會從畫中走下來，來到他們的面前。

在我這聽者主觀的想法裏，的確希望孩子們在子夜前就被爸媽帶回家了，否則仙女不下凡的場面一定很殺風景。然而——據安石的記憶；孩子們都撐過了十二點，也都發現了畫自是畫、姑娘自是姑娘、玫瑰自是玫瑰，而故事畢竟只是故事。安石則得到了園長餽贈的那童話故事的影本——因為園裏只有一本，而市面上似乎找不到另一本了。事隔十餘年，連這影印本都不知去向——坦白說，我比安石還要懊惱。

這個沒有結局的故事令我感動的，不只是仙女和她推食分潤孤魂野鬼的情意，還有茫茫人海裏來自陌生人、並付與陌生人的善念與同情。據安石推測，那繪本的作者，應該是長春藤的某一位顧客，在看了牆上的畫之後，設想了這故事，並且將之完成付梓。更有意思的是那位園長，她在為孩子們講述這個仙女故事的時候，一定反覆想像著餐廳的具體樣態，也深信在我們這樣一個城市裏的某個角落，一定還存在著連孤魂野鬼都願意餵食的分享之地。在十多年前，網路搜尋尚未普遍的時代，她可能翻了電話簿、或是問了查號臺，就是為了印證這世上有沒有那樣的仙女。

我想是有的，從精神意義上說，那位園長和作者都是這樣的人。

公式操作

寫文章有沒有公式？補習班的老師一定說有，那是他生財的工具。多年前我還在服兵役的時候，認識了一位補習班國文名師，會用類似簡易的數學式子，轉換成作文的組織架構和書寫程序。聽他解作文，如拼七巧版，不但說來熱鬧動人，好像只要掌握了幾個扭轉行文的關鍵語、連接詞，再填入預鑄宿構的半成品（名人軼事、偉人格言、前人嘉句），無論甚麼題目，都能夠堂堂皇皇堆出一篇文字來，要成語有成語，要詩詞有詩詞，要感慨有感慨，要體悟有體悟；真是一呼而百應。

我還記得他告訴我：根據他的觀察，有幾句話，無論甚麼題目都對付得了，一旦巧施於行文之間，必然能讓批改老師眼睛為之一亮（可惜我只記得三句）。其中一句是：「君子以果行育德」（語出《易經》）；另一句是「周道如砥，其直如矢」（語出《詩經》）；還有一句是「士君子立志不難」（語出韓愈）。

這三句話還都不須要引注出處——那樣就太做作了。然則如何運用呢？就是在換段之首，硬打硬接，破空而下，之後再加上一句白話，聊為補充，表示作者無意獺祭賣弄，而是有真實體會的。比方說：「君子以果行育德；無論甚麼理想，都得付諸實踐……」、「周道如砥，其直如矢；道理是很明顯的……」、「士君子立志不難，但是能堅持走下去卻不容易……」我這朋友對於文學創作沒甚麼興趣，無論任何名家名作，在他眼底都是可以拼裝拆解的積木，而堆積木，不過是將現成的材料翻來覆去、顛倒搬弄而已。我只能祈禱他教導的許多孩子的卷子不要落在同一位批改老師手上。

誠然，公式化的鍛鍊出不了文學家，可是在考作文這種萬人如海、一試而決的競賽中卻頗有突出之處。補習班名師之橫行江湖，良有以也。你說他匠氣，我還覺得這樣的匠心，倒未必不可以發揚光大。試想：如果不只是調度有限的嘉言名語，投機討巧，而是將這公式移作思考遊戲，鍛鍊出一種不斷聯想、記憶、對照、質疑、求解的思考習慣，何嘗不能在更廣泛的生活場域上打造出行文的能力呢？

讓我先介紹三個看來無關的名詞：「慣用語」、「生命經驗」、「掌故傳聞」，這是我所謂思考遊戲公式等號左邊的三個元素。

「慣用語」是一個概念性的說法，包括了我們常用的成語、俗語、俏皮話等等套語。人們使用這一類的語彙經常不假思索，例如我們說某人招了個「東床快婿」，恐怕未必認為口中的「東」、「床」、「快」三字有何意義，也未必知道此語說的是王羲之；可是四字連用，對那位女婿想來是恭維賞識的。

「生命經驗」毋須解釋，大約就是真實生活中的瑣瑣屑屑、時刻能夠從記憶中提取，以為友朋說三道四、招引啼笑的小段子。就從前揭之文提到的「東床快婿」發想，我總記得生平擁有的第一本不帶注音符號的讀物是《成語故事》，書上解說「東床快婿」的故事來歷，把王羲之畫成個大肚漢，大白天在窗邊坦腹大睡的模樣很滑稽，看來不像個儀容俊秀的女婿，更不像個書法家。

至於「掌故傳聞」，有時自書本來，有時浸潤於常識，雖未必能脫口便盡道諸事出處是某卷某篇，能說個大意也就可以了。從這個面向上談「東床快婿」，我那本兒時讀物《成語故事》就不夠用、甚至不見得正確了。「東床快婿」、「坦腹東床」背後還有更多的細節。

《世說新語．雅量》裏有這麼個故事：太尉郗鑒聽說丞相王導家的子弟都很俊雅，便派遣門生到府求女婿。王導對郗太尉的門生說：「你去東廂房，隨意挑看。」王家子弟一聽說郗太傅家來選婿，都肅容待客，各顯風姿。只有王羲之一個人「在東床上坦腹食，如不聞。」那門生回去如實稟告，郗鑒道：「正此好！（就是這個人合適！）」「坦腹」的時候，王羲之原來不是在呼呼大睡，而是吃著東西。若依《太平御覽》，說得更仔細，連王羲之吃的東西是「胡餅」都記載了。想來確實不怎麼雅相，然其風姿瀟灑，率真過人，恐怕也是郗鑒快手選取的原因罷？《世說新語．容止》上說：「時人目王右軍，飄如遊雲，矯如驚龍。」所形容的，應該就是這種風度。

以上數段，稍加整理，就是一篇小文章。

等號左邊的三種元素有時可以一套一套地想像。當你在等公車、搭捷運、或是窮極無聊想要罵那個跟你約會卻遲到的傢伙的時候，就可以作這樣的練習——首先，想一句成語、一句詩、一段歌詞、一個新聞標題……其次，想想這話語運用在自己身上的一個事件；接著，再想想在你所讀過的各種文本之中（包括新聞、歷史、小說、戲劇、電影、漫畫、網路流言……都行）有沒有在相當程度上也吻合那句話以及那個經驗的情節。一旦找到了——我就要和你一起說：Bingo！雖然你一個字都沒寫出來，但是這整個思考的過程，已經是寫文章了。

例1

除非己莫為

我們常用的俗語、諺語有時來自古書古史，如果沒有查考的習慣，往往錯失了來歷；也就錯過了故事，如此，俗語、諺語裏的教訓也會輕微地「移位」。

猶記我還在讀小學二年級的時候，因為排隊等候校車而和同學發生糾紛，幹了一架，我的級任導師要我「立刻把家長請到學校來」。我想盡各種藉口拖延——今天爸爸出差，明天媽媽生病；諸如此類。終於有一天晚上，天外飛來一場簡直不可能的災難。

當時正逢副總統陳誠過世，一連好些天舉行各界的公祭禮，市民們日夜可以自行到殯儀館上香。由於靈堂近在咫尺，步行可及，父母親在某日晚飯之後決定：「去給陳辭公鞠個躬吧。」不料就有這麼巧的事：我所就讀的那所小學全體教職員也在當晚前往致祭。我們一家三口才來到漫天遍地紮著白花的靈堂門外，導師就出現在眼前，她看著我身邊那一雙既未出差、也未生病的父母，對我說了一句：「你騙我！」那一刻，耳邊忽然響起了國歌，國歌演奏之時，人人必須就地站好，不得妄語妄動，於是我還能偷得片刻的平靜——真希望那國歌能永遠演奏下去。

國歌總會結束的，老師緊接著對我扔了句：「若要人不知，除非己莫為！」之後轉過臉去，把我和人打架的事向父母說明了。那一夜，我的記憶凝固在儀式的肅穆、悼亡的莊嚴以及謊言終於被拆穿的尷尬之中。「若要人不知，除非己莫為」一語就像銘印（imprinting）一般，等同於注定要被揭發的惡行。

可是，故事並非如此。

在東晉時期，北方的前秦立國期間，苻堅殺死了堂兄——暴君苻生；自立為帝。五年之後，也就是大約西元三六二年，有鳳凰齊集於宮殿的東闕，這是祥瑞之兆。依照慣例，此時要舉行大赦，百官都得以晉位一級。

在一開始商量大赦和加級事宜之際，是極機密的。苻堅和他親信的弟弟苻融以及重臣王猛密議於甘露堂，屏去左右。由苻堅親自撰寫赦文，苻融、王猛供進紙墨。就在此刻，有一隻體型碩大的蒼蠅從外面飛進來，嗚聲甚為嘲哳，在筆端繞來繞去，驅之才去，片刻復來。

不久之後，長安街巷市里人便相互走告著說：相告曰：「今天要大赦天下了！」地方官不敢隱瞞，連忙把謠言上奏入宮。苻堅嚇了一大跳，同苻融、王猛說：「禁中沒有一隻閒耳朵，大赦之事是怎麼洩漏的呢？」這當然要徹查。

消息傳回來，各地謠諑的根源很相似，都說有一個小人兒，穿了身黑衣裳，在市集之地大呼：「要大赦天下了！百官都晉位一級了！」說時，人也就不見了。苻堅歎口氣，道：「就是之前那隻蒼蠅吧？聲狀非常，看了就討人厭。俗話說：『欲人勿知，莫若勿為。』不就是這個道理嗎？」

秘密本來只是秘密，無關其為好事或壞事，可是在我的記憶裏，「若要人不知，除非己莫為」總帶著威脅和恫嚇的況味，和「為善不欲人知」竟然形成了倫理意義上的悖論。

至於苻堅兄弟的故事，原本在正史裏有，在《廣古今五行記》這樣的野史裏也有，到《太平廣記》可以說已經定了形。然而故事不是一成不變的，清代金埴的《不下帶編．卷三》裏，一隻大蒼蠅變成了兩隻；一個黑衣小人，變成了兩個黑衣小人，諢稱狗仔。多出來的這一個，怎麼看都像是「隨行攝影記者」。

例2

嵯峨野，自己的愛宕念佛寺

在記憶和有著回憶作用的夢中，那是一條筆直的路，彷彿沒有任何分岔，一逕通往成千上萬個象徵著人生終結的石佛道場。我一想起嵯峨野，自然就吟成了「萬般無奈收遺忘，一介多情轉寂寥」的詩句。

實際上全然不是那麼一回事。那條路蜿蜒多歧，途中可以休憩賞玩的著名景點甚多——有一家名叫「曼陀羅」的咖啡店，冷熱飲品絕佳，甚至因之才覺得梵文「曼陀羅」（mandara）中譯為「悅意花」之言不虛。那一次步行到愛宕念佛寺，一路之上與旅伴們談天說地，體會日本古都風味的豐富多姿，回味無窮。那是一次充滿喧笑、愉悅的散步。那麼，我的記憶和夢為什麼會出錯？

會是因為《古都》嗎？

川端康成在這個深邃美麗的故事裏攝入了他自己的投影——佐田太吉郎，一個布匹批發商、庸才畫家，在六十五歲那年避居嵯峨野的尼姑庵，參考了歐洲最當令的抽象藝術家的畫作，設計出來的和服腰帶圖樣居然被一個腰帶織工一語道破；年輕而眼光犀利的織工大友秀男是這樣說的：「雖然獨特有趣，但是缺乏心靈的溫暖調和，不知怎地，有種頹廢的病態。」

嵯峨野竹林深處的尼姑庵似乎非常適合川端康成自己或者他筆下的角色隱居自憐。據說，最早是空海（弘法）大師（西元七七四至八三五年）在此地建立如來寺，遍祀古來亂葬之崗上不可勝數的孤魂野鬼，此後這裏才有叢集的碑林、以及數以萬計的石佛像。轉入愛宕念佛寺之際，觸目所及的石佛林林總總，每尊面目皆不相同，設若細心觀察，總覺得石雕師傅所刻畫的，既不純是佛、亦不純是人。彷彿「孤魂野鬼」有了另一種讓人肅然起敬的身分——在人與佛之間變幻擺盪。無怪乎我會一直想起川端所創造出來的佐田太吉郎。

在推動《古都》的主要情節裏，千重子和苗子這一對自幼分離而生活環境天差地別的孿生姊妹，分享著同樣孤絕淒美的悲情。千重子的養父佐田太吉郎似乎更慘些。他藝術上的的平庸與欠缺愛的熱情和能力似乎是互為因果的。無論是純粹傳統日本的幽篁古寺或者是最時髦的保羅．克利「創造性自白」（creative confession），都沒有辦法啟迪一個平庸、甚至堪稱拙劣的心靈。更深刻而犀利一點地說：擺盪在東西方美學幻影之間的藝術工作者——國際知名的小說家或布匹批發商——都祇是無可依歸的孤魂野鬼而已。

在一趟又一趟的京都之旅過後，我總是反覆想起嵯峨野。那一條通往萬千石佛雕的路徑果然是極具隱喻性的。我猜想：每一個不知道自己有沒有創造力、不知道自己有沒有愛的熱情的人，都應該親自來走一趟這條路，盡量放緩腳步，感受到路途的無盡無涯，在抵達之後，也許一直徘徊到傍晚，仔細觀賞著每一尊石像。倘若耐心無限，我相信來訪者總會在石像之中找到自己的面孔，並因此而覺得自己一點兒也不孤單或寂寞。

我足夠幸運。那一趟行旅之中，由於一歲多的孩子隨手把外套披覆在某一座石像的頭頂上，孩子的媽在回程將盡之際才赫然發覺，我只好再折返一趟。多年後追憶起來，諸多關於念佛寺的風情已經記得不清楚，只沒忘了遠遠看見一件童衣蒙住佛臉，在風中拂盪。

齊克果句法與想像

從一個句法，發展成一篇文章。比方說：「當A事件發生時，B事件也發生了。」這個句法有著神奇的作用，將兩件原本並不相關的事，經由發生時間的相當而聯繫起來。有些時候，就算A與B發生的時間並不那樣嚴絲合縫，讀者也未必計較。

作文歸本於國文科似乎無足為奇，就像中文系出作家亦無足為奇一樣；於是，中文系畢業的教國文亦無足為奇了，作家談起寫作文，簡直就要把下一代都造就成作家了；諸如此類的推想或「感覺上像是」的說法都出籠了；連教育部的官員也曾表示有些作家們對國中會考作文指指點點，說那是出於「文學」的意見，而距離「作文教育」太離題。我不禁懷疑起來：能出現腦子這麼糊的官員，恐怕都是歷年歷代的作文課真沒教好的結果——請讓我們回到一個簡單的思辨問題：為甚麼學寫作文？

作文課要培養國人用國文表達思想感情意見觀點……這些陳腔濫調我們聽多了，就不必細為鋪陳了，單說我的朋友謝材俊跟我說過的故事。材俊的二哥念中學的時候（怕不也是五十年前的事了），老師出了一個作文題——〈從臺灣看大陸〉；謝二哥班上有位同學如此寫道：「看不到。」那孩子當年肯定拿了鴨蛋，或恐還少不了一頓教鞭。

我們且看看這樣一個題目，是不是在「鍛鍊學生思辨及表達能力」這樣一個籠統的範疇就解釋清楚了呢？寫一篇洋洋灑灑數百字之文的人為甚麼比只寫「看不到」的人得分高？若非後者明顯地流露出黨國機器所不能容忍的譏嘲異議，必欲除之而後快，那麼，起碼可以解釋成：因為前者看起來知道那個「看」字有複雜的、精神意義上的對照或比較，而不是只能從下面這個題目之中的物理解釋看問題：

若X星球距地球為1.5×10的8次方公里，假設X星球發生大爆炸，而當時聲音在空氣中傳播的速率是300 m/s，則爆炸聲要經過多久才會傳到地球？

①5×10的5次方秒 ②5×10的6次方秒 ③5×10的7次方秒 ④聽不到

這一題的答案當然是「聽不到」。道理很明顯，太空中沒有傳遞爆炸聲的介質呀，這不是很容易辨識的小陷阱嗎？花冤枉力氣去計算的人栽在了普通常識上。好了，這和教作文、學作文有甚麼關連？

搞作文教育的人（讓我們先假設有這樣一個專業，而不是想當然耳的中文系、作家云云）必須面對的一件事：無論社會的專業分工如何，一旦形之於書寫，都各有其文本語境。在〈從臺灣看大陸〉一題之下的「看不到」明明是物理世界的實情（甚至還包含了詩意的諷喻），卻是「錯」的、「失格」的；而另一題的「聽不到」卻意味著答題者能夠想像出遙遠宇宙中物理世界的實況。

你或許會問：作文和物理扯在一起做甚麼？我的答覆是：不然作文該跟甚麼扯在一起？作文，不就應該與萬事萬物、各行各業、諸學諸術都有關嗎？

如果有一天，有一個學生在作文裏這麼寫：「站在月球表面的太空人阿姆斯壯在踏出了他那一大步的時候，應該看見了遙遠宇宙中人類科技的未來。」或者有一個學生在作文裏這麼寫：「拿破崙被囚禁在聖赫倫納島的時候，還能聽見他為自己加冕時的聖歌嗎？」試問：這是文學？或不是文學？

作文當然不是文學，也不以訓練文學家為目的，但是作文並不排除文學。相對來說：作文老師之為人，恐怕正是以真正偉大而繁複的文學傳統去豐富那些令人「看不到」、「聽不到」的宇宙介質呢！在前揭阿姆斯壯的那兩句裏，你看得到作文者對於科技發展日新月異的謳歌；在拿破崙那兩句裏，你聽得到作文者對獨裁君王的譴責或惋歎。這兩個例子都不是出於我的生造——而是當年我在陸軍通校擔任教官時讓班上（無線電專修甲班）同學試作三百字的短文中的兩段。

我的練習題很簡單，出自齊克果的段子。齊克果在他的隨筆中曾經開過巴克萊大主教冗長演說的玩笑。當時齊克果是這麼說的：「當我們敘述：『當A事件發生時，B事件也發生了。』那麼，A所佔的時間一定比較長，B所佔的時間一定比較短。」

這話很好理解，在生活中隨手一例：「當我在寫這篇稿子的時候，《獨立評論》傳來了邀稿簡訊。」不過，齊克果很頑皮，他舉的例子是：「當巴克萊大主教在發表他的演說時，拿破崙利用火砲和騎兵的威勢，越過阿爾卑斯山，打下義大利，攻陷埃及，最後統一了歐洲。」不消說：齊克果藉由這例句諷刺了巴克萊大主教演講之冗長、無趣，以及與世事漠然不相關。

我用齊克果的玩笑當引子，規定我的學生們必須在一篇自訂題目的作文中使用這「當A事件發生時，B事件也發生了」，我還當堂規定：A和B之中一定要有一個是心理活動。

那些被我戲稱為「小鬼」的孩子們日後沒有一個成為文學家——其中一個還曾被我撞見，在夜市批發水果——可是在士官班當年的作文課堂上，經由適度的遊戲鍛鍊，他們幾乎都很能夠調度敘述的時式，運用語氣的懸疑，穿插、交織生活中的種種語境，大部分的時候，作文裏所表現的，都是枯燥操勞的軍旅生涯中值得同情一哭、卻只能付之一笑的甘苦細節。

對當時的學習者而言，他們不是在作文，而是反芻不得已而然的生命。不消說：之所以會有阿姆斯壯和拿破崙出現在文中，一定也是因為在那一段時間裏，他們的物理課和歷史課提及了這兩個人物。他們想像、虛擬大人物的心理活動，又是多麼地親切和體貼呢？我只能說：一個看似公式化的句法，還是可能在角落裏挑動著作文者真實的情感。

如果有一個又一個的題目，能夠勾動你去反芻你那不得已而然的生命，你會覺得那是中文系、作家、或者是作文專業老師才看得到、聽得到的事嗎？

你不寫，誰寫呢？

例

想起課室裏的幾張臉

我和家裏的高中生閒談的時候，說起這個剛開始的求學階段裏同儕多樣性的重要。一不小心，話題就轉入了我四十多年前在課室一角的封閉記憶。在那裏，沒有甚麼重大的事件，只有幾個名字、幾張臉孔——嚴格說來，也可能只顯示了我高中生活的幾個片刻。

那個班級編號一〇一，在一排低矮老舊建物的最南端，突出於課室門楣旁邊的綠底白字木牌是我和所有新同學相互結識的重要媒介——我總在下課時間把它從掛鉤上踢下來，贏取陌生同學讚嘆的眼神，這些陌生的同學也不吝給我掌聲，或者向我介紹一些可敬的對手。我在成功高中所聽到並印象深刻的幾個名字之一，「孫鐵漢」，據說是一〇三班的。

告訴我「孫鐵漢」三字的是坐在我左前方的項迪豪，他和孫鐵漢都是跆拳社的，據說那鐵漢雖然踢得並不高，但是「出腿很快」。項迪豪和坐在他後面的葉常仁似乎有某種遙遠的親戚關係，又都是臺北東區某貴族中小學的畢業生，溫和穩重，斯文有禮，連冒青春痘都十分嚴謹節制，寥若疏星，渾身透露出一種高級公寓裏才養得出來的白皙氣質。葉常仁每每基於鄰座之誼、在我飛踼班級牌的時候高聲鼓掌——我第一次發現，看上去如此細緻柔軟的手掌，居然發得出那樣驚天動地的聲響；有些時候，我還真是為了聽他那出奇爆裂強大的掌聲才模仿李小龍的。

我和葉常仁、項迪豪都是李小龍迷，我告訴他們：李小龍所獨創的截拳道另有淵源，叫做「趹拳道」——「趹」字是我好容易從字典裏一筆一劃查找而來，字形接近韓國國粹的「跆」，字義則是急速奔跑，比起「跆」字的「躍起、踼出、落下」又顯得詩意而大方。我告訴班上的同學們：趹拳道是一門古老近乎失傳的武術，比跆拳道久遠，比截拳道實用；為了取信於人，我還掏出了一張印有「中華民國趹拳道推廣協進會」單位字樣的名片。那是南機場專印名片喜帖的小商家給印的，花了我五十塊錢。

可是居然有人不認識李小龍，他叫曾國榮，來自一個我從前沒聽過的地方——後龍；有一天他在我身後猛可冒出一句：「李小龍是誰？」我驚呼出聲，轉回身去，請他再說一遍，他就又說了一遍。我再問曾國榮鄰座的呂志良——一個來自新竹、生得劍眉星目的大帥哥：「他不知道李小龍呢？」呂志良挑了挑眉毛：「所以呢？」

所以我立刻被右鄰座的魏銘琦記了一筆。魏銘琦是本班風紀股長，兩年後甚至幹上了畢聯會主席。我們十八歲之後，我再也沒有見過他，但是想起他來的時候總覺得他沒有從政——尤其是跟立法或執法有關的政治事務——真是太可惜了。

魏銘琦是帶著極為強烈的恥感勉強進入成功就讀的，他從大同國中畢業之後，應該已經混過「學而」之類的補習班，非第一志願不足以顯名聲以揚父母的那種勢頭；這是為甚麼他的書包蓋子一掀開，內面就有端楷毛筆的兩行對聯。字句究竟如何，我已經不記得了，大意則是：記取教訓、洗雪恥辱、考上臺大。

他可能認為，我就是進了成功高中居然沒有恥感的那種麻木不仁的人，又或還是導致他將來不能雪恥的害群之馬。基於地利之便，他經常能夠就近觀察到：我在上課期間，總是和葉常仁談日本摔角、和項迪豪討論孫鐵漢的腿長、教曾國榮認識李小龍，以及和呂志良有一搭、沒一搭地學兩句客家話。魏銘琦用劃「正」字的方法，記下我上課講話的次數。

我們的導師胡達霄是國文科教員，日日西裝革履，手提〇〇七皮箱，戴一副深色方框墨鏡，上頂波浪狀大油頭一包。這一天下午班會時間他進了教室，〇〇七順手往講桌上攤平，摘下墨鏡，說：「剛軋進去一張票子，二百八十萬。」我們都知道，那二百八十萬不是高中國文教員兼班導薪水，而是胡達霄兼差開一家名為「南強」的電影公司業務所需。至於「南強」拍些甚麼片子，胡達霄從來沒有說過。這一天他報告了軋票子的數目之後，右手朝我一戟指，左手插腰，用他那帶有濃重浙江口音的柔軟國語道：「張大春！站起來——說，你自己說，今天上課講話幾次？」

我悉心回想了很久，真感不勝負荷，老是記不得某個話題到底是第十一次、還是第十二次的時候說的。胡達霄卻再也忍不住了，斥道：「三十二次！你一天上課講話三十二次！你有幾張嘴啊？」

回首我的高中生涯，我總是從這幾張臉開始，到胡達霄的那幾句問話暫停。我有幾張嘴呢？真是個耐人尋味的好問題。一張嘴的確不夠使喚，我的高中時代——不是雪恥考好大學的競技場，我也當真沒有一點恥感。這是我離開暖房一般的私立中小學、開始接觸到各色人等的最初記憶，是那樣俯拾皆是令人意外的異質。雖無可道之迹，卻有不滅之痕。

是的，我承認，我從來沒真敢跟孫鐵漢較量。倒是後來有一次，我果然把一〇一的班牌踢缺了一角（真相是木牌摔落水泥地面的撞擊所致），這事沒有人說出去，連魏銘琦都沒有。

敘事次第

敘事散文——未必一定要吻合現代意義所指稱的小說；就是說事而已。無論多麼精彩的一個故事，總得想法子找個不同於尋常的方式來說，才能讓讀者留下深刻的印象。要緊的是先說甚麼、後說甚麼——也就是敘事的次第。講究敘事次第的原則只有一個：持續製造讀者對於這故事的多樣懸念。

一人出門之後有一遭遇，讀者當然想知道他遭遇了甚麼，但是這還不夠，如能在遭遇之前說這人「出門下樓，忘了帶傘，又懶得回去拿」。之後，再說那遭遇，這就讓讀者起懸念了。

「忘了帶傘」是會淋雨嗎？「懶得回去拿」是已經下起了小雨，卻不礙事嗎？還是這人趕時間、過於心急呢？這都是短短十個字所刺激出來的立即聯想。後來那人的遭遇無論是甚麼，先埋伏下來的這「忘了帶傘，又懶得回去拿」便始終會是個懸念，就算讀者被那人的遭遇所吸引，忘了先這十個字，之後終於下起滂沱大雨來，原先的懸念就起了關鍵性的作用。具有關鍵性作用的字句必須在毫不起眼的情況下提早暗示了讀者。這就是次第的緊要之處。

底下的這篇例文，讀來像是小說，起碼是說一故事。說故事不外兩端，若非勾人追問：「後來呢？」；就是引人追問：「何以致此？」無論是情節上的推進，或者是心理層面的探索，儘管手熟的作者，也最好不要信馬由韁，且寫且想。敘事有必須全盤照顧的組織，也就是甚麼先說、甚麼後說的次第。

以下例文一開篇，河口上日日盤桓行乞的老丐一定是個明白人，對於自己的身分，他心頭應該是雪亮的。不幸的是，這點明白還不夠，加上一些好奇、一點貪念，他就愈發地墜入糊塗之中。而讀者必須跟著他的好奇和貪念犯糊塗，讀到最後才會有奇趣。

所以故事原本的觀點（老丐）不能轉移；他所經歷的事，只能是令人眼花撩亂的奇遇，到後來，他陷入了不可抽身的窘境，最後不知所終。就算讀者很想知道：「後來呢？」也不必有甚麼後來，因為答案會被另一個問題取代：「何以致此？」作者悄悄調換了敘事內在的問題——唯其調換了這個問題，故事的教訓才得以彰顯。

值得附帶一提的是命題。題目〈雁回塔下雁難回〉，看似與內文無關。就故事本身言之，大可以掐頭去尾，根本不提雁回塔，可是為甚麼要虛晃一槍、添頭補尾呢？因為通篇所敘，就是個虛晃一槍的故事——讀過之後，會心者便會恍然大悟，連標題都像是是虛晃一槍——等等，也不一定呢！從比較深沉一點的層次去看，老丐的處境，可不正是雁回塔下雁難回嗎？

例

雁回塔下雁難回

這個故事發生於湖南武陵雁回塔，塔在三百年前就不知毀於何人之手，塔基沒人見過，是以塔址隨人亂說，後來有博物之人想出了一個法子，觀看北地大雁南來，可有經過此地而回頭的？若有，依其地再建一座塔，像是射了箭才畫靶。可若不這樣兒，空頂著個雁回塔之名，豈不無稽？

雁回塔邊武陵關上，有個既老、又瞎、幾乎半聾的乞丐，這一天聽河口上人聲鼎沸，說有四品官要乘官舫來巡，河道得讓出來。午後時分，還真來了。舫窗前的官人，天青褂外帶補服、頂戴，當真是四品打扮，打大老遠就探頭出窗，盯著岸邊的老丐瞧看。

一旦泊船，官人奔向這老丐，雙膝跪倒，道：「您不是孫長者嗎？多年前曾經收我為義子，助我回籍求取功名，今日選得此鄉，得為開府——沒料到義父淪落如此！」說著，放聲大哭起來。老丐心想：你認錯人了罷？又一想，何不裝瘋賣傻，看他如何伺候我；好日子得過且過，還嫌多麼？遂漫聲應道：「我年老糊塗，前事如夢，都記不得了呢！」

官人依舊虔敬地說：「雖然沾染風塵，面目猶存，兒子不會錯認的。」當下傳令，請「老封翁」沐浴更衣，櫛沐鬚髮，頤養了好幾天，皤皤一叟，精神矍爍。

這官人仍然屢屢表示：讓父親淪為乞丐，日夜不能安。或是：父親修飾整潔，衣履光鮮，隨兒赴任，以光門楣。此虛榮顯貴，亦禮之大者。接著，又跪著大哭：「市中知曉父親在闤上行乞的，也不在少數；還望父親為兒遮掩，莫要顯揚這些年棄養之罪。是以往鋪裏買金買帛之際，姑不論合意與否，儘可搖頭挑剔，切莫計較花銷。」這一下老丐又清楚了幾分：這兒子的孝順，倒有三五分是怕人譏責，刻意要做給人看的。於是兩轎兩僕，整日在外，父子皆服四品衣冠，招搖過市。

上銀樓買完金飾，知府把著店東的手道：「我還要同父親去至緞局，何不同行，順便兌銀入帳，也省得家父再跑一趟貴號。」店東當然沒甚麼好推辭的，跟著上了緞局，看他確是大手筆，緞局中一下單，備辦的綢緞倒像要結親。

一問之下，才知道這知府還真是個快要結親的光棍，所有的衣帛金飾，除了給封翁的見面禮之外，都要運往省垣去聯姻——他一開始沒有明說，其實是不肯擾民——怕這些金舖、緞局的商賈會為了討好而大送其禮，於是託言給父親備辦禮物，算一份孝思；底下人再喜歡拍馬屁，也不至於替人盡孝，如此也就保全了官人的清廉。

緞局之中最珍稀寶貴之物都展示了，一時琳瑯羅列，竟然都是入貢的上品。那老封翁祇一個勁兒地搖頭，問他是好是不好，也不大說得出所以然來。然而挑剔的是買家，多年經驗使緞局和金舖的店東看出來：這一對父子果然是為了一個孝字而準備花大錢了。然而老封翁之不滿意是實，這該怎麼辦？

知府於是道：「何不請我妹妹過過眼呢？舍妹現在舟中，也就是半里之遙，凡將所列之物送往河干，讓舟中人一寓目，即可定奪。」

這一下好，不是有兩頂轎子嗎？布莊自招一僕，隨著轎子押貨到碼頭。一伕扛去，一佚繼之。舟中之人卻是見一樁、喜一樁，居然都留下了。抬轎子的先回來稟報：「繡緞皆是上品，但不知應該用哪一家銀號平色銀兩？請官人自去檢點。」

這知府於是同緞局主道：「煩請侍奉家父暫坐，我去兌銀，即刻便回。」說完一拱手，還是乘著原轎而去。到了船上，大串金鐲子先分了兩對給轎夫和緞局押僕，俱謝辛苦，道：「我船中兌銀尚須片刻，爾等先去吃飯，飯後再接我回飯莊了帳罷。」

至於這故事的結局，很簡單——假官船一溜煙地順流而逝，老丐又給遺棄了一次。他想告訴捉他進官衙的兩家店東說：他還真是第一次當上人家騙棍的父親，但是沒有人相信。

至於先前提到的雁回塔是怎麼回事呢？雁回塔跟這事兒一點兒關係都沒有。

從容

〈包龍眼的紙〉是一篇絕妙好文，作者林今開先生，文章發表於一九六三年九月號《文星》雜誌，一九八一年編入中興大學國文教材之前已由皇冠出版社收錄於集中。這篇文章的好該怎麼形容呢？我會這麼說：如果你是在一張包花生米的印書紙上讀到了這篇文章，不經心地看了一句兩句，就會自然而然看下去，直到讀完紙上所載，都忘了該配幾口陳高。萬一文章沒刊完，你還會搶忙衝出去買第二包花生米。

〈包龍眼的紙〉是一篇敘事雜文，講的是林今開先生親身的經歷，他在一張包龍眼的英文雜誌紙上看見一篇文章，作者是個曾經在一九五一年間飛運農藥到松山機場加油的美國機師歐尼爾。文中盛讚臺灣機場的領班和工人如何身著畢挺西服、口操流利英語，文質彬彬、風度翩翩地執行搬運任務。林今開先生以為作者恭維太過，而現實不符所書，其事必有可怪之處。然而原文不過是將就包裝紙的尺幅而呈顯，中間還有些殘破，一時間不能解疑，不得不訪察考證。

讀者會為林今開先生上窮碧落下黃泉的追究而感動，也不免會在篇末得著答案的時候會心一哂。若是說到了作文章，〈包龍眼的紙〉更突出地示範了一種不疾不徐的從容。何以致此？簡單一句話：就是不急著給答案。

今天我們說人不會寫文章，文章不好看，說穿了就是不會做人。不會做甚麼樣的人呢？千萬別以為答案是不會做好人，應該說：今天的人不會寫文章，全是因為我們不會做有趣的人。甚麼樣的人是有趣的人？我後面會說，現在先說作文——

林今開先生把全文的重心放在令人不敢置信的誤會上，藉由作者不相信角色的敘述，令「質疑」成為推動閱讀的力量。這樣的文章不會出自一個愛教訓的人，更會令人想起「夫子循循然善誘人」的話；恰恰就是這不說教的意思、善誘人的手段，讓散文煥發光彩。

循循，說的是一階一步、次第分明，不外要使學習者自發地掌握求知線索。即使在不像有甚麼大了不起的學問上作學問，也還作得那樣津津有味。更要緊的是，在已經知道答案（歐尼爾是怎麼誤會臺灣的？）之後，不但不急著揭示答案，還老是兜著自嘲多事的圈子，這更十足掌握了「緩慢」的情味。

我們今天教中學生寫作文很難，那是因為他們在當小學生寫作文的時候就給打壞了底子。我們從小教孩子作文，就只教他們應和題目。甚麼是應和題目呢？說穿了，就是說教；就是搶著、忙著、急著給答案。你看看：〈禮貌的重要〉、〈上進心的重要〉、〈道德和學問哪個重要〉……諸如此類。如此寫到後來，甚麼都不重要，只有看不起作文最重要。當人們可以不寫作文之後，甚至會以為：文學不過是一種裝飾，一種儘教人說些假話的玩意兒。我們在學會那樣寫作文的同時，也失去了認真對許多不見得有用的事物產生好奇、並加意探索的能力。

是了，對許多不見得有用的事物產生好奇、並加意探索，這便是有趣。

例

包龍眼的紙

林今開

我從巷邊水果攤上買了一斤龍眼回家，吃過了，卻不知道什麼味道，我竟被那張包水果的破紙吸引住了。那是一張被扯開的英文刊物雙頁相聯的單張，印刷很精美，雖然有點殘破；上面刊載著一位署名歐尼爾撰寫〈飛行搜奇錄〉，我卻讀得津津有味。這位老飛行員記述他在北極飛行所見的奇景，非洲上空與巨鳥相撞的驚險，西班牙的豔遇，羅馬的受騙……種種奇聞怪事，最引我注意是一段描寫在臺灣的見聞，文端有個很醒目的小標題：「最文雅的苦力」，我將這段殘缺不全的文章摘譯如下：

一九五一年的一個夏天的午夜，我從泰國駕著一架運載農藥的專機飛抵臺北機場……（殘缺）……由三輛卡車運來一批溫文爾雅的工人，他們大都穿著漂亮的外衣和皮鞋，有的戴著很合適的領帶，也有……（殘缺）……他們擁進了機艙，起初我很疑惑，以為海關派來這麼多的驗關員，後來才知道他們都是卸貨工人，這是我從未見過的好禮而高雅的機場苦力，由一位頭髮灰白而精力充沛的領班帶頭做工，顯然他們水準相當高，每一位都能辨識裝箱上面的英文字；動作敏捷而謹慎，不像一般機場搬貨工人，把東西亂丟亂摔；最難得是他們互相禮讓，彼此呼應，好像一個大家族在假日野餐聚會中所表現愉快和合作，這是世界最文明國家機場所見不到的景象。貨都卸好了，那位年老的領班和我握手鞠躬，雖然他不會說英語；但由他的誠摯和虔敬的表情，我知道他是代表這國家國民向一個在深夜裏由異域飛來的飛行員致由衷的敬意。

我站在駕駛室門口，望著這一群可愛的苦力乘著卡車在鋪滿了月色的機場上疾馳而去，我彷彿感覺在這個夜晚誤降在一個地球以外的國家，或者是地球上的一個新的奇妙境界吧？不！這確實是一個地球上的國家，我清楚地看到機場入口處寫著「中華民國」四個字，這時候，我才感到非常慚愧和失敬，在這古老、文明，而講究禮儀的國家，我看到孔夫子的後裔有禮貌，而尊重地工作著，那是最自然不過的事，如果我……（以下殘缺）

我對歐尼爾所寫在臺北這一段見聞錄很懷疑，我不相信松山機場有如此高雅的起卸工人，因此，我將這張沾滿了龍眼汁的包裝紙，放在太陽下曬了一曬，再將裂處用透明膠帶黏補起來，寄給在臺北一家航空公司服務的朋友，問他這是哪一家雜誌的出版物？可否找一份給我看看這篇文章的全貌？歐尼爾是哪一家航空公司的飛行員？又請他就便打聽松山機場對起卸方面有沒有什麼特別服務隊，像那位老飛行員筆下所描寫那麼高雅的工人？

四天以後，我收到這麼一封回信：

開兄：

現在我明白了你始終胖不起來的道理，你花幾塊錢買了一大包龍眼，心猶不足，還要在包裝紙上大動腦筋，這樣做，包你活不長命，但是，我又不能不滿足你，承詢各點，謹答如下：

一、經查本公司幾位外籍工程人員，據他們說：那可能是英國航空協會出版的季刊，但是，他們手邊都沒有這種刊物，又不知卷號，無從查考。

二、查本公司歷年人事卡中，無歐尼爾其人，至於其他公司無從查起。

三、關於松山機場卸貨工人，我和他們經常接觸，他們還不錯，但從未見過像歐尼爾筆下那樣高雅的工人，如果他有意替我們國家捧場，你何必挖瘡疤呢？如果他寫神話，你又何必認真呢？

朋友！我贊成你多吃龍眼，因為它含有豐富的營養，但是，如果你吃了幾顆龍眼，又在那張包水果的破紙上大動腦筋，消耗去更多的維他命，豈不是「得不償失」嗎？隨函寄上那張髒兮兮的破紙，把它扔掉吧！

你的朋友×××上

我並不聽話，還再到那個水果攤去買龍眼，希望水果販能給我幾張類似的包裝紙；可是任憑我在紙堆中怎麼翻來覆去，找不到。老闆說：他記得有一綑像那樣子的印刷品，都包了龍眼給顧客帶走了。

我並不灰心，要繼續找路子查證那篇文章。我寫信向臺北飛機場、臺北海關等機關查詢，他們都說：這事至今已隔十二年，既不知航空公司稱號，又不知道收貨單位，實在無從查考；接著，我又上函經濟部、農林廳、農復會、糧食局、糖業公司等單位，查詢在一九五一年夏天曾否由國外空運進口一批農藥，這架貨機在深夜裏降落卸貨，他們回答全是「沒有」。

我終於得到一個「有」的回答，這回答是來自美援會。但是，當時起卸工作並非由該會負責，何況至今人事全非，資料不詳。我又根據美援會提供線索，繼續追蹤訪問了好幾位機場貨運起卸作業人員，由他們片斷的記憶，剪接成下面真實故事：

一九五一年夏天的一個午夜一時十分（正確日期，至今未查出），美援會秘書長王蓬正在他的公館熟睡中，忽然被一陣電話鈴聲吵醒，那是松山機場給他緊急通知：美援會空運進口一批農藥的飛機已經降落，因這架飛機負有急迫的任務，臨時決定續飛往東京，限當夜三時以前起卸完畢；否則，將先飛往東京，以後再想辦法將農藥轉運來臺灣。

當時美援會空運這批農藥，為了搶救當時臺灣某些地區所發生蟲害，既然已運抵松山，自然非設法起卸不可，但是，在三更半夜裏，臨時到哪裏僱工人呢？王蓬秘書長思索一下，想起這時候，整個臺北有一位官員必定還在辦公室裏，他是糧食局長李連春，通常他和重要隨員在午夜二時以前，很少離開辦公室。他於是決定掛個電話給他試試看；如果李局長也沒有辦法，只好讓飛機飛走算了。

午夜一時十分，李連春局長接了王蓬的電話，他毫無猶豫地回答：「當然，當然要卸下來，……我負責，三點鐘以前……來得及，來得及！你先派人到機場等我的卡車好了！」

李局長把這件事告訴隨他同甘苦的高級僚屬，他們都大驚失色，這件事怎麼好輕易答應下來呢？現在是什麼時候了！

「沒有問題，我做給你們看！」李局長說：「馬上打電話到車庫，通知值班司機，在五分鐘以內，開兩部卡車到辦公室門口，耽誤一分鐘就要受處分！」

四分鐘以後，辦公室門口傳來響亮的卡車喇叭聲，除留下一位秘書和女工友外，三位高級僚屬都被李局長帶走。

「開往松山機場！」一位僚屬說。

「不！」李局長說：「開南陽街。」

當兩輛卡車在寂靜的街道上奔馳時，三位僚屬相對無語，但心裏都在疑惑著：那條街全是機關行號，沒半個工人寮，開往那裏去幹嘛？

車開到南陽街街口，李局長說：「開到單身宿舍。」

他們走進糧食局單身宿舍，把一個個睡得像死豬的職員都叫醒，限他們在五分鐘內，穿好衣服，鎖門登車。

當卡車向松山方面疾駛的時候，有一位職員輕聲地問：「科長，什麼事呀？」

「到時候，你就知道。」

「我們押到松山去槍斃。」車廂後座冒出一句話。

這句話卻使大家笑得精神起來了，在那裏原有一個古老的刑場，此時在夜風呼嘯中，真的令人毛骨悚然。

午夜二時四十分，這兩部卡車裝滿了農藥，藥箱上坐滿了公務員，駛回糧食局大門口。有一個人從局裏疾奔出來，他緊緊地握著李局長的手：「李局長，你……。」

這個人是王蓬秘書長。
李局長卻變成歐尼爾筆下的領班。

——刊於一九六三年九月號《文星》雜誌第七十一期，一九八一年編入國立中興大學國文教材。

（本文收錄於林今開先生著作《連臺好戲》，二〇一六年好讀出版重新刊行）

強詞奪理

——「因為所以」、「如果就會」與「即使仍舊」、「雖然但是」

看題目，會以為說的是造句。讀過小學的都會造句。低年級生的作業簿上首度出現刪節號（……）的地方，往往就在這些造句練習的題目裏。把這些刪節號填成文字，連綴上述諸語詞，這一項功課便作完了。絕大部分的人這一輩子不論寫甚麼議論文字，不外就是因襲這幾個語詞，擴而大之。更簡明一點說，論說之文就是兩套：有理說理，無理取鬧。

本來，說理之文所操弄的不過就是一個「因為所以」、「如果就會」，畫了靶就放箭，雖不中亦不遠。這個理，能教人同意否？能使人相信否？能令人服氣否？非說理之所計。唯其明明意不在說理，而狀似說理，這樣的取鬧文章，多有「即使仍舊」、「雖然但是」的聲勢，也就是強詞奪理了。有些時候，行文間偷渡一些個強詞，人尚以為有理，文章才顯得熱鬧。

強詞（亦作強辭）的「強」字有兩個讀音，讀二聲的「強詞」指強而有力的話語；讀三聲的「強詞」原先寫作「強辭」，最早出自北宋時代范仲淹的一篇文章〈上資政晏侍郎書〉：「公曰：『勿為強辭，莫不敢犯大人之威。』」意思則是強調無理而強辯。今天我們常說人「強詞奪理」，最早也不過就是宋、元之間，戲曲家關漢卿的作品裏就有「強詞奪正」的話。

指出這個語源，是要說明：自有「強詞」二字以來，它就不是個讓人愉快舒坦的詞，總帶有一些大言欺人的況味。講常理不必強詞，不講常理才要強詞。論及寫文章，還真得要強詞才好看。也就是說，把一套正面說慣、說老甚至說瞎掉的道理翻過面來說，「即使」眾議如故，「仍舊」生面別開；「雖然」不依常軌，「但是」有跡可循。

也大約是從北宋的三蘇父子開始，翻案文章大行其道。翻案，不只有掀桌的隱喻，也有推翻陳言、打破舊說乃至於重新立意的企圖。這種文章旨在不落俗套，使人不囿於成見，暗藏弦外之音。

例

文言、白話根本是同一種語文教育

國文課綱修改的爭議，雖然有很大的討論空間。不過，這裏面隱藏著一個虛假的命題，那就是文言文教育和白話文教育的對立。若非蠢笨無知，即是有心混淆，才會把文言和白話分別成兩種互相排擠的教材。這個誤區，無論主張增加課程中文言文比例的教授先生、或是反對者，都踩上了。

以文言、白話為教材分別還不算，還進一步強斷是非，錙銖計較，以數字比例之六五%：三五%、或是五五%：四五%為準則，更屬極為荒唐的爭執。但是爭執一出，也不免令人見獵而心喜。因為這樣做，一方面畫出一條時間切割線，將「古代」對應於「現／當代」，一方面畫出了一條政治切割線，將「中華文化」對應於「本土文化」。這就恰好呼應了社會上（特別是年輕世代）對於政治上的「中國」與文化上對於「儒教／雅教」的敵視。

本來不是政治議題，一旦加進政治籌碼，就會令淺妄的族群議論包攬了文化教育的詞訟。我必須說：對於談論文言、白話教育，這是無效、無聊也殊為不智的。請溯其源。

先說一個經驗。當我在大學中文系上《史記》的時候，老師引〈陳涉世家〉說：你們讀讀這兩句：「夥頤！涉之為王沉沉者。」這是甚麼話？先不解答。我昨天中午上電臺，一進電梯就聽一人跟另一手提七、八個便當的人說：「霍！你他媽的吃這麼多？」被說的那人到底吃多少，我不知道，但是「霍」肯定不是他的名字。那個「霍」，就是「夥」，一聲之轉；「夥頤」也就是「夥矣」。在《史記》的注解裏，說明「夥」這個語詞恰是楚人的方言，形容「多」的意思。「夥頤！涉之為王沉沉者。」正是陳涉那些河南老鄉來參觀他稱王圖霸之後居處的宮室所發的歎詞：「真是大呀？你當了王，竟然住得上這麼深的宅子？」我不敢說看人拎著七、八個便當而開玩笑的那人一定是「楚人」，可是，就算不是楚人的人，有沒有在表達驚奇、表示讚歎的時候說過一聲：「霍！」呢？

這就讓我想起另一件事：我去探望病中的作家劉慕沙阿姨時，和謝材俊閒談，不知如何緣故，材俊說起一個字：「旋」，說這就是臺語裏面「撒尿」的用字，直到今天，臺語說撒尿還用「旋尿」一詞，語出《左傳》。我回家一查找，果然。《左傳．定公三年》：「夷射姑旋焉。」

不只《左傳》，千年之後的韓愈也在為死守睢陽殉難的張巡所寫的〈張中丞傳〉裏來上了這麼一句：「巡起旋。」（張巡起身尿尿。）從春秋時代到中唐到今天，其尿尿也一。不過尿個尿罷了，這意思未必就是要證明「兩岸一家親」了，說的其實是自然形成而使用的語言，不會因為人強為分別、力主差異、甚至勉作隔離而形成認知的障蔽。

國語文本來就是文白夾雜，使用者隨時都在更動、修補、扭曲、變造我們長遠的交流和溝通工具——包括把「女朋友」說成「女票」、把「甚麼時候」說成「神獸」、把「鼓起勇氣」說成「古瓊氣」、把「中央氣象局」說成「裝嗆局」的現代人（尤其是年輕人），也隨時在增補修繕破壞重組這一個語言體系。我儘管未必習慣或喜歡，但是從來不會去譴責教授先生們一向嗤之以鼻的「火星文」。同樣的道理，對於流傳了千百年而仍舊為人所使用的語言，我也不覺得一定只該被現代人鄙夷、拋棄或遺忘。

加強或提升國語文的水平，就是要從有效率地培養對於常民語素的敏感做起。請捫心自問一下：我們能夠甄別出日常白話語言之中有多少文言文的語素嗎？我們的文言文或白話文教育支持這種能力的培養嗎？在那些莫名其妙的六五%：三五%、五五%：四五%之爭以前、以後，教育部有甚麼樣的施教作為之規劃，能夠讓文言文顯示其充塞於語體之中，毋須死背硬記取高分，卻還說服得了受教者：這是我們的文化精髓？

至於強詞聚眾、呼群保義，力主降低文言文比例，多讓現／當代作品進入中小學課本的人士們，我看其中有不少作家，對於這批人，我只有兩段話奉告：從現實面來看：再好的文章，一旦進了課本，都在這種升學體制的摧殘導引之下，惹得學子生厭。汲汲於讓現／當代作家看來成為助紂為虐的工具，又是何苦呢？從理想面言之：你們還是多寫幾篇像樣的文章，付之廣大的讀者，文章流傳而自得地位，這才是王道。畢竟李白、蘇軾沒有號召群眾把自己的詩文列入課綱或考題過。

是的，我舉了「旋尿」作例子，好像很有趣，不過，徒利尿不足以醒腦，糾結在國語文教育上的問題還有許多，可以說：「霍！問題真多。」

在現代、日常、庶眾所使用的白話文（包括方言）中找到古典的來源是一樁令人驚喜的事，卻未必能讓人就此認定文言文值得學習。人們通常有另一種成見，認為古典的欣賞是出自個人的興趣、嗜好，不應該動用國家資源挹注，予以普遍培養。這一派的論者，大多以實用實學為嚆矢，認為學校教導學生學習謀生就業所需即足矣。這一派論調的淺薄在於他們不瞭解：國語文能力的薄弱，是有礙於學生們吸收旁門學科知識的。換言之：國語文教育的粗疏偏頗，會導致學生不能理解英文、數學、物理、化學等科目究竟在說甚麼。

心急的人會立刻反詰：學習文言文能幫助我解算二元一次方程式習題嗎？能幫助我明瞭白堊紀末期的大滅絕事件嗎？能幫助我認識甚麼是惰性氣體嗎？——既然說到惰性氣體，我不免想起一個例子。

我相信很多人都在國中時代背過化學元素週期表，考完就忘了的所在多有，此生衣食住行再與惰性氣體無關者亦所在多有，成長後不以氦氖氬氪氙氡為興趣、嗜好者更是所在多有，但是我還記得當年老師說：「鐳元素放出α粒子之後，就變成氡。」這太令人驚奇了！一種元素變成另一種元素？是的！放射性元素放射出粒子而轉變為另一種元素，這過程還有個名目，叫「衰變」。

在國語文應用的常識範圍裏，衰變是衰落、變化之意，東坡詩：「年光與時景，頃刻互衰變。」的確與化學上的意義南轅北轍、迥不相侔。但是，用「時衰世變」的語境來隱喻這個化學變化的過程，似乎相當貼切。再往裏面推看一層，當我們認知惰性氣體之名的時候，其實也在認知其內涵。惰性（inert），有「缺乏生命力」（lifeless）、「散慢」（sluggish）、「欠缺動力」（motionless）之意。除非人工合成或其他外力，惰性氣體很難與別的元素結合成化合物，這也就是惰氣（inert gases）的來歷。名物尚不止乎此，正由於自然界罕見，所以惰性二字也可以置換為「稀有」，叫它們 rare gases，甚至 noble gases。

這些小常識隨手可以摭拾而得，根本談不上學問。不過，在認知的過程中，inert、noble 這樣的字眼，可不只是實用罷了，這種字的出現，雖不是基於修辭、審美而使用，卻充滿了隱喻的趣味。不同領域之間、不同語文之間求知、認知的過程，難道不是文學作用而會心使然嗎？讓我們回頭看那「衰變」二字，你能說它不是文言文嗎？你能說它不是白話文嗎？我要說它都是，而且還是學習化學所必須的國語文。

國語文教育真正的問題不在兩種語（文）體之對立互斥，而在教學實務欠缺融通變化；還不僅是獨立一個科目的教學實務，更牽繫著各科知識能夠被學生理解的根本。

我們習焉不察地接受沿襲了近百年的教本形式，認為國文嘛，就是一篇一篇流傳千古或風行一時的知名文章，讀透背熟、潛移默化，自然能心摹手追、靈活運用。

通常是這樣的：一篇文章（或是一篇節選的文章），附以作者生平（多是知名文人）、附以主旨解說（就是三言兩語說個歌詞大意）、附以語詞注解（抄抄現成的字典詞書），由老師在課堂上逐字逐句對照剖析，一學期十幾二十篇，一學年三十出頭篇，三學年一百又幾篇，六學年兩百又幾篇——這就是中等學校一整個兒的國語文教育了。

其間，舉國若狂的爭議居然是如何訂出文言白話比例，依鑿下枘，這就算是課綱問題了。

請容我鑽個縫悄悄質疑，怎麼沒有一個人肯虛心替化學課上的學生問一聲：為甚麼「稀有」就「高貴」了？氦氖氬氪氙氡是怎樣高貴的？這是我打從國中時代就問過我的國文老師陳翠香、以及化學老師林超的。他們都是我至今感念的老師，但是當時都沒有給我滿意的答案，我的疑惑至今未解。

這疑惑盤桓於心四十五年，我一點兒都不覺得有甚麼過不去的，反而常常是在不斷地自問「稀有為甚麼就高貴了？」的時候，我會迫使自己進入某些更深層次面對人生選擇的辯證，比方說：稀有之物是因為難得交換而增益其價值嗎？那麼，不從事交易就應該具有更高的價值囉？這一類衍生的問題就和實用的化學無關，而與我的價值觀有關了——這種思考辯證，難道不實用嗎？

疑惑的背後往往是更為巨大的問題：無論我們須要甚麼樣實用的知識，學習者都在很年輕、甚至很幼小的時候，就已經面對著許多非實用的疑惑。我們不可能設計一套教材回應千奇百怪的個別疑惑，但是卻不能不培養學生應對數學、英文、生物、理化……各科的語文問題（甚至是思想或哲學的問題）。這是國語文教育的根本目的——我們須要更細膩的教學，讓學生有能力掌握數學課的國語文、英文課的國語文、生物課的國語文、理化課的國語文……，以上的「……」還包括歷史、地理、生活、倫理、公民甚至家事與美術勞作。

一旦堅持「只有加強文言文閱讀比重，才能孝順父母」的時候，論者就自信太過了；一旦堅持「現代白話文中常用古文，學生自會從現代白話中獲取，故無讀文言之必要」的時候，論者也一樣自信太過了。時人應須明瞭：「無知永遠不會加害於人，只有謬誤的觀念才是最有害的。我們不是在無知中迷失我們的道路，而是在自信中迷失的。」

這是盧騷在《愛彌兒》（*E'mile*）中所說的話。

盧騷雖然說他「厭惡書籍」，也不鼓勵人讀亞理斯多德或者布封（他只須要幾本書，其中一本是《魯賓遜漂流記》〔*Robinson Crusoe*〕）。可是連他也強調教育的對象（他虛擬出來的學子角色愛彌兒）必須：「是寬容的，不是由於知識，而是由於獲取知識的能力。」

「愛彌兒對於自己的行為，必須要知道『為甚麼』，對於自己所相信的，必須要知道『何以故』。」「我的目的，」盧騷說：「不在把精確的知識教給愛彌兒，而在教他獲取必要知識的各種方法，並教他去估計這種知識的真正價值，以及教他去熱愛真理超過一切事物。」

請容我舉一個五十多年前的例子。在上幼稚園大班的那年，父親為我找來了當時小一的國語課本，回想當時，他老人家不免有讓我搶佔先機的私意。父子倆翻開書，發現第一課的課文只有兩句：「拿起鉛筆來，放下鉛筆。」我父親當時就說：「這是甚麼玩意兒？」遂只好帶些失望之情地說：「咱們爺兒倆今天就說一個『拿得起、放得下』吧！」有些細節，如今思之，印象也都模糊了。只記得「爺兒倆」搶著桌上所有能拿得起的東西，其中有鉛筆，也有橘子、花生米以及形形色色的零食。

我常忘了多年來背過的一大堆古文，篇名有印象的還真不少：〈祭妹文〉、〈瀧岡阡表〉、〈鳴機夜課圖〉、〈先母鄒孺人靈表〉……印象中古人就是一個又一個不斷地死去。其中最令我有感於心、不能或忘的，還是最早的那一回，那些拿起來、放下去的零食和水果──「拿起桃酥來，放下桃酥；拿起……」到頭來都進了我的肚子，父親甚麼也沒吃，他拿起來，放下都給了我。其間，還教我算算數，吃了多少樣東西、又剩下了多少樣東西，拿起了幾個、又放下了幾個。那是一堂甚麼課呢？國語課？算數課？還是倫理課？對我而言：拿得起、放得下卻成為一生不移的銘言。

從這個非常個人的例子回想一下：我們沿襲了多少年的國語文教材雖然淘汰了「拿起鉛筆來，放下鉛筆」卻還沒有脫卸名家名篇的迷思，也徹底沒有思索過：行之有年的名家名篇究竟如何能讓學生養寬容、愛真理——這些話本來不該是道德教訓，而會須是實用的技術。

我只能這樣想像著：有朝一日，國文課本的每一課都是一道人生的謎題，從一句俗語、一篇故事、一首詩、一首流行歌曲、一張照片、一部電影、一齣戲劇、一棟建築、一套時裝、一宗古董……一幕又一幕的人生風景，提供學生從其中認識、描述並解釋自己的處境。「我們真正的教師，是經驗、是情感，除了人在他自己的情境之中，永遠學不到甚麼是有益於他的東西。」這也是盧騷的話。

文言啟蒙

先父在日，說教總趁機會，不輕易出擊，想是怕壞了我學習的胃口。尤其是關於某些難教難學的知識或手藝，若我不攀問入裏，他仿若全無能為，往往只是應付幾句。除非我問到了關隘上，他知道我有了主動求知向學的興趣，才肯仔細指點。

那是在小學六年級的時候，我無意間翻看了書櫥裏的幾本風漬書，紙霉味腐，蛀跡斑爛，字體粗黑肥大，個個都認得，可是通句連行，既不會斷讀、又不能解意，仍把看了很久，覺得太奇怪了，只好請父親給說一說。

那是一套名為《史記菁華錄》的書。多年後回想起來，當時捧在手裏的，是給父親翻爛了之後、重新用書面紙裝幀過的小冊子，父親接過書去，捲在掌中，唸了幾句，說：「不懂也是應當。這是〈項羽本紀〉。」

這一天晚上他給我說了楚霸王自刎在烏江的故事，卻始終沒解釋書上的文句為甚麼那麼寫。我最後還是忍不住問了：「為甚麼你看得懂，我看不懂？」（其實我想說的是：為甚麼每個字我都認得，卻看不出意思？）

父親回答的話，我一輩子不會忘記：「一個個的人，你都認識；站成一個隊伍，你就不認識了。是罷？」他把手裏的書往桌上一扔，說：「這個太難，我說個簡單一點的。」

接著，他唸了幾句文言文，先從頭到尾唸了兩遍，又一個字、一個字地解釋，在將近五十年後，我依舊清楚地記得字句：

公少穎悟，初學書，不成。乃學劍，又不成。遂學醫。公病，公自醫，公卒。

公，對某人的尊稱。少，年紀還很小的時候。穎悟：聰明。學書：讀經典。學劍：練武功。學醫：學習醫術，給人治病。卒：死了。

他說到「死了」，我就笑了，他立刻說：「懂了？」

那是一個笑話，描述的是一個我覺得非常令人悲傷的人。沒有誰知道那人在死前是不是還醫死過別的病家，但是能把自己活成個被稱為「公」的年紀，應該還是有些本領的。只不過這中間有太多未曾填補的細節。

父親說：「文言文的難處，是你得自己把那些空隙填上，你背得愈多，那空隙就愈少。不信你背背這個『公』。」

「公少穎悟，初學書，不成。乃學劍，又不成。遂學醫。公病，公自醫，公卒。」

這是我會背的第一篇文言文，我把原文背給張容聽，他也大笑起來。我說：「懂了？」他說：「太扯了！」

大部分的孩子在課堂上學文言文時覺得痛苦，是因為乍看起來，文言語感並不經常反應在日常生活之中。可是，日常生活裏也不乏被人們大量使用的成語，這些話俯拾即是，人人可以信手拈來——僅此「俯拾即是」（出字唐代司空圖《二十四詩品・自然》：「俯拾即是，不取諸鄰。」）、「信手拈來」（出自宋代蘇軾〈次韻孔毅甫集古人句見贈〉詩：「前身子美只君是，信手拈來俱天成。」）二語，都是文言；只不過誰也不須要在讀過、背過司空圖和蘇軾的全集才能使用這兩個詞語，文化的積澱和傳承已經將文言文自然化約在幾千年以來的語體之中了。

然而，一旦要通過文言敘事、抒情，就得理解那些空隙。我們單就「公少穎悟」這一篇來說，一共九句、二十五字，行文者當然不是要頌揚這個「公」，而是藉由一般行狀、墓誌慣用的體例、語氣和腔調來發展嘲諷。那些刻意被省略掉的生活百態、成長細節、學習歷程、挫敗經驗……通通像掉進沙漏的底層一般，只能任由笑罷了的讀者追想、補充，你愈是鑽進那些不及展現於文本之中的人生、縫綴出也許和自己的經歷相彷彿的想像經驗，就愈能感受到那笑聲之中可能還潛伏著憐憫、埋藏著同情。

從用字的細微處體會：初、乃、又、遂領句，讓重複的學習有了行文上的變化，可是末三句顯然是故意重複的「公」字，卻點染出了一個一事無成者此生的荒謬喜感——即使它有個悲劇的結局。九句不超過四個字的敘事，的確到處是事理和實象上的「漏洞」，卻有著精嚴巧妙的章法，讀來聲調鏗鏘歷落，非常適合朗誦。不信的話，可以試試。

此外，我們可別忘了：《史記．項羽本紀》一開篇介紹了項氏「世世代代為楚將」之後，就是這麼說的：「項籍少時，學書不成，去；學劍，又不成。」

燒書略得風雅

猶記少時讀《龐檗子遺集》：「春盡橫塘雨又風，昏燈短被臥孤篷。夢回何處數聲笛，卻憶楓橋半夜鐘。」家大人笑謂：「化古之難，由此可知。龐家烏篷船上『夏蚊成笛』，居然也風雅得想起〈楓橋夜泊〉來！」

龐樹柏，字檗子，號芑庵，江蘇常熟人。這一首〈舟中夜聞笛聲〉化古不成，還不能得一妙字，鬧了不少笑話。它的根本問題是第三句第五字，若要合乎近體詩的聲調，此處應出之以一平聲字，如果非用仄聲字不可的話，下句第五字亦應轉為平聲字以救之，如老杜〈蜀相〉：「映階碧草自春色，隔葉黃鸝空好音」者是。這首詩的毛病尚不止此，據說與龐檗子同為南社社員的詩人陳去病就曾經說它的題目都嫌廢話多了：「此題一去其『舟中』可也，二去其『夜聞』可也，三去其『笛聲』亦可也。」

更有意思的是龐檗子的一首〈烘書誤焚百卷有感〉，從詩前短序可知，這一批不幸燒掉的大多是作者剛購得而尚未及閱讀的書：「木瀆南盧藏書有未及寓目者都百三十冊，比來霜雪侵陵，霪雨漫漶，烘之竟焦燒一空，共瓶廬居士條幅並成飛灰，不勝嘆泣。」

這裏得先來上一段小注。瓶廬居士是誰？就是大名鼎鼎的翁同龢。翁同龢字聲甫，號叔平，晚號松禪、瓶廬居士。清咸豐六年（西元一八五六年）狀元，授翰林院修撰，先後為同治、光緒兩代帝師，歷官刑、工、戶部尚書，協辦大學士，軍機大臣，總理各國事務大臣等。

以龐檗子的政治立場來看，對於翁同龢未必肯一同聲氣，之所以會收藏他所寫的條幅，應該還是基於純藝術的愛賞。條幅給失火燒了，龐檗子顯然還是心疼得很。

底下這首詩裏同「宰相」一職作對仗的「參軍」——不消說，就是指桓溫任荊州刺史之時的南蠻參軍郝隆，此公七月七日坦腹曬太陽當曬書的故事見《世說新語．排調》，識者耳熟能詳，也就不贅了。但是，下引詩句中為什麼會有「宰相筋」一語呢？我只能就記憶所及胡亂猜測：松禪相國之書，筆力虬勁，世所共知，而衛夫人〈筆陣圖〉更有：「善筆力者多骨，不善筆力者多肉；多骨微肉者謂之筋書，多肉微骨者謂之墨豬。」之語，猜想是龐檗子鑄詞的來歷。詩作如此：

千金散去最殷勤，刻燭風簷望不群。
鄴架風流驚一炬，秦灰劫數哭三墳。
無端過化參軍腹，有幸熏烝宰相筋。
且送煙輕江渚上，霞紅漫染是斯文。

這詩是有情感的。但是南社諸公群而不黨，有位出身湖南湘鄉的張默君就曾撰小文品題：「芑庵烘書誤焚之事絕不堪說，以其僨事之愚，不宜示眾也，而竟賦之，怪哉！」意思很明朗：能幹下這樣的蠢事，還好意思賦詩宣傳嗎？

我的看法不同。龐檗子是有所本才敢寫這首詩的。

有個更老幾輩的老前輩，是《清史稿．列傳二百六十九．儒林三》的傳主之一鄭珍（西元一八〇六至一八六四年），字子尹，晚號柴翁，別號子午山孩、五尺道人、且同亭長等等。鄭珍有一個唸起來像繞口令的集子——《巢經巢詩鈔》。在這個集子的卷三之中，有一首詩題名〈武陵燒書歎〉。燒書之人好像都得有個說法，鄭珍自不例外，他的這首詩也有一篇序，說的那一套跟後來的龐檗子一模一樣：

十二月朔泊桃源，夜半舷破，水沒半船，翌抵武陵，啟箱篋，皆透漬。烘書三晝夜，凡前所鈔述者，或燒或焦，半成殘稿，為之浩歎。

詩是可愛而富於人情的，把愛書人的焦慮傷感以及懊憾表達得淋漓盡致。

烘書之情何所似，有如老翁撫病子。
心知元氣不可復，但求無死斯足矣。
書燒之時又何其，有如慈父怒啼兒。
恨死擲去不回顧，徐徐復自撫摩之。
此情自癡還自笑，心血既乾轉煩惱。
上壽八十能幾何，為爾所累何其多。

有了鄭柴翁這首詩，我才敢說：烘書不成而燒之，是另一種不便明言其諱的風雅——得以一舉而燔之的恐怕都是些化為煙埃而不必覺得可惜的玩意兒。別跟人說，我也燒過。

文言語感

文言文似非生活之必需，亦非創作之切要。不論寫些什麼，若藉助於文言精省的修辭，萬一不得其門而入，畫虎不成反類犬，說不定還會招惹譏嘲訕謗。但是從另一方面說，白話文章作到某些關節之處，赫然精省修辭，有奇突警策之美；就像一個人，忽然剪了一頭短髮，就當下的視覺效果來說，顯得煥發抖擻，矯健昂藏，平添精神。

文言文與白話文不是兩種語文，而一種語文裏不同語意密度的組織方式。顧名思義，白話文依傍於語體，寫出來的東西之中，有些語符佔據了空間，卻不見得表達了意思；或者說：不是所有的語符都擔負等量相當的表意任務。

讓我們假想：表意的語言構造有如一個光譜，意象稠密的一端就是詩，意象平淺的一端就是日常言語。以日常語言表達的某一個情境，相當程度提供了語意的凝練，使之不似日常語，就會產生讓人激動的力量。譬如說：與心愛之人依依不捨地分別之後、夜行遇雨，將攜燈籠，獨自步行歸去，到了光譜另一端，其表現是這樣的：「紅樓隔雨相望冷，珠箔飄燈獨自歸。」這裏面有些東西增加了，像是「紅樓」的地點細節、「珠箔」的雨花狀態，還有詩句本身必須恪守的聲調格律；卻也有大筆簡省的東西，像是相望的人究竟是誰？兩者的關係究竟如何？似乎隱藏在更廣袤幽暗的地方。

相對論之，文言文心摹手追，仿經道史；脫胎於詩書之詞，鍛魂於典籍之語。大多數不能湊泊欣賞的人，是苦於文章中難以貫通意思的語符太多，也就是說，在語意密度過高的詞彙之間，沒有聯通架構的管道，如人行路，當面錯失，那是由於我們一時想不起在哪兒見過。

文言文教養（或文言文訓練）或恐不像許多人所鄙夷的那樣，只是該被拋棄、被遺忘、甚至被消滅的中國腐朽。往深處看，文言文也可能還是一個透過高密度的語意載體，蘊藏著書寫者不常曝露或不多自覺的心事情懷呢——說得激進些，不寫文言文，你就錯失了一種開發自己情感的能力，多麼可惜？

例

一種壯懷能蘊藉，無端絮語織慈悲

除了寫現代詩的一群小眾之外，我這一輩的人聽到「詩」這個字，大約都會流露出古今一律、軒輊不分的畏色，連忙搖頭，意思彷彿是說：這個咱來不了！在一般人連白話文都說不明白、寫不曉暢的環境裏，現代詩帶著點不欲隨俗的孤僻，而古典詩則帶著更多不能還俗的腐朽。

我常想說服一些語感敏銳的朋友同我一起寫寫古典詩，總不能如願。拒絕習詩、寫詩的人總覺得把弄文字過於做作——有大白話可以直說，何不直說了明白暢快？這不是今之不作詩的人獨有的見解，連古代極同情詩人的人也有這樣的態度。

令狐綯向唐宣宗薦舉李遠出任杭州父母官，宣宗說：「我聽說他寫過『長日唯消一局棋』的詩句，這樣的人可以擔任郡守嗎？」令狐綯說：「詩人的話，不能落實了看。」李遠後來還是在宣宗首肯之下上任了，但是令狐綯的話必須仔細分辨——難道詩人都是柏拉圖所謂「編織美麗謊言」是以該逐出理想國的騙子嗎？詩人之言不可落實，那麼「修辭立其誠」的話是教訓誰的呢？

有人呈送了一部詩集給張南軒過目——南軒即張栻，與朱熹、呂祖謙並世為南宋大儒，號為湖湘一脈宗師；他給了「此詩人之詩也，可惜不禁咀嚼。」的評語，接著還發表了一番閎論：「詩者，紀一時之實，只要據眼前實說。古詩皆是道當時實事。今人做詩，多愛裝造言語，只要鬥好，卻不思：一語不實便是欺；這上面欺，將何往不欺？」

難道詩非得直書胸臆聞見不可嗎？若是不能文如其人，即是欺心嗎？

身為一代詩人的皮日休縱論起比他早了快兩百年的宰相宋璟，說過這樣的話：「我一向尊敬宋璟之為宰相，總懷疑他是鐵石心腸，不懂得婉轉柔媚之語。等讀過他的〈梅花賦〉，才發覺他的心思也有清便富麗之處，一如南朝的徐陵、庾信。」這個觀察告訴我們：詩，除了「坐實」來看，還說不定恰恰是作者性格、脾性、情感的對立面，或者也可以這樣解釋：當我們肯面對自己性格裏闃暗的角落，便會發現詩也在那裏。

宋代名將韓琦有「軍中有一韓，西賊聞之心膽寒」的豪名傳世，但是卻寫出了這樣的一闋〈點絳唇〉：

病起懨懨，畫堂花謝添憔悴。亂紅飄砌，滴盡胭脂淚。
惆悵前春，誰向花前醉？愁無際。武陵回睇，人遠波空翠。

司馬光作〈阮郎歸〉小詞，也有這樣讓人「驚豔」的句子：

漁舟容易入春山，仙家日月閑。
綺窗紗幌映朱顏，相逢醉夢間。
松露冷，海霞殷，匆匆整棹還。
落花寂寂水潺潺，重尋此路難。

讓我們掩住作者的名字，先讀這麼一首〈小重山〉詞：

昨夜寒蛩不住鳴。
驚回千里夢，已三更。
起來獨自繞階行。

人悄悄，簾外月朧明。
白首為功名。
舊山松竹老，阻歸程。
欲將心事付瑤琴。
知音少，弦斷有誰聽？

作者赫然是岳飛。繆鉞的《靈溪詞說》裏有論岳飛詞絕句一首，是這麼寫的：

將軍佳作世爭傳，三十功名路八千。
一種壯懷能蘊藉，諸君細讀〈小重山〉。

我常常想：古典詩之式微，不特是現代化社會裏的語文教育之窳陋不足以支應，更根柢的原因恐怕是我們實在不甘心、不習慣、甚至不敢於面對自己還有另一面幽微曲折的角落。然而，容或我們也可以反過來設想：一旦最不能浮現在生命表象裏的邃密之地得以墾之掘之蒔之藝之，即無腐朽。

將散珠串回

憶事懷人，純情直抒，唯賴至誠，原本沒有甚麼技巧好說。不過，〈高陽詩拾零〉一文，亦有懷想高陽之外的用意。換言之，這一篇文字就是從高陽斯人輻射而出，牽絲攀藤，旁及於原本看似無關的他人。這是散文的趣味——有如漫無目的的散步，信步踏行，縱目游觀，這裏一筆、那裏一筆，乍看好像是散落的珠玉，到末了再勾回一筆，將散珠串回。

此文先立張本，由簡述高陽和我論詩開篇，隨即提到林英喆。在初稿中，我並沒有寫出他的名字，當時總覺得一念耿耿，是這篇稿子的缺失，卻又說不上來為甚麼如此在意。直到日後補了全文的最後一段，也才恍然大悟：原來多年不聯絡的英喆正是此文之中所提及之周棄子的一個投影。

英喆是一位與我往來不多，但是神交已久的友輩。多年前他在民生報任職，邀我撰寫專欄，日後《認得幾個字》、《送給孩子的字》等書得以出版，都是因為他的激發和鼓勵。英喆對於掌故舊學情有獨鍾，在我輩編輯、出版者裏面，是很罕見的；而我能夠談談高陽散軼的詩作，還真多虧這樣有心的人。在全文的第三段，寫英喆傳稿子來，以一句「感熱紙便嚶其鳴矣地伸展開來」，描述傳真機的細節，刻意強調感熱紙，不免是借喻英喆的用心；「嚶其鳴矣」語出《詩經．小雅．伐木》：「嚶其鳴矣，求其友聲」也是為了襯托這一份友誼。

文章的標題是〈高陽詩拾零〉，多少還有介紹周棄子先生的意思。周旋於二位前輩，以詩以事，文氣自然凝重。然而，周棄子比高陽長十歲，高陽敬之尊，畏之嚴，結情同朋友，相事若師徒，這與一般同輩之人往來交際又頗不同，很難在有限的篇幅中刻畫清楚，倒是英喆提供的詩，提供了對應的兩個古代人物，讓高陽和周棄子的關係得以對位而凸顯——那是三百年前的杜于皇和孫枝蔚。

杜于皇對一時熱中進取的老友孫枝蔚說了幾句冷嘲熱諷的話，算是保全了孫氏的名節。而高陽在詩前小序引杜于皇的句子，更不會不知道杜、孫二人那知名的諫友故事。杜、孫二人不避責讓，以名節全交，誠屬佳話。高陽藉著詩，將不便訴於他人的私密牢騷向知己發一發，也是詩人常情。

情感之抒發，非但不在字句之鋪陳，反而必須側重文字的節制。此篇看似典雅莊重，關節處都是硬梆梆的文史知識，也由於題材使然，遣詞造句會比較凝練，把情感收斂起來，直到最後的懊惱，一語噴出，簡筆勾回，將散珠串回。

例

高陽詩拾零

平生師友多不作舊體詩，偶有作的，多沒趕上求問唱酬，這可能是幸運的事。因為懷抱際遇、情感準備或者是文字和知識的鍛鍊一旦不能相應，即使難得有機會一同論詩、賦詩、也可能不歡而散。

小說家高陽（西元一九二二至一九九二年）在很多方面是我的老師，但是與他論詩的機會不多，原因是有一回他改了我一首七絕的句子，我不大服氣，當場頂了他兩句，他說：「你聽不得逆耳之言，我們以後就不說詩了。」多年後想來，我這是自絕學道之路，只能說是活該。

高陽捐館數年之後，我忽然接到了一位編輯老友林英喆的電話，說他手頭有一張墨跡，應該是高陽親筆，要我過過眼。不多時，傳真機上的感熱紙便嚶其鳴矣地伸展開來，紙上的黑色字跡果然出自高陽之手。是一首七律，沒有題目，倒是有幾句解說本事的小序，是這樣寫的：

藥公論人，以杜于皇「漸喜白頭經世故，錯將青眼料他人」句相儆，棖觸百端，賦此寄意。癸亥穀雨高陽拜稿。

原詩如此：

偶發忮心輒自禍，欠通駃舌任人驕。
白頭世故書中諳，青眼平生酒半消。
名本未求安所用，字誠堪煮不無聊。
殘年一願與公約，共我盤桓丁卯橋。

「藥公」是指周棄子先生（西元一九一二至一九八四年）。杜于皇（西元一六一一至一六八七年）則是明、清之交的一位詩人，比周棄子整整早生三百年。此公名濬，原名詔先，字于皇，號茶村。湖北黃岡人。詩法杜甫，尤長五律，風格渾厚。

康熙時孫豹人（枝蔚）應博學宏儒的徵召，看似要在大清王朝治下任官就職，報效心力了。同為明末遺民、也是孫豹人知交的杜于皇聞訊寫了封信，對老友相當不假詞色：

> 弟今所效於豹人者，質實淺近，一言而已。一言謂何？曰：毋作兩截人。不作兩截人有道，曰「忍癢」；忍癢有道，曰「思痛」。至於思痛，則當年匪石之心，赫然在目，雖欲負此心而有所不能矣。且夫年在少壯，則其作兩截人也，後截猶長；年在遲暮而作兩截人，後截餘幾哉？

這封責備朋友「心癢難熬」的信，只有一處稍稍須要解釋的典語，就是「匪石之心」四字。語出《詩經．國風．邶風．柏舟》：「我心匪石，不可轉也。我心匪席，不可卷也。」以今語解之，大約如此：「我的心不是一塊石頭，不能任人隨便轉移。我的心不是一張席子，不能任人打開又卷起。」說的，當然是士大夫的堅貞不移。孫豹人得到這封老朋友的書信，果然力辭中書舍人之職，拂袖而歸，保全了一半清白。

「白頭青眼」一聯有飽經世事、卻不減天真的感慨——既沾帶些自負的薄趣，也點染些自嘲的輕哀；至於高陽「棖觸百端」些甚麼，恐怕永遠是個謎，據我隔霧觀山的推測，可能還是同老去孤棲的境遇有關。「癸亥」是一九八三年，高陽花甲才過，暮春三月，必有「近寒食雨草凄凄」的寥落之感，以此措意，吟呈周棄子作知音之賞。

「忮心」是嫉妒之心，「鴂舌」應是指一個伶牙俐齒、能言善道的人。頭聯併看，不難解意：基於不期而然爆發的妒心，惹了口角糾紛，卻難以唇舌辯解。對照下文的第五、六句，這場爭辯可能與身為作家的地位或名聲有關。至於所指涉的對象是誰，也就不必在那麼多年以後復為耙梳、作無謂之窺了。

有趣的是頷聯。高陽小說中的帝王將相、名公巨卿，無不老經世故，曲盡機鋒，然而現實裏的他，卻總是「人生過處唯存悔」、「有錢難買早知道」。平生慣以青眼接物待人，發覺吃上了虧之後居然還不忍驟信。正由於平日自信太過，與高陽熟稔的人士大約都想不起來：他何嘗有過坦承看人走眼、自悔孟浪的時候？據我記憶所及，一次都沒有。

但是，面對另一位詩人——尤其是高陽以師禮相待的周棄子；他只能一無所隱、一無所藏了。這首詩的樞紐就在這裏。說得直白了，就是高陽將一時難忍而發動妒心、招致口角、所惹的禍事（極可能是一場不可收拾的情感破裂），歸咎於自己的天真，而這份天真只能報予另外一位詩人體會。關鍵在於最後一句的「丁卯橋」。

丁卯橋，在江蘇省丹徒縣南。晉元帝子司馬裒鎮廣陵，運糧出京口，為水涸，奏請立石壩，以丁卯日竣工。後人築橋，遂以是為名。高陽會用這個地名，純粹是因為陸游，放翁有〈小築〉詩有句：「雖非隱士子午谷，寧媿詩人丁卯橋」說的是他住在橋邊的好朋友許用晦，高陽則是以陸、許二氏之交來比況周棄子和他的關係。殘年無伴，只剩下比自己還年長的老友，其情何堪？

斯人不再，可以相為切磋者何？我忽然想起了早就失去聯絡的林英喆，想起了早就報廢的傳真機——而今世上，大概不會再有甚麼人傳給我一首詩，讓我「過過眼」了吧？我的丁卯橋，在哪兒呢？

音節歷落

由於〈高陽詩拾零〉的題材是表述舊體詩人的心情懷抱，文字用語比較凝斂，原本說大白話要費上兩三個句子的，往往縮節成一個句子，甚至只用一個成語。這是掌握篇章特性之後、落筆之先就決定了的。從這個選擇來看，不妨從字句內部的音節控制說起。

中文書寫有一個特性，就是常以四字語為一意義單位。四字連綴，既可以說它是語詞，也可以說它是語句。有人以為這是受駢四儷六的影響而成，這未免倒因為果。毋寧以為早在周朝，教育蒙童認字的篇什就已經大量採用四字句了。如：《漢書．藝文志》說〈史籀篇〉是周時史官教學童的書，清代學者段玉裁推測：「其書必四言成文，教學童誦之。〈倉頡〉、〈爰歷〉、〈博學〉實仿其體。」所謂〈倉頡篇〉，世傳丞相李斯作，

〈爰歷篇〉，世傳中車府令趙高作，〈博學篇〉，世傳太史令胡毋敬作。「皆取史、籀大篆，或頗省改。」

漢初，閭里書師合〈倉頡〉、〈爰歷〉、〈博學〉三篇，斷六十字以為一章，凡五十五章，統稱〈倉頡篇〉。〈倉頡篇〉流行直到東漢。有漢一代，司馬相如引進了民間歌謠的「七言」，成就了〈凡將篇〉。他改創四言之體，更易其制，用了「七言」，估計是為了孩子們學習的時候背誦一句多得三字，相對於之前〈史籀篇〉、〈倉頡篇〉的四言，這樣信息量飽滿得多，更有學習的效率。

在瞭解了這個背景之後，我們還是要回頭說四言。四字語日常用熟，有的就被命名為成語，估計也和中古時期的教育材料有關。現在我們還看得到的《千字文》、《百家姓》都是四個字一個段落，這與逐漸在唐代普遍起來的另一種文字兼歷史教材《蒙求》也有很大的關係。

現存唐代李瀚所寫的的《蒙求》即是四言，五百九十六句，二千三百八十四字，共收典故五百九十二則，內容極其廣泛，上包天文、下眩地理，從神話到歷史，從占卜到醫學，就是一部古代庶民和士人基本教育的內容。比方說：「孔明臥龍」、「呂望非熊」看似說的只是諸葛亮、姜太公這兩位古人的別號，但是學習者背誦之餘，必然還有塾師、親長為之說解，或多或少地把跟人物有關的背景融入僅僅四個字的成語之中；換言之，這四個必須背誦的字，正是一個個鮮活人物的記憶提示。

至於「李陵初詩」、「田橫慼歌」，或者「劇孟一敵」、「周處三害」，甚至還勾勒出人物故事的重點，至於「賈誼忌鵩」、「莊周畏犧」則捕捉了人物的情感或思想特質。這種成語並非庶民生活中自然流傳而形成，而是透過教育、記誦、書寫而廣泛成為士大夫階級的集體語料。

古人（連李白、杜甫都不例外）將二千三百八十四個字爛熟於胸，琳琅上口，既咀嚼以見菁華，則咳唾而生珠玉，言談就有了豐富的表現。也由於學習首經背誦，便須講究音樂的美感。而美感之中的第一個特徵，恰為音節歷落。

這，就得先說一個道理。漢語單音成字，雖孤立而見義，卻因為同音字太多、不易辨別，而往往添補一字成詞；是故國曰國家，家曰家庭，軍曰軍隊，民曰人民。兩個字成一個詞，四個字也就常常包含了兩個詞。

留心四字成語的人不難發現：在一個四字詞組裏，第二個字和第四個字的音讀有一種平仄相反的趨勢，第二個字讀平聲，第四個字便常是仄聲；反之亦然。熟讀〈千字文〉的人回想一下：「天地玄黃，宇宙洪荒」、「金生麗水，玉出昆岡」（「出」字入聲）

都是很明顯的例子。以現代語大致按察，除了已經消失的入聲字姑且不論之外，大體以一二聲為平、三四聲為仄，每見四字成語，稍稍體會揣摩，很容易就看出了「平仄相違」這個堪稱屬於「美學」範疇的修辭習慣。

在成語中顯現的平仄更迭相諧的講求，也可以推拓於造句。一篇文章，最好能在句子和句子的收煞之處，展現高低格別、參差錯落的趣味。即使不必讓每一句的句尾都平仄相反，至少不要一連出現四、五個都是平聲或仄聲的字。這一點，對於學習寫作文的孩子，似乎有些困難——誰會在小學、中學時代就那麼熟悉古人隨口應心而不拗折的語音習慣呢？

我卻要說：今天國語分別四聲，倒是給了方便。學習者當然也不必在平仄相違這個寬泛的大原則上錙銖計較，只消調節不同聲調的語詞，稍事留心抑揚變化，偶爾還可以濟之以「的」、「了」、「麼」、「啊」、「著」等輕聲字做為語氣的調節，一段文章就有了動人的旋律。

以下例文〈川味牛肉與毛毛麵〉就是在行文時隨時考慮音讀之抑揚頓挫的一個例子。由於文中有不只一處提及烹調之法，食材佐料，幾兩幾錢，不免重複，敘述次序就得細部調整，使勿過多同聲重疊。還有兩段提及九種牛肉與四種抄手，若按原本名目直書，會顯得冗贅拖沓，不如加上「有之」、「或曰」以為調節，都是為了使文章能夠通過朗讀的考驗。

另一篇例文選的是〈于右老的詩法和人格〉，此篇文字即刻意遵循著前述心法，使句末之字盡量能夠平仄相違，至於內容，多及于右老不太為今人所知的詩篇，更可以見出他審音用字的細膩——雖然細膩，卻一些兒無礙於豪邁雄渾。

例1

川味牛肉與毛毛麵

一定是我閱歷不多讀書少的緣故，這樣一個簡單的問題，幾十年答不上來：傳統中國飲食裏到底有沒有牛肉麵？

元代的飲膳太醫忽思慧所撰的《飲膳正要》裏記錄了許多回族麵食，也傳下了「豬肉不可與牛肉同食」的寶訓，但是沒有牛肉麵。徐珂《清稗類鈔．飲食類》裏有「上海先得樓」羊肉麵，知名於時，一條小小數十字的記錄居然特別指出「羊有山羊、湖羊之別」，而湖羊就是綿羊——卻也仍然不提牛肉麵。

大名鼎鼎的《隨園食單》，關於烹牛的記載祇有兩條，一條說牛肉、一條說牛舌，其簡陋自有緣故，而我對袁枚的抱怨和理解可不是這幾句就能說完的——那就姑且擱下，先說我的朋友舒國治。舒國治流浪天涯幾十年，忽然也同聲一疑，以為牛肉麵大約是近代的發明——川味牛肉麵尤其是。他還有一套想當然耳的源流考，把川味加上抗戰時的空軍基地加上眷村文化，得出來一個聰明的結論：川味牛肉麵者，古之所未曾有，川中亦未嘗見，而乃是隨國府遷臺之人的一大發明。

「川味牛肉麵」這個詞彙的問題不在川味如何、牛肉如何，而在於加入了麵這個食材。川味烹調的牛肉不少，小碗紅湯牛肉有之、大傘牛肉有之、五香燻牛肉有之、小蒸籠牛肉有之，或曰燈影牛肉、或曰挂挂牛肉、或曰馬癩子乾牛肉、或曰紅燈籠軟酥牛肉、或曰白燈籠麻辣牛肉——然而通通沒有製麵的記載。

四川自然不是沒有麵食，而且其麵食還風味獨步。君不見龍抄手、紅油水餃、過橋抄手、溫江程抄手、乃至於擔擔麵，花樣不一而足。我一直記得二、三十年前在國際學舍門前被兩個應該是來自美國的學生攔住，用流利的國語問我：「有一家很有名的紅油抄手，聽說就在斜對面，可是我們怎麼找都找不著。」「那是很斜、很斜、很斜的對面——」我說，指了指東門連雲街方向。心想：紅油抄手已經堪稱國際品牌了！

然而川中畢竟有麵有牛，老手段確實還在。據我所知，獨有一味不太尋常，可以說說，叫做「牛肉毛麵」。

這味麵食的材料尋常：手工水麵兩斤，黃牛臀肉一斤，鹽二錢，白醬油二兩半，紅醬油二兩，老薑三錢，料酒二錢，辣椒油四兩，麩醋一兩，花椒粉二錢，蔥花一兩（有好用味精的，不要嗆呼）。稱之為「毛麵」，是因為牛肉的模樣。新鮮黃牛臀肉加上拍破的老薑，用料酒醃漬十分鐘，等血水追出之後，一整塊投沸水鍋裏氽熟去腥，再轉入滷水鍋，旺火改中火煮到八分熟，撈起來，滴乾水分。

待牛肉冷透之後鋪在砧板上用刀背搥成細茸，復以淨鍋置於微火之上，將肉茸投入，用鏟、杓擂之。這個擂，在滿州人大約就稱之為「扒」或者「靠」，講究的是慢火。這樣一邊擂、一邊炒，到肉中吸飽的水分亦漸漸乾去、起毛，再下鹽，炒到肉毛成金黃色，便可以起鍋晾冷。

其次，取小碗五個，碗中各傾紅醬油二錢、白醬油三錢、麩醋一錢、花椒粉少許、辣椒油四錢，麵用一半（一斤），投入沸水鍋中攪散，待斷生透熟而浮起時，以麵簍分盛在五個調料碗中，此時才將肉茸、蔥花撒上，再攪拌一陣，就可以吃了。這是上半場——下半場則重複「取小碗五個」以下文字。

不過，一向妾身不明的「川味牛肉」故事，尚不止此。四川和牛肉的關係久遠，我最欣賞的一則說的是蘇東坡的爺爺蘇序。

蘇序就是「積穀防饑」一語淵源之人。他原本不識字，卻有一種洞明世事的智慧。耕稼所穫有餘，只把所需食用的碾了白米，剩下的穀子都原封存了起來。積四千石，到饑荒之年，即開倉放賑，拯救饑民。可見「積穀防饑」四字的深義，並不在於「積」字，因為米容易受潮，本不可積；若欲防饑，便得以穀子的型態存放，這個成語教訓所講究的，是貯存技術。

直到晚年，蘇序才有能力學寫詩，居然還寫了幾千首。照他的么兒蘇洵記述：「凡數十年得數千篇，上自朝廷郡邑之事，下至鄉閭子孫畋漁治生之意，皆見於詩。觀其詩雖不工，然有以知其表裏洞達，豁然偉人也。」由於為人平易，不拘形跡，常攜酒行遊，醉歡談笑。有一次，他的二兒子蘇渙應考得售，派人送喜報來——也有一說送來的還包括官帽、官袍、手笏、一張太師椅和一個茶壺，這就荒誕得幾乎不可信了——總之，好消息傳來的時候，蘇序喝得酩酊大醉，手上還拿著一大塊牛肉。他向酒友們朗誦喜報之後，順手塞進包袱裏，這喜報，就包著那一大塊沒吃完的牛肉。由此可見古人吃牛肉不甚孌割，切一個「歌詞大意」而已。正因為是抓在指掌之間撕咬，當年才會把那被惡水圍困、受饑連月的杜少陵噎壞了。如此想來，炒成肉鬆狀的「毛毛牛肉」，歷史應該不至太過悠久。

川味牛肉，一向很少方塊文章。像前文提到的小碗紅湯，一次料理十斤，先切成兩斤來重的大塊汆燙去沫，仍然還是要開條切片的。大傘牛肉則講究橫筋切，卒成兩寸長、一寸寬的片。五香燻牛肉的切片更窄而薄。置於小蒸籠牛肉可想而知，一小條五公分不到，拿四色牌作基準即可。燈影牛肉也特別，是要先把牛後腿肉切成大薄片，抹上炒熟磨細的川鹽，捲成圓筒……但是這毛毛麵，算是形號出眾，喜歡嘗試新花樣的饕客可以一試。

前文曾謂袁枚《隨園食單》幾乎不及於牛肉。袁枚直言：南方人家中不常有牛、羊、鹿，「然製法不可不知」，故列之於「雜牲單」。於牛肉，尤其簡略。他是這樣寫的：

買牛肉法，先下各鋪定錢，湊取腿筋夾肉處，不肥不精，然後帶回家中，剔去皮膜，用三分酒、二分水清煨極爛，再加秋油收湯。此太牢獨味孤行者也，不可加別物搭配。

買牛肉這事也值得一書，可見非比尋常。以隨園飲饌之精，在牛肉烹飪上卻簡略如此，值得仔細玩味。顯而易見，那句「此太牢獨味孤行者也，不可加別物搭配」是個關鍵；「獨味孤行」似乎不是純粹出於口味的講究，而是一種飲食文化裏對於「太牢」所象徵的禮法的尊重。

在比較寬泛的解釋裏，牛、羊、豬三牲都可以稱為太牢，但是在《大戴禮記．曾子天圓》裏卻說：「諸侯之祭，牛，曰太牢。」起碼，豬是比較受輕賤的，沒有「獨味孤行」的義理和氣魄。我猜想隨園之所以推崇牛肉，應該還是取大戴禮的解釋，把牛的地位抬高了，這不僅僅是吃和烹調的問題，還是人講究品味和教養的一套價值。

試想：單以酒水煨燉，其清可知，至於口味，我猜隨園還是希望我們想像一下孤行於天地之間，獨與造物精神往來的味道。那絕對不是在口腹之間。

例2

于右老的詩法和人格

三原于右任先生一代宗翁，詩書領袖，時人譽為草聖，稱道他開展了一千多年以來中國書法的新美學，這話一點都不誇張。試想：二王以降，多少書家浮沉於時，矩矱森嚴者有之，好奇變怪者有之，不論是師法魏碑唐楷而得之於工麗者；或者是取徑狂草拙石而出之以險峭者，絕少有一二豪傑於風格自樹之外，還能獲得廣泛的讚賞和追摹。于右老則確乎是這樣難得的人物。

我所就讀的小學已經成立五十多年了，到今天為止，還在某些重要的檔上保留了于右老當年手書的校名，只不過而今的師長們多不措意，還有人嫌那筆字大小跌宕，疏密錯落，不近顏柳。國際馳名的鼎泰豐飯館倒是還保留了于右老題額的真跡——「鼎泰豐油行」五字，每字掌心大小，墨澤煥發如新，神采昂揚，看上去連「油行」二字都別有它意，不像賣油的。

于右老的詩不大有人談，畢竟他當了三十多年的監察院長，詩名為書名所掩，亦不免為官銜所蔽。到舊體詩乏人問津的時代，更不容易獲得應有的重視，這是很可惜的。實則于右老的詩除了慣常被行家稱許的「夭矯蒼莽」、「雄健磅礴」之外，還十分的親切。用宋代詩僧惠洪《冷齋夜話．詩用方言》裏的話比擬：「句法欲老健有英氣，當間用方俗言為妙；如奇男子行人群中，自然有穎脫不可幹之韻。老杜〈八仙詩〉序李白曰：『天子呼來不上船』方俗言也，所謂『襟紉』是也。」襟紉，指衣紐，古時用以連結衣服交襟的小繩帶，也就是今人所言之「關鍵」也。

關鍵還不只是方俗言的使用，而是如何讓整篇的詩句藉由一、二看似滑流、通俗的語符、詞藻甚至結構，發出親切的呼喚，調和其它字句之中難免的濃稠意象或冷澀典實。在這一方面，于右老箱底有一套本事——我姑且稱之為「疊詞法」；也就是運用句中重複的字或詞，來營造一種民間謠曲的趣味，以疏散飽滿的意義張力。如〈月夜宿潼關見孤雁飛鳴而過〉裏的名句：「河聲夜靜響猶殘。孤客孤鴻上下看。（按：看，音同「刊」。）」還有〈柏樹山紀遊〉裏的：「柏樹山頭柏蓋蒼，山前池館已荒涼。」同詩腹聯：「大戶陵夷中戶起，上田租佃下田荒。」又如〈乙未士林禊集〉的腹聯：「日日翻新新未已，江山苦戰戰何妨？」不但善用重字，且巧妙地將「乙未」年倒裝成「未已」，其妙趣如此。

〈黃海雜詩〉一絕起句也用了「疊詞法」：「出塞翻揮入塞戈，南征轉唱北征歌。」另一絕起句更如家人語：「客子爭看黃海黃，黃流浩渺極天長。」〈黃海雜詩〉中尚有一聯堪稱此「疊詞法」之典範：「滄海橫流賦不清，為誰風雨為誰晴。」又如〈西伯利亞雜詩〉七律之一的後兩聯：「牧馬迎風呼戰馬，羔羊覓跡喚羚羊。人情物理無中外，惆悵他鄉憶故鄉。」其流宕明爽，非鑄句雕詞之輩能為。

除了以疊詞見平易之外，于右老還擅長運用熟俗的詞彙入詩，一洗前朝遺老們那種苦澀幽峭、嘔心瀝血的「宗宋」之氣。試看〈西伯利亞雜詩寄王陸一〉之：「水繞烏城聞汽笛，山圍赤塔見桑麻。麵包價貴酪漿賤，牛飲歸來買野花。」多麼天真自然？至於「春莫遊樂天，共飲滬西道。醉後推小車，各矜手臂好。轉瞬三十年，時光催人老。翠柏參天立，精神自浩浩。」（按：春莫，即「暮」）更能於嘻笑家常中翻轉舊體詩「拒人於千仞之上」的雅不可耐之風。

于右老畢生致力於推行標準草書，念念以國民書寫為鵠的，看來也和他敦篤慷慨的詩風相輝映，這是一種「民國」的氣度，知識人不危論於高閣之上，不腐思於斗室之中，所以這詩人的句子會令所有的讀者盪氣迴腸：「不為湯武非人子，付與河山是淚痕。」

作對子

作對子很有趣，其趣何在？在於天地間萬事萬物皆可以透顯出「造化賦形，肢體必雙；神理為用，事不孤立」的結構。上下相須，左右輝映，那些駢四儷六之文，對仗精嚴工整，予人一種莊重、華麗、穩定的美感。只不過前此百多年來一向被視為封建時代腐儒遺老雕蟲小技，甚至是欠缺深刻思想和真實情感的文字遊戲，實則這種文章，蘊藏著非常厚實的思辨邏輯，可惜今天會寫的人已經不多了。學子若是能從作幾副對子學起，也許不難重拾些許典雅的趣味。

作對子，未必只講究華藻麗詞，刻形鏤法，一味追逐風雅。也有人用看似高雅的文體，描寫低俗的事物，故為詠歎，實寓譏嘲。先說一折故事，讓對聯的趣味撒撒野。

晚清時有個知名的貝勒爺，叫載澂。此人恣睢無理，恃勢橫行，又性喜漁色，只要是姿容不惡的女子一旦入目，便非要到手不可。到了手，調弄幾時，輒隨手棄之，所謂「百計篡得，不饜欲不止」（按：饜，音同「欲」，滿足也）。

某日，載澂前呼後擁地出門閒逛，忽然瞥見一女子策馬出安定門，卻不知馬背上的女子正是當時尚未出人頭地的女鏢師鄧劍娥。當日劍娥正保著一車鏢上寧遠，路程不算太長，但是輜重龐大，算算也有十幾頭騾馬，單趟得走上幾日，是以遲遲其行，也就不貪趕路程了。

載澂看劍娥在馬上顛簸動搖，腰肢款擺，甚有風致，便驅散了扈從，獨自一人跟隨在這鏢隊的旁邊，時而前、時而後，或在左、或在右，與鏢隊並馬走了好幾里路，載澂忍不住了，拉韁靠近一個稍稍落後的年輕鏢師，問道：「你們這是幹甚麼的？」

這鏢師聞言答道：「走點兒貨。」

貝勒爺遂涎著臉笑問：「前頭那雌兒，是貨不是？」

鏢師強忍住一腔怒火，道：「那是敝東家。」

貝勒爺一聽這話就笑了，道：「喝！東家？東家可了不得，嚇煞人了！」說著，忽然夾馬而前，不過一呼吸間便越過鏢隊，直奔那劍娥的背後，後面的眾鏢師驚呼不及，眼見這強徒往斜裏一傾身，一隻臂膀便向劍娥腰間探去，那劍娥也不回頭，幾乎就要吃他一抓，衹在載澂之手快要擄著她的當兒，一條纖弱的身影忽地向上一拔，躍起丈許之高，再落下時，已然避過了載澂的一擄，還端端的的落回了馬背之上。

載澂自是一愣，可這小姑娘的身手卻撩撥起他的興趣來，打鞍橋上抽出鞭子，再催馬上前，手起一鞭，朝劍娥的背脊上招呼過去。劍娥仍不回頭，背後卻彷彿長了一對眼睛似的，鞭梢才剛要搆上她的後頸根，人又騰空縱出去，還向前翻了個旋子，趁身形反轉、頭臉朝後的剎那之間，覷準鞭勢，一把抓了，猛可收束，竟然將載澂扯下馬來，她自己同時一撒手，翻身時恰恰坐回了馬背上。

當時情景，看見的可不衹是鏢局裏的人丁，還有路上的百姓，眾人見惡少落馬，跌了個鼻青臉腫，連腰都直不起來，成了個大蝦米，無不鼓譟大噱。

後來端方（午橋）聞知此事，戲作一長聯嘲之——句意有些泛黃，道學家請擔待。

上聯是：

鞭非不長，莫可及之，噬臍猶悔登途，載不動、許多愁緒，是非衹為強翹首

下聯是：

腰實在細，豈堪握也，低眉卻憎孟浪，澂難清、一抹萍蹤，煩惱皆因不扭頭

（按：途、徒同音，澂是澄的古字）

上聯是用旁人看笑話的觀點，直指載澂登徒子行徑之可鄙，其中「翹首」二字所指的「首」，指的是不是頭腦的頭，至於是甚麼頭？不好明說。下聯則是用載澂的觀點去揣摩那不願回頭的少女的心思，竟然還有點兒深情款款的意趣。兩聯中也巧嵌「載」、「澂」二字，這已經可以說是端方一向在文字遊戲上的慣技了。

端午橋作這種對聯諷謔人，已經是文字遊戲的極致。再把話回頭說：對仗，為什麼會在中國文學裏形成一種美學典範呢？

對聯是觀賞性很強的藝術，所以有時只要求字面相對，即同類詞相對，特別要求在聲調上平仄相反，在詞性上動靜相當；虛字對虛字，實字對實字。有些同類詞可供選擇的範圍較小，如數字、人名、地名、書名、人體部位名、動物名、植物名等等。這就提醒了我們：在修辭這樁工程裏，「相對」這個概念所講究的，不只是字義本身，還有字義的歸類範疇。

律詩對仗，尤為七律精華所在，必須審慎下筆。律詩中間對仗的兩聯，慣例講究一虛一實、一情一景、一大一小、一遠一近、一比一興……。質言之，兩個句子要有參差對比，內容變化才會靈活，不虞呆滯。

從前說相聲的有個〈對對聯〉的段子，說：「天對地、雨對風，大陸對長空，山花對海樹，雷殷殷、霧濛濛，開市大吉對萬事亨通。」這些都是一般俗用有趣的對子。不過若要說到律詩用對，就還有更精細雅致的講究。

律詩重視結構，環環相接，如《文心雕龍》所謂：「外文綺交，內義脈注」。起聯佈局，或從一角揭發；或從全局籠罩，要之在於預留地步給後文發揮。中間兩聯也各有作用——頷聯（也就是第三、四句）既承接開頭，更復引起下文。頸聯（也就是五、六句，又稱腹聯）最須盪開，有時甚至要讓人感覺是另起一新作，但是又不能斷然離題，必須和前兩聯維持著一種藕斷絲連的關係。到了尾聯（也就是七、八句，又稱結聯、末聯）收束一切，呼應前文。這裏說的對仗，看來難在聲調與詞性的錙銖必較，其實難在「相對」這個概念的無窮變衍。

袁枚在《隨園詩話》中有這樣一段話：

黃星岩隨園偶成云：「山如屏立當窗見，路似蛇旋隔竹看。」厲樊榭詠崇先寺云：「花明正要微陰襯，路轉多從隔竹看。」二人不謀而合。然黃不如厲者，以「如」

字與「似」字犯重。竹垞為放翁摘出百餘句，後人常以為戒。

——《隨園詩話》卷五，二二

這段話說明在詩中對仗要避免同義詞相對，用「似」對「如」，雖字形字音不同，但字義相同，亦不可取。這似乎有點苛求，連大詩人也難免的事，我輩怎能不犯？但是從作詩的角度來看，詩人有義務避免合掌，就要從避免同義詞相對做起。

王力在《詩詞格律》說過：「語法結構相同的句子（即同句型的句子）相為對仗，這是正格。但是我們同時應該注意到：詩詞的對仗還有另一種情況，就是只要求字面相對，而不要求句型相同。」這對於對聯的對仗也是相當重要的。就詩論律，唐律宜學子美、退之、義山，尤其李義山，其時律法已然大備，誠非初盛唐可比。不過，春聯的對子是另一回事。

據說，門上掛春聯起自五代末期蜀主孟昶的：「新年納餘慶，嘉節號長春」。此事聚訟千年，未有定論。不過，從辭意上看，這上下兩聯，跟成熟的律詩所講究的對仗略有不合之處。子美、義山而後，律法更見精嚴細膩，許多在六朝時代堪稱秀異的對仗句已經流露出一種「踵事增華」的堆砌情味。具體言之：經由老杜的示範，盛唐以後，絕大部分可以為宗法對象的詩人所作的對仗句，是不可能出現「合掌」之病的。所謂「合掌」，就是說一聯的上下句所表現的意思累疊重出，並無二致。「新年納餘慶，嘉節號長春」的毛病就是「合掌」，兩句一個意思，反而顯得詞費！

比方說，市面上常見之聯中，有此一對：「生意興隆通四海，財源茂盛達三江」這是舊時商店通用的春聯，平仄合律，對仗工整，而且與爆竹聲中「恭喜發財」的氣氛相協調，很受歡迎。但深一步研究就會發現，「通四海」、「達三江」是一個意思——這就是「合掌」。七言聯語一共十四字，其中六字只能當三個字用，豈不可惜？

對聯是文章中最精練的文體，決不允許浪費筆墨。為了以較少的文字提供較多的資訊，必須避免上下兩聯說同一意思。只不過，喜慶況味，多多益善，合掌又何妨？在新春聯中用「震乾坤」對「驚世界」、「報佳音」對「傳吉語」、「發祥光」對「騰瑞氣」，就是為了強調說不完、數不清、用不了、享不盡的喜慶或強盛氣氛，「合掌」自他「合掌」，受那麼多文氣的束縛幹嘛？

例

好春好語對門來

——給無論識與不識的人祝福，乃一年大計，許為春聯的風度

張貼在門口的春聯，表現了主人的期許、祝願，或許還包括了為人處事的風範。觸目都是吉祥語，也往往帶給過路者一瞥而笑納的溫暖。春聯之於我，是年度大事。

大約從十四、五年前起，每歲一入陽曆十二月，我就要開始準備買紙、擬句、書字，在舊曆年前，將為數大約三四百副的春聯寫好，捲成小紙捲子，日夕隨身攜帶幾捲，隨手贈送。

一般說來，除了「向陽門第春常在，積善人家慶有餘」和「爆竹一聲除舊歲，桃符萬戶接新年」之外，我幾乎不用陳句，大都另鑄新詞，為的是讓這短短的兩個七字句能夠體貼張掛者的處境和情懷。比方說，今年我為開館子的朋友寫的是「珍饌連筵邀客賞，春風萬里送廚香」；為開酒莊的朋友寫的是「新醅聊解劉伶醉，陳釀常隨李白詩」；為一個將要長時間離開臺灣的朋友寫的是「聖代即今多雨露，好春如此滿江山」。

「聖代即今多雨露，暫時分手莫躊躇」是盛唐詩人高適的名句，原本不作對仗，也不適用於春節應景。到了清代，著名的大學士宰相劉墉為任何人書寫聯語，都用「聖代即今多雨露」作上聯，這當然是出於稱頌天子的用心，卻也足見這句話還是人人都能接受的祝福，直白了說，就是「今年風調雨順、萬事如意吧！」我也發覺這句話很好應用，對於前述去國不歸的朋友可以用得上，對於宅在家裏讀古書的朋友一樣適用：「聖代即今多雨露，清懷如此止詩書」。給想要遷入高樓層新居的朋友則是：「聖代即今多雨露，高瞻何處不風流」。給滿懷政治牢騷的朋友也未必不能用：「聖代即今多雨露，孤心到處任煙雲」。

「春城無處不飛花」為中唐時代的詩人韓竑的名句，原本也不是春聯用語，可是為之打造一個能夠表現個性的上聯，總比「生意興隆通四海，財源廣茂達三江」之類僋俗語來得有風趣。有位慈心滿溢、佛緣深長的朋友，就拿走了一副「福報有緣常證果，春城無處不飛花」。放棄高科技專職，回家鄉務農的朋友取去的是這一副「好雨得時能潤土，春城無處不飛花」。碰上了不斷擴充事業體，還在春節期間過生日的長輩，則「海屋添籌多樹業，春城無處不飛花」也是恰切的祝福。

一九七一年我剛進高中，歲末時分，父親遞給我一張紙條，上寫兩行：「水流任急境常靜，花落雖頻意自閒」，中間橫書四字：「車馬無喧」。接著他說：「這是曾國藩的句子，你給寫了貼上罷。」一直到他從公務崗位上退休，我們那棟樓年年是這副春聯。

直到我自立門戶，年年會依據當時心境，調理文辭。有一年出版《認得幾個字》，當時的春聯就是「流金歲月迎春暖，琢玉功夫逐字明」，還有一年冬天細讀《易經》，很自然地寫下了這樣一副春聯：「酒祝青春恢大有，花開錦繡伴家人」。「大有」、「家人」原本不能作對，然而由於都是易卦的卦名，對起來也就順理成章。

這幾年，我對當局之無能實在憤懣太深，幾乎不假思索而寫：「獨有文章留北斗，愧無諫表對東風」。上聯不無自誇之意，下聯用語，則不只是令「東風」與「北斗」作對仗，「東風」實際典出於「馬耳東風」。至於馬耳是誰的耳朵？就不言可喻了。

新年總不能免俗，該有新希望，我每年不改其志，眾多希望裏一定有這麼一項：但願國人張掛春聯時都能把上聯、下聯分清楚，不要掛錯；而這卑微的希望從來沒有達成過。

興寄

有許多文章家要求作品必須具備豐富的意義層次，不只是合乎題旨，還要讓文字中的感慨有一種吞吐古今、包舉宇宙的深刻感、洞察力。

這樣的要求有些抽象、有些籠統，即使從具體的文字上舉證楷模，畢竟不是人人都寫得出：「居廟堂之高，則憂其民；處江湖之遠，則憂其君。是進亦憂，退亦憂；然則何時而樂耶？其必曰：先天下之憂而憂，後天下之樂而樂乎！」這樣的句子；也不是人人的懷抱都能夠生出這樣的體會：「蓋將自其變者而觀之，則天地曾不能以一瞬。自其不變者而觀之，則物與我皆無盡藏也，而又何羨乎？」

把讀過的書裏迷人的故事、警策的話語借來引用在自己的文章裏，是有不同的緣故、以及作法的。有時一個成語帶過，比方說「風聲鶴唳、草木皆兵」，就是為了表現肅殺、凝重或瀕臨衝突的危險之感，不一定是要翻檢原語出處的《晉書．謝玄傳》，運用起來，也可以完全不與淝水之戰相關。可是另有一些時候，借古事古語一用，還是得陳述首尾，好和作者自己的、當下的，因類比聯想而形成的感慨相綰合，此時便須調度事理，不但要讓書中人物的感慨和自己想要表達的感慨一致，還得互相補充、甚至加強。

這種道理，一般稱為「興寄」，也就是忽然間從曠遠迢遞的時空彼端，發現一部著邊際之語，靈光一閃地遇合了此時此地、此身此心的一個我。這可以從杜甫的一句不大通順的詩說起。

老杜有句怪詩，文意重贅彆扭，而居然千古不疑，還被推許為佳作。且看〈詠懷古跡．其二〉：

搖落深知宋玉悲，風流儒雅亦吾師。
悵望千秋一灑淚，蕭條異代不同時。
江山故宅空文藻，雲雨荒臺豈夢思。
最是楚宮俱泯滅，舟人指點到今疑。

其中關鍵的頷聯「千秋一灑淚」格局宏大、氣象森嚴，可是相應作對的「異代不同時」簡直莫名其妙——「異代」不就是「不同時」嗎？這一句文義重複得多麼令人難受？

從意義上看，這首〈詠懷古跡〉和幾乎所有憑弔古蹟之作都差不多，除了緬懷舊事，還有親歷生涯。一切衝著過往所造作的文字，也都掩映著眼前的悵觸。簡單兩個字，此之謂：「興寄」。初唐詩人陳子昂一意向古，就是看不得南朝詩篇欠缺內在的精神。在〈修竹篇序〉這篇文章裏，他說：「齊梁間詩，彩麗競繁，而興寄都絕，每以詠歎。」

這話簡直是把「興寄」當成是美學的標準了。用我們今天的話來演繹：文章如果不能穿透現象界的繽紛而託陳奧旨、寓藏知見、激發感情，便失去了作文章的價值。這也許是過激之論，不過，若不以內在的思想自期，文人操筆弄翰的手段又得天獨厚，加之以得名甚易，詩文即此而墮落，也是常見的。

可是說起「興寄」，特別是針對過往的歷史陳跡抒發議論，難在我們讀史的時候未必有近事可以依照參詳；而一旦面前有了新聞，腹笥窘迫的根本無從借題發揮，讀書未熟的，也未必想得起某一史事果然能切合題目。畢竟是「蕭條異代不同時」，一旦空泛籠統地藉古論今，不免失之牽強。不過，打個比喻來說：這就好像綁架了一位古人，驅之使之，做為人質。只要論事切當，人質之大聲疾呼，當然要比綁匪的嘶吼來得動人。

以下所舉的例文，原本只是我在讀陳夔龍《夢蕉亭雜記》第五則和第十一則的兩段文字時有些聯想。陳夔龍信筆而行，本來也沒有將之縫綴編織起來的意思，我在書眉上的心得更只是一句話：「此二則之間略有緣故。」書讀過了也就算了，渾不知尚有文理相關。直到有一天，我無聊看電視，見有三五醜臉名嘴逞齒牙、論時政；座上學者、律師、媒體人一應俱全。我忽然想起陳夔龍來了，想起這兩則筆記來了，想起我覺得他們的臉「怎麼那麼醜」的緣故來了。

明明是蕭條同代，卻也可以感覺那樣地不同時呢！這番興寄，很悲哀。我是說真的。

不可親近之人

宣統元年臘月就任的末代直隸總督是陳夔龍，他的回憶錄之作《夢蕉亭雜記》末篇標題是：〈辛亥以後事不忍記載〉，從此就可以看出這位遺老的孤峭與侘傺。這一篇文字寫於民國十三年十月十五日，老人則年登大耄，活到民國三十七年，在世九十一歲。

時至而今，無論從哪一個公共利益或普世價值的立場上看，陳夔龍畢生的政治信仰和倫理觀都是迂闊而酸腐的。他盡忠清室，仰奉皇權，只消講究民主法治自由平等的一切論述，都是他鄙夷至極的敵壘。然而這樣的人，畢竟還留下了值得考掘的文字，其所見所思不只具有聊備一格的史料價值；從他的記述當中，我們還能夠窺見今日之政體架構所不能解決、甚至不願反省的問題。

《夢蕉亭雜記》第十一則說的是〈六君子未經審訊即遭正法〉，拈出百日維新失敗之後，慈禧集團對新政之殘酷反噬，提供了直接而有力的證據。據陳夔龍的描述，當時擔任御前大臣的慶親王奕劻本來有意治審輕議，甚至還說出「聞楊君銳、劉君光第均係有學問之人，品行亦好，羅織一庭，殊非公道。」的話來，奕劻慎重敦促陳夔龍和當時在工部擔任司官的宗室鐵良等溫和派僚屬會審。

豈料另一名軍機大臣剛毅深恐此案偵審期間驚動國際視聽，造成壓力，索性根本不審了，逕自傳諭刑部，將六人一體綁赴市曹，就地正法，這才有了「六君子」的千古之名。陳夔龍的按語很值得玩味：「余不曾親蒞都堂，向諸人一一款洽。過後思之，寧非至幸？」（按：「都堂」即法庭）

一個明明對大是大非有了認識和決心的人，為甚麼會慶幸自己沒有機會主持正義呢？這就不得不看陳夔龍的另一則筆記了。

《夢蕉亭雜記》第五則的標題是云：〈對三種人敬而遠之〉：

一曰翰林院，敝貂一著，目中無人，是為自命太高；二曰都察院，風聞言事，假公濟私，是為出言太易；三曰刑部，秋審處司員滿口案例，刺刺不休，是謂自信太深。

時移世變，這些個單位、官員而今當然都沒有了。可是這樣的人品、格調和任事風氣似乎仍令人覺得熟悉。但凡接觸學界，我們還是遍地看得見那些個獻曝其餖飣之得、管蠡之見，卻津津樂道而不知疲的蠹蟲。在媒體圈，我們也時時接觸得到許多手拿麥克風攝影機，摭拾他人隱私，煽動街談巷議的記者和時評家。司法界更不必說，多少操持法條，割裂現實，滅裂跡證，任憑心裁，或則喋喋纏辯、或則囂囂自威的訟徒和推官！

讀遺老陳夔龍的書，歷歷在目的卻是我們自身所處的社會。似乎總有幾種行業、總有幾個勾當，在一旦取得了慣例或行規所賦予的資格之後，便得以自證自明，聲價並騰，很難隨時受到客觀的檢覈與勘驗。「自命太高」、「出言太易」以及「自信太深」看來都是個人修養的問題，可是深一層想，還是暴露出社會對於某些擁有「詮釋威權」的專業，竟然採取了徹底縱放與退縮的態度。

這樣再回頭想想，我們就不難明白：陳夔龍以平靜而誠懇的語調告訴我們：即使是為了周全他一生懸命所投效的朝廷，也有不忍分明論說之處。萬一他參與了「六君子」的審訊，在那種強烈的共業（共犯）結構之中，他當然只能更加深陷於外無一援的孤立正義，迫於無奈回天，最後還是要殺掉他明明認為不該殺的人。

可悲嗎？可悲的是近百年光陰流轉，我一不小心扭開電視看見政論名嘴，就發現自己處身的這個時代、這個社會，正在專門製造不可親近之人。

疑惑生感動

梁簡文帝〈折楊柳〉的頷、頸二聯（也就是八句詩裏的三四、五六兩組對仗句）是律詩主體的典型句式：「葉密鳥飛礙，風輕花落遲。城高短簫發，林空畫角悲。」雖然聲調平仄不如後來的唐人講究得更精密，不過用字之詞類精審，常藉變化觸發人情。

頷聯「葉密鳥飛風」、「輕花落四事」兩兩成因果，由於葉密，是以鳥飛不暢快；由於風輕，花落的速度就慢下來了——頷聯這兩句寫景的駢儷之句給讀者帶來了節奏性的美感，當然也就因之而帶來了認知上的慣性（或稱惰性），使讀者在面對頸聯的時候，先是體會到音聲韻律的相似，同時也會感受到字意邏輯的相同。

首先，頷聯是這樣的：由一個名詞之下點綴一個形容詞，再鍛接另一個名詞、動詞和副詞。在頸聯那裏，字意邏輯稍有改動，一個名詞下點綴一個形容詞（與頷聯相同）

然而接下來卻成了一個形容詞加一個名詞再加一個動詞。當讀者先讀完頷聯，不期而然地將「葉密」視為「鳥飛礙」之因、把「花落遲」視為「風輕」之果的時候，也就毫無防範地把接下來的四組語詞也作兩兩因果讀。這是心理的慣性，詩人利用這個慣性，卻帶來變化。

明明無因果關係之事，在閱讀的瞬間注入了因果關係，會帶來錯愕、意外，有些許的不解，也有些許的驚奇。有趣的是：當「城高」和「短簫發」之間有了因果關係，當「林空」和「畫角悲」之間有了因果關係，就耐人尋味起來：讀者既不能用理性證其是，復不能就經驗覺其非，然而之前瞬間從頷聯遺留下來的因果關係在此瞬間仍舊稍稍影響著讀者，於是讀者帶點兒被動的、也許不情願的、掙扎著，接受了。

為什麼嚴滄浪說「羚羊掛角，無跡可求」？因為那是詩在閱讀瞬間帶來的說服——一般我們美稱之為感動。讀詩的感動，常懷著一點疑惑；或者說：讀詩的感動，常在一點疑惑之中。

例1

青山禪院一題

在比較密切地接觸香港之前，我從來沒有想像過中國古代歷史的某些重大事件會和這裏有關。比方說：文天祥、陸秀夫扶保南宋二末帝（益王、衛王）逃脫蒙古人的追殺，曾經一度流竄到今天的九龍城附近，是以九龍灣西面的一方巨岩上還刻了「宋王臺」三字——據聞，此臺即是陸秀夫背著衛王（亦即登基後的帝昺）投海之處。

數年前的秋冬之間，我每週往來香港嶺南大學授課，間有暇，曾兩度到學校附近的青山禪院遊衍。當其時，廟宇正在重修；從已經接近完工的兩處院落看來，雕飾殷勤，像是不大甘心置身於屯門一隅。說是屯門地僻，據說有兩位知名的中國老古人曾經到過，杯渡和尚其一，韓文公其二。

杯渡和尚事見《高僧傳・卷十》，列品「神異」，傳中說他「初見在冀州，不修細行，神力卓越，世莫測其由來」。此僧獨特之處在於隨身攜一大杯，能以之渡水，大約也就藉此為名。由於傳說中也提及他的下落，是在「屯門」出海，返回西域天竺，遂推測他可能是從印度大陸東來的番僧。

至於「屯門」是不是就在香港，未必無疑；古時屯兵南疆、戍衛海隅之地，何處不可叫「屯門」？但是在古籍上，此僧道別中原時有所謂「貧道將向交（阯）、廣之間不復來也」的話，香港當地耆老指認如此，旁處也就爭不得了。

至於韓愈，在《贈別元十八協律詩》中留下了一聯的痕跡：「屯門雖云高，亦映波浪沒」，好事者遂拿韓愈被貶至潮州的路徑作文章，說他是從廣州走海路經香港赴任的。這樣一來，便有機會道經屯門，非但上岸觀光，還留下了「高山第一」的摩崖大字，石刻就在青山禪院裏。此石此字，既無人能證其不出於韓文公，也就不煩人實證其必出於韓文公了。

我對青山禪院情有獨鍾，一個原因是他進門處的牌坊內外都有題額、對聯，有的凝積歐體結密的肌理，有的洋溢米體飄逸的神韻，以二王樹立的風姿典範言之，可以說是字字皆精，十分難得。

牌坊正面的對聯寫的是：

樓觀參差，清夜開鐘通下界

作者赫然是民初袁世凱的大帳房、交通系魁首梁士詒。此公乃進士出身，還入選為庶吉士，科舉學問算是到了頭；一生鑽營多力，堪稱清末漢官裏少數有治事能力的。入民國之後，梁某當過袁世凱的總統府秘書長，也在奉系軍閥的簇擁之下當過一陣子國務總理。

可惜他政治判斷力太差，而名利之心又太熱。袁氏帝制崩毀、張勳復辟失敗，他都因參與機要而受牽連，不得不逃亡。後來投奉系而奉系被直系打垮，北伐成功而遭國民政府追捕，一生四度遭通緝，不可謂不罕見。前引的對聯，就是洪憲鬧劇草草收場之後，梁士詒倉皇出奔香港，在當地留下的「怨望之詞」。

我在這牌坊底下徘徊了好一陣，拍了許多相片，回到家裏放大觀賞，臨摹了好幾十通，甚至還為這些殘斷的歷史碎片寫了一首七律：

詩成玩笑史成灰，不記青山埋渡杯。
摩石應疑韓吏部，疊樓常壓宋王臺。

斯人指點吟題剎，我佛惺忪睡眼開。
大夢誰先覺今古，菩提無說有情來。

不過，後來就覺得可笑了。因為鍾情所在，不過是幾行字，而歷史或人生中相互倚附的、真偽錯雜的記憶與感動，並不牢靠。

例2

詩的發生

我的朋友老錢和我閒聊，問我為甚麼寫古詩，我腦子裏出現的第一句話是：「這樣就可以避免寫新詩了。」這話有點兒損，所以我沒這麼答，我說的是：「因為古詩有一個唱酬的傳統。」

看來這話也是答非所問。然而在我淺薄的詩觀裏，這是古詩和新詩的重大差別。新詩不是沒有酬答之作，可是打從語體詩、白話詩廣泛通行以來，就有一個發表的傳統——總的說來，它是經由槧刻纂輯，透過詩刊、報章或書籍形式供較多的人欣賞、感受的美學客體。然而對我來說，在一個極端受限於文言語感載體的閱讀門檻裏，古典詩就是寫給「那個知道的人」；那個唱酬的對象。這並不是說不能或不該發表，而是藉由唱酬的形式，讓創作活動發生且完成於兩個創作者之間，一場親密的對話。

就在和老錢的答問之後，過了一夜，我在微博上讀到一位寫詩的網友——我們姑且稱他為「老磚」——所寫的一首五律。那是一系列題為〈春興〉之作的第六首，通篇寫景質直，抒情閒淡，簡筆白描，鍊字細膩，有幾分韋、柳的神采：

未登高峻處，難見好精神。
暮色紅入海，春山青徹身。
峰頭佩斜日，樹影倚歸人。
料得嶺北驛，明朝楊柳新。

此前老磚還寫了五首，也都發到微博上來。除了我，大概還有成千上萬的人看過。可偏偏就這一首，晾在屏幕上惹人——很難說一個準確的究竟，就覺得這是一首在召喚我去應和的作品。老磚寫詩時也許沒這個意思，算我自作多情罷。一瞥那詩，唸一遍「難見好精神」五字，回頭上廚房洗洗米；再晃到屏幕前，再唸一遍「春山青徹身」五字，回頭把鐵鍋坐上，明火白粥，準備開飯。不行，再踅回屏幕前張望一眼，唸一遍「明朝楊柳新」五字。

成，就把老磚這詩當成是為我寫的罷！我在鍋邊滾出第一圈白沫的時候點上水，攪了攪，讓鍋底黏結的米粒鬆動鬆動，想著我並沒有話跟老磚說，但是詩既然來了，便非說不可；說甚麼呢？「春興」是他的原題，我這兒春寒料峭，晨興蕭索，更無登高以望歸暮的雅致，那就照實說，說說我在煮白粥吧：「縮手昏寒餓，強吟精氣神。孤炊聽甑律，空腹覺煙身——」

在腦子裏寫了一半兒，我繼續煮粥，又發現連配粥的榨菜都沒有了。這是偶爾會發生的事——只要是前一晚和老錢或者無論甚麼人在外夜飲，除了一身醉氣，不會顧著帶回來甚麼餚饌，此時無論煮麵煮粥，反正將就著一頓狼吞虎嚥而已。這就是底下的句子了：「箸畫參寥字，湯浮瀲灩人。吞聲下潘水，一滌酒腸新。」「潘水」者，淘米之水也。

拋開格律、聲調等形式上的講究不論，對於我來說，詩總是從相互的詢問、聆聽和應答展開。有以詩扣者，即以詩鳴之；有以詩問者，即以詩答之。反過來說：扣之不鳴，答非所問，又何嘗不是詩？相酬者有時難免各說各話，也和人生相彷彿。所以，把老磚和我的兩首詩翻成白話，也是很明白曉暢的：「春天來了，有遠客才回，明天又要走。」

「我煮粥解酒，只夠一個人喝的。」

縮手昏寒餓，強吟精氣神。
孤炊聽甑律，空腹覺煙身。
箸畫參寥字，湯浮瀅漾人。
吞聲下潘水，一滌酒腸新。

意義與對位

長槍大戟，調度利便，所謂「一寸長、一寸強」，施之於文章，就是鋪張揚厲，較有發揮的空間；這是一個看法。至若短匕小刃，周旋敏捷，所謂「一寸短、一寸險」，施之於文章，就是言簡意賅，不作冗贅的裝飾；這是另一個看法。相對看去，短小之文不好寫，因為能調度的字句不多，唯求筆觸精準而已。

多年前《讀者文摘》來邀稿，編輯希望我能夠根據一個概念：「不一樣的臺灣」，寫一篇三百字的短文。這種題目下得很刁鑽，既要把臺灣的歷史人文風土生活……包羅萬象的大題目一囊而括之，還得別出機杼，寫些「不與時人彈同調」的意思，卻又沒有娓娓道來、納肺腑於方寸之間的篇幅。一不留神，就會浪作頌聲；再不小心，也可能淪為諷諫。既要能寫得不諛不鄙，還不能寫得可有可無，就得選擇一個在不同面向上都具有象徵意義的對象，或人、或物、或景，也可以是自然之一片段，也可以是人間之一繽紛，我得仔細尋覓、琢磨。

這就要講究準確的「對位」。

我想到了移民社會、想到了亞細亞的孤兒、想到了大國政治佈局下以艱以險、以危以疑的長期命運，也想到了這個移民社會多年來敏察時局、洞觀世事，以靈活機變的心智創造出一個又一個的經濟與政治奇蹟，試圖在大國列強之間蕩搖生存。也不免想到：人們在戮力追求以及維護身分和尊嚴之餘，往往只剩下爭鳴鬥氣的情緒和意志……從大事想到小事，從舊聞想到新聞；真個是綿綿思遠道，偏偏遠道不可思——我很清楚：三百個字所能表現的，不是一個多麼了不起的兩岸史觀；《讀者文摘》的讀者也不須要甚麼國族精神的鼓勵。我所需要的，是一個小小的象徵，必須在臺灣出現，那麼平凡、那麼自然、又那麼清晰而準確。

我在等待那天啟一般屬於臺灣的意象，不可造作、不可虛擬、不可獺祭賣弄、不可晦澀彆扭，如此乃有深意寓焉。

後來的後來，就有一陣鳥鳴掠過——

例

綠繡眼

颱風過後，孩子們在門前垂落的樹梢上發現一團枯枝，地上也有形體相似的另一團，拼合起來，恰是一個鳥巢，不及拳頭大，這曾經是四隻綠繡眼的家。

綠繡眼群聚性很強，終日噪叫，幾乎沒有安靜下來的一刻。深入研究、繁殖這種鳥類的專家曾經長期側錄他們的鳴聲，發現綠繡眼能夠發出一百三十多種囀啼。這種複雜的鳴叫似乎是必要的，因為一隻雄鳥往往要和無數同樣具有強烈領域感的雄鳥互較長短，為了求偶，也為了在族群中出一頭地。

孩子們問我：這一窩失蹤的鳥兒會不會被颱風「怎麼樣了」？他們不敢說出可能已經降臨的厄運。我說：「不會怎麼樣的。」

「為什麼？」孩子們問。我指著一百五十碼外的雜木林，說：「他們在颱風來臨之前就通通搬到那邊的密林裏去了。」

「你怎麼知道？」孩子們異口同聲地問。

「當然知道，這裏是臺灣哪。」我指著雜木林，引導他們去聽更大規模永不妥協的爭鳴之聲，是綠繡眼準沒錯。

說事與說教

對於心懷教化的人而言，所有的文字都有勸誨的目的，故事也必須提煉出幾句倫理學方面的陳述，才不枉言者諄諄，聽者嘖嘖。但是教訓常常破壞故事，每當說故事的人在末了來上幾句：「這個故事所要說的，其實是……」聽者總會覺得：發明刪節號的人真是天才。

在一篇不是小說的文本之中，寫作者想要藉故事偷渡一點人生的看法，就不能那麼粗糙。作者必須設想：我的讀者可能會跳過那些看起來冗長又陳腐的雜唸，那樣的話，我真正想要表達的東西也就落空了。所以在敘事的佈局上，就得趁讀者墮入故事的迷陣之時，巧為布置。此中技法，說穿了也很簡單，就是讓讀者還來不及防備之前就先下手。

本來，除了喜愛探討佛理、闡明經義的人可能會有興趣之外，夾雜著許多迻譯名詞與鑽之彌深的因明之理的文章不容易普及，作者引述起內典來，也是相當困難的事。怎麼辦呢？

首先，我自己要說的話——也就是對於政客假神道以設教，招搖撞騙的抨擊——被拆分成兩小段，分別放置在引述東年小說的那一段前後。引述東年小說的內容也經過仔細的思考，要用「那時候，佛陀舉動金色的手臂，撫摸地藏菩薩的頭頂」來開篇，使之有敘事性的動感。以下引文，都在說明地藏王菩薩的特性。這個能「粉碎他人的地獄」的特性，既包含了寬恕的襟懷，也彰顯了慈悲的動能，更體現了「地獄不空，誓不成佛」的願力。這些，當成人生道理來說就容易乏味，一旦重新安頓次第，教訓的意味就淡化了。

至於故事本身，也有佈局的問題。我們的生活本來就是從早到晚、從前到後、從因到果地發生，所以說故事，也大致有一個順向展開的時間軸。不過，畢竟一個故事能引起的好奇不只是「後來發生了甚麼？」，還有另一個問題：「為甚麼會變成這樣？」

以〈分身和酒瓶〉這個故事為例，有一段發生在老小二僧聽見水井裏發出怪聲之前的事，就不能依照順向展開的時間軸，放在故事的最前面——它必須放在故事的中間，才能夠為讀者帶來懸疑和驚奇。這也告訴我們：為甚麼俗語總說某個故事「曲折動人」；故事之曲折，源於它隨時會扭曲我們習以為常的時間軸，使我們在聽故事的時候，不只會問「後來如何？」還會問：「何以致此？」此二者，必須隨時互相作用，才能變換讀者的好奇趣味。

後來呢？後來，就交給一個溫馨的小故事吧。

例

分身和酒瓶

對於分身這件事，不只是相信不相信的問題，還有理解不理解的問題。自己不知道甚麼是分身，就先相信了，還號召旁人去信，並鼓吹「只要相信就是真的」，這就是淫祠、淫祀的本源，與詐騙之術沒有甚麼差別。假借宗教自由以行險使詐，法律似亦無可如何，只好眼看著愚夫愚婦吃虧上當，受騙散財，居然甘願歡喜。宋代的理學家張龍溪說過：「聖人之大道，常竊合於小人之私心。」比愚夫愚婦奸險的人就會利用「聖人亦如此，小人寧不知？」來遂行欺罔，還打著宗教自由的旗號做護身符。

至於為什麼要有分身？甚麼是真正的分身之義？先抄一段我的朋友東年的小說《地藏菩薩本願寺》裏從佛經引來的文字——

那時候，佛陀舉動金色的手臂，撫摸地藏菩薩的頭頂，這樣說：

「你的神力、智慧、慈悲和辯才都是不可思議的。你要記得，我在忉利天宮，在百萬千億無法計較的諸佛、菩薩和天龍八部齊聚的大會中，再將這人間天上所有還沒能夠脫離煩惱的眾生交付給你，不要讓他們墮落到惡道裏去，受一日或一夜的苦，當然更不要讓他們墮落到阿鼻（無間）地獄，去受千萬億劫永無止期的折磨。

「眾生的志願和生性是沒有一定的，總是習惡的多，就算是發出善心了常是一轉息就退消，如果遇到惡的因緣卻是一息息的增積滋長，所以我分出了百千億的身形，要在他們根本的習性中度脫他們。

「若有天上的人以及人間的善男信女，在佛法中種了小小的善根，即使小得像一毛、一塵、一沙、一滴，你也要加以呵護，教他漸漸修成上道，再不會退失。

「若有天上的人以及人間的善男信女，隨著惡業的報應墜入地獄，這種眾生倘若還能唸著一尊佛或者一尊菩薩的名號，或者經典裏的一句一偈，你就會在他受苦的所在化起無邊的身形，立刻粉碎那個地獄，使他得到解脫。』」

（按：「墜」應為墮）

從這一段文字去瞭解分身，才會體認到這「分身」其實是一種偉大關懷和超渡的隱喻，包含著無比堅強的寬恕之心、扶持之力；而決計不是照片上的顯像、天空中的幻影、新聞裏的土豪。

那麼，今天就說一個分身之神地藏菩薩的故事。

這是一個日本的童話，聽來像是從唐代以後中國的世俗佛法故事、再根據日本當地寺院景況、改寫而成的。

有那麼一座野寺，規模很大，前後有三進的大殿，可落成之後，香火就是不能興旺起來。之後又逢上荒年，鄉里間的人流離失所，家無恆畝可耕，人無恆產可蓄，哪兒還有餘力供養神佛？久而久之，寺中僧人；還俗的還俗、雲遊的雲遊，也多星散了。到最後，就剩下一老、一小兩個和尚。這倆和尚也快要變成餓殍了，祇能奄奄一息地持咒念經，勉強上香禮佛，不過就是等死。

人餓到一定的程度，就會產生幻覺。有天晚上，小和尚聽見廚房裏傳來一陣瓶瓶罐罐相互碰撞的聲音，連忙推醒老和尚。老和尚聽在耳朵裏，聲音的確是從廚房發出來的，但是不像瓶罐的碰撞，倒像有人在井邊打水。可這深夜之中，四野無人，怎麼會有人潛入寺中打水吃呢？老和尚只好安慰小和尚說：「是咱們餓得發昏了，無非幻象而已。」

捱過了一夜，第二夜又是一樣的情形——這一回是老和尚先聽見了瓶罐響動，倒頭就唸誦起經咒來，經咒聲把小和尚吵醒，小和尚卻道：「有人在井邊打水吃。」老和尚教小和尚也同他一樣誦經，算是又熬過了一夜。

到了第三天晚上，師徒二人一矇子同時醒了，果然聽見廚房裏又是一陣窸窸窣窣，一如前兩回，先是瓶罐碰撞敲擊，繼之是沿著廚房門裏到門外的一路之上都有沉重如堅物杵地之聲，接著聲音到了井邊，居然有轆轤兒滾落、浮桶打水、乃至於有人「咕嚕咕嚕」喝水的聲音。

這讓老小二僧都按捺不住了，遂一前一後、躡手躡腳踅進了廚房，躲在門邊兒，忽地打亮火摺子一照，竟然看見井沿兒上站著個平素用來裝醬油的瓶子。小和尚身手還是俐落些，上前一把攫住，使掌心緊緊封了瓶口，向老和尚說：「我抓住這個外道了，師父看該當如何處置？」老和尚還沒來得及反應呢，就聽見那瓶兒裏傳出了一陣幽幽咽咽的哭泣之聲。老和尚心一軟，問道：「瓶兒裏的施主是不是有甚麼委屈啊？」小和尚說：「瓶兒裏的是個外道，怎麼會是施主呢？師父！」老和尚不搭理徒弟，繼續問道：「施主既然待在瓶子裏，不嫌悶氣麼？要不要出來說話呢？」小和尚又道：「我這兒拿手掩著這外道，它才出不來的，師父要是放它出來，他不就跑了嗎？」老和尚嘆了口氣，順手接過那瓶兒，撤開瓶口，道：「施主要是不嫌棄，就出來同老衲說說你的委屈罷。」

那瓶兒裏的哭聲又持續了一陣，才緩緩說道：「我是出不來的，我就是這個瓶兒啊！」

「你怎麼會成了個醬油瓶的呢？」老和尚不解地問。

「唉！說來話長——」瓶兒發出咕嚕一聲，好像是喝了一口水一般，才說下去：「我前世是個富貴人家的子弟，從小我家中日日筵席、夜夜笙歌，總少不了喝酒的場面。大人們喝，就餵我少少地喝上一口、兩口；這個餵一、兩口，那個餵一、兩口，久而久之，變成了個愛喝酒的小子。愛喝點兒酒沒甚麼，可喝著喝著就不祇一點兒了。

「到我二十歲上，已經是一天三大醉，醒了就得喝，醉了就得睡，簡直沒過過一天人過的日子。不到三十歲，家產就都教我給敗光了。眼看沒了錢，又弄得一身是病，我想這一輩子算完了，可下一輩子該做甚麼好呢？

「我一心一意還是祇想喝酒，倘若仍舊託生於人家，無論如何富貴，喝起來也不過就是今生之我的這個模樣、這個下場，那麼不祇苦了自己，也非要連累下一世的家人親友不可。可我想喝酒這念頭是決意不會更改的了，該怎麼辦呢？

在我臨死以前，捧著個酒瓶兒，忽然想到了一個主意：何不到那最負盛名的酒廠附近，找個燒陶的窯戶，就死在窯戶的那塊地上，日後一縷魂魄聚而不散，和入土中，讓燒陶瓶的匠人們將土剷去，拉成了瓶坯，再賣給酒廠，酒廠之人再將我腹中灌滿好酒賣了，那買酒之人滿飲一瓶之後，自然像我一般，還是要提著我再往市上去沽滿的，如此一來，我不是可以終日泡在酒裏了麼？

「不料人算不如天算，我死也死了，魂魄也鑽進土中了，燒陶的匠人也把我剷了、燒了，更送進酒廠了。偏偏酒廠裏裝酒的那工人一個不留神，把我瓶口兒磕去一層薄釉——這一下，當然不能當做新酒瓶出賣了，人便把我同一堆破爛器皿收拾到一塊兒，當舊貨一股腦兒賣掉，幾番輾轉，竟然賣到貴寺來當醬油瓶了。醬油實在太鹹，只好趁夜半無人，溜出來井邊打點兒水吃、解解渴！」

這瓶兒的話才說完，老小倆和尚便聽見寺後地藏王菩薩的殿上傳來了一陣笑聲。地藏王菩薩接著道：「二位和尚如此艱苦地守著這一片寺院，還能心存慈悲；也難得一個酒鬼能有如此堅執的意念。那麼，就容我施一點小小的法力，好讓你們都能免受那千萬億劫永無止期的折磨罷。」

於是醬油瓶中的井水立刻變成芳香四溢的美酒，而且無論怎麼傾倒、都傾倒不完，這是一瓶永遠喝不完的酒——倆和尚當然不會變成酒鬼，可是在他們那個環境，僧人賣酒是法律允許的。倆和尚都靠賣酒活下來，都活得不錯。不過，活得最爽的就數那酒瓶兒了。

堆疊用筆

雄辯之文，必有強辯之氣。展開強辯，必須要有視野；呈現視野，必須要有材料。許多援引經史掌故的議論，一旦映照於後世之現實，已然時移事往，容或圓鑿方枘，未必尺寸吻合；但若處理的題目略無時空限制，就可以採用堆疊之法，把原本散落在歷史長流裏的灰燼沙礫摶成滾木擂石，以一種具有節奏感的句式，鞭撻而下。

以下的例文是我在二〇一一年前寫的，於今觀之，無甚過時之虞，大概是我極少數經久不受賞味期限制的時評；原因在於題目。題目如果設定成針對某種政策、某項人事、某條新聞，甚至某椿齟齬內幕，則三五日微燒發過，話題風轉，議論也就煙消雲散了。

尤其是政治場域裏的諸般討論，每每因為從眾求同而設思不深，若非老生常談，即是小題大作，黨其同、伐所異，也從而失去了辯難的高度。

設定一個看來有抽象思維之高度的題目也不容易，大道理人人上口，立異鳴高，不免徒託空言。這篇例文原本要評論的是多年前本國元首對於海外歸國商人的一席無趣談話。老實說，其事瑣瑣，其言屑屑，不過是當局者行禮如儀的自我表揚罷了。

然而，既曰雄辯之文，當有強辯之巧，恰可以趁此扭轉出一個高度來，一旦將聽演講聽得興味索然的臺商，想像成一百多年以前在舊金山街頭聆聽革命家演說的人物，這兩般情景，相去幾何？穿越時空，映照今古，一向是從前科舉考試講究的功夫，欲以這般的功夫治國，恐怕是緣木求魚；但是用這樣的功夫發動言辭詭辯，則拉出一波風生水起的厚度。

民國之史，如今庶幾近似異國之史，即使當它是異國，也堪稱他山之石罷？不錯，這也是一句理直氣壯的強辯！

例

失卻國家想像力

馬英九對來自世界各地臺商演講，關鍵語句是形容二〇〇八年的參選動機：「國家在倒退，這個國家我來救。」這就算是高潮了。接下來，他的發言中充斥的是一堆數字，他執政時期與扁執政時期的諸般數據落差：經濟成長率、失業率、就業人口、平均薪資等等。

當年孫中山搞革命，這樣的場子見多了。所謂「華僑為革命之母」，乃是「華僑為搞革命之金雞母」的簡稱。金雞母不全是傻子，在到處鬨傳著革命陣營有像陳其美那樣「大嫖大賭」搞光一百一十萬英洋之人的時候，還是有海外僑民義無反顧、傾家蕩產地資助革命武力，為甚麼？因為孫中山之流的宣傳家對一個尚未打造完成、甚至可以說尚未開始打造的國家，有著迷人的想像力，而且這樣的想像力還會傳染。

這群人之中，有的搞保皇，有的搞革命，有的今天搞保皇、明天搞革命，後天以俄式專制為可期，大後天又揎拳擼袖、指天誓日地要推翻專制。最後這種人還贏得了許多金雞母的尊敬，稱之為默觀世變、與時俱進的思想家——這人就是梁啟超。從晚生而世故的角度論之，許多激揚熱血的陳詞濫調究竟如何發揮作用？的確令人不解。那是因為我們老熟於民主發展的選舉遊戲，已經將近百年了，根本無從意識到：我們在任何時刻都應該對這個辛苦經營的國家保有一點想像力——就像站在街頭賣藝的宣傳家們那樣，能夠將一個又一個遙遠而虛浮的夢想，說到每個人的眼前。

隨手舉幾個例子。像眾所周知的黃興，他可不是只在黃花崗之役傷了兩根手指頭就能贏得舉國聲譽的。早在民國前十年，黃興就已經對集結團體、流通書報、組織機關、鼓舞進取有了縝密的方案。在他看來，對秘密社會、勞動社會以及軍人社會之滲透，必須搞「通俗而秘密之講演」，以及「流通通俗講演之文字」。這個戰略成為後來華興會、乃至同盟會的指導原則。歸根結柢，就是引發社會底層對「國家」二字的全新想像——即使人人想的不一樣。

人人看見不一樣的國家不是問題，不一樣的想像還有說不完的例子。在那個「民國」二字還屬於宇宙洪荒的歲月裏，有志於艱難締造者，人人都竭盡所能地摸索著。對宋教仁來說，民國是由層層代議結構所簇擁的責任內閣所主導；對吳稚輝來說，民國在軍頭割據、眾生疾苦的背景之下，若還有發展成淨土的瞻望，則必須通過統一的語文教育這一「息壤」而孕育；對章士釗來說，不毀棄同盟會，則不足以建立思維邏輯完整的新民國，生吞而活剝歐西之選舉政治，亦終將使民國淪於少數操縱選票的政客之手。哪怕是一生與政治並無深涉的地質與古生物學者丁文江，也曾經對大軍閥孫傳芳說過：「我常常有一種夢想，想替國家辦一個很好的、完全近代化的高等軍官學校。」——這些人都沒有成為擔當局面之人，但是他們對國家的想像都具備長遠的實務觀察和豐富的人間常識。

就民主政治而言，康有為算是處身於極端對立面的一個角色了，連他都拿得出一紙顯係偽造的「絕秘文書」，說是光緒皇帝的「衣帶詔」。我們的康師傅煞有介事，高設靈堂，日日焚香頂禮，並以此詔為授權象徵，向全球人士募集資本，捐納官職，還真導演出一個加拿大人Comchanber和美國人Homer Lee為了爭奪爵位而互控於美國法庭的鬧劇。讓我們調轉頭想一想：這是鬧劇嗎？今天的臺灣還有誰能夠發動如此的號召，讓世人覺得這個國家值得投資呢？

讓人實在看不下去的，不是身為一個很會背誦數字的好學生馬英九，而是處處只能和「對外鎖國，對內紀律不好」的前政府一較長短的總統。馬英九自己對這個國家沒有想像力，也不知道他應該鼓舞的是每一個人對這個國家保持新鮮的想像力。我想恐怕這裏面還有陰謀論可說：因為想像力的確是笨蛋的敵人。

連綴句子

這裏有十五個隨機從某篇文字中摘取下來的詞語，按照順序抄寫下來是這樣的：

夜雨、苦惱、狗、殘羹剩飯、灑掃應對、聲色俱厲、血脈僨張、狺狺然、有氣無力、振振有詞、猝不及防、且戰且走、逡巡、掛名差事、衣裳楚楚

按照順序，把這十五個詞語組成一篇文章。這就是反其道而行的八股文章。有沒有流傳的價值？姑且不論。要之在於將詞語組串起來之前，先要想想：原本不相關的詞語該如何形成意念的結構，有了這個結構，題旨就會自然浮現。當然，寫作的目的並不是為了還原這十五個語詞之所從出的那篇文章；而且正好相反。

老師們在課堂上教學生寫作文，往往先給題目，讓學生們據題展開敘述、感受、議論，但是鮮少逆其理以為之。我的主張：看似不相連屬的詞語在經過編織之後會出現詞語原本未必具備的意義，或者是出現更強化以及更弱化的語義，掌握了利用詞語變異，就能夠讓行文脈絡於理路之外別具奇峭之姿，這是文章是否能夠縱橫變化的關鍵。

打個譬喻來說，根據一「句」題目而發展出來的文章，就像是通往一個目的地的道路，行路人左顧右盼，西望東張，還是朝既定之處邁步，總之會到點，也就沒有甚麼意料之外的奇趣。可是連綴詞語而行文就不同了，寫作的人必須將詞語作千槎萬枒、緜亙交織的思索，讓詞語不斷地跟詞語交鋒、互詰、連綴、頡頏。詞語和詞語有了合縱連橫的各種選擇，文章就成為自主思想的訓練，而不是他人思想的附庸。

這是我所關心的事。

以下的兩篇例文，一篇交代了八股取士到極盛時期在考場上出現的荒謬故事，一篇則是上述十五個語詞的來歷。

例1

豆油炒千張

浙江省有個頗具名望的秀才，叫查秉仁，字樂山，才八、九歲就進了縣學。他非但文章有理致，還寫得一筆好字。讀過他的制藝之作、看過他書藝的人，都讚說是「狀元之才」，這話稱許了快二十年，就變了味兒了——尋常三年一大比，當然得秋闈得意，才好進京赴禮部會試。可是轉眼間幾度鄉試入場，查秉仁的文字始終不能受賞於試官，捱到二十七、八歲上，秀才還是個秀才。

可是既然走上這一條寒窗苦讀之路，非皓首窮經不足以成就功名，祇好逢考年便進場，試來試去，試的簡直就是運氣，哪裏是身手？

這一年八月，援例入場之後，查秉仁揮毫成稿，完了八股，再寫試藝詩，也是連行直下，不過二、三刻功夫便寫就了。可想到謄抄這一道手續，耗時費事，不如先小憩片刻的好。人才睡下去，忽然見側牆上鑽出來一張鍋面兒大的臉子，接著，底下又浮出來一抹肥大的胸腹，面色青，牙似獠，可不就是個鬼嗎？查秉仁聖賢書讀久了，別的功德未必如何遠大，膽識倒略有一些，登時衝這鬼道：「我久困場屋，鬱結甚深，能見鬼也是活該自然；倒是閣下，甚麼像樣的富貴中人不好去祟，祟上了我，你不也跟著倒楣？」

此言一出，牆中鬼大樂，齜牙笑道：「我早有一篇佳作，想想要幫襯幫襯場中有福之人，掄一個解元到手。無奈方才尋了一遍，這一科，都是群福澤淺薄的士子，當不起我這篇文字，倒是你還有點兒福態——我想把我那篇文字奉送了，提拔提拔你，你道如何？」

查秉仁轉念一想：場中魑魅魍魎的故事何啻萬千，幽冥恩怨，陰陽糾結，相互轉為報施，也不是甚麼稀奇的事。如今雖然完卷，畢竟尚未謄抄，這鬼要是有幾段佳文，何妨參考則個？於是一拱手，道：「承教！」

牆中鬼當下應聲唸道：「『香油煎鯗（音「想」）魚，豆油炒千張』，這兩句當作破題，不是太妙了嗎？」

原來這一天的考題是〈由也千乘之國可使〉，出自《論語．公冶長第五》，八股文命題，就是藉著要求士子們熟悉經籍的用意，刻意割裂原典。本來《論語．公冶長第五》的一段文字是這樣的：「子曰：『由也，千乘之國，可使治其賦也；不知其仁也。』」（按：「由」指子路）

那是孔夫子答覆孟武伯的問題：子路稱得上是個「仁人」嗎？孔子的答覆是：「擁有一千輛兵車的國家（算是個大國了），可以派他去執掌軍事，至於他是不是個仁德之人麼——我就不知道了。」

可是牆中鬼唸的這兩句破題卻是坊間市上沿街叫賣小吃的販夫們經常吆喝的「香油煎鰲魚」（就是『麻油煎鹹魚』的意思）、「豆油炒豆腐皮」。

查秉仁一聽之下，不免狂笑了幾聲，道：「這是賣吃食的吆喝，以之入於時文，不是丟我的臉麼？」一面說，一面抄起矮几子上的硯臺，順手一潑，將硯池裏的墨汁統通灑在那牆中鬼的一張大臉之上了。可說也奇怪，也便在此一瞬間，牆中鬼不知怎麼用力，忽地伸出一枝硃砂筆來，猛裏朝前一遞，點上了查秉仁的前額，但見查秉仁連連點起頭來，口中支支吾吾了半晌，聽來不過是一聲又一聲的「好」字。不但叫好連聲，手中也不閒著，捉起筆來就把那兩句「香油煎鰲魚，豆油炒千張」錄寫到試卷頭一頁的題目之下，成了十足的破題。

從前老科舉時代以八股文取士，行之既久，遂有定格，開篇數句，必須點破題目的要旨，稱為「破題」。不過在格式上，不同的考試現場，往往有不同的斟酌。有的考官非常講究形式整秩，所以破題的兩句得依照規矩直接書寫在題目下方、命題紙頁之上。

有的地方、有些考官不那麼推求，破題寫在題紙上，順帶繳回，本無不可，答題卷紙上添寫一遍更無所謂。破題的格式事小，是不是能夠震懾主試之人，倒成了明、清兩代學官消磨士子精力和才具的精神刑具了。話說回頭：查秉仁那筆娟秀的小楷一落紙，寫下看似破題的兩句，但聽得側牆之上傳來一陣「哇哈哈哈……」的狂笑，而查秉仁卻似乎並沒有察覺甚麼異樣。

考這麼一趟，不是一篇文字就打發了，還有二、三場。在查秉仁自己看來，今年之作、筆筆順暢流利，所以到了二、三場上，莫不悉盡心力而為之——由於文章得意，他似乎根本不記得被牆上之鬼捉弄的那件事。

不過，考官畢竟還是衡文的關鍵。明、清科舉，無論是舉人或進士，都稱他本科考試的主考官為「座主」。鄉試也好、會試也好，座主皆由皇帝親自簡派重臣擔任，考差是個苦差，但是也有榮譽職的意思，表示皇上信得過此人，能夠為國家舉薦、甄別出真正的人才。

「座主」既是京中的名公巨卿，主持考試，當然不能一個人看卷，是以還得差遣助理閱卷的許多陪考官，將士子的卷子分別單位，再行看卷，這單位就稱「房」，所以襄理閱卷的同考官又叫「房官」。會試這個等級的房官，例用翰林院的編修、檢討以及進士出身的京官；至於鄉試這一等級的房官，就專用在本省服官而有科甲出身背景的人。因為這樣的官一定是外省來的人，比較不至於因為親眷故舊戚誼之故而有所包庇。

且說這一科鄉試裏，有位同考官是翰林院剛散館、出任浙江金華的縣太爺，平素頗自命不凡，眼底沒甚麼值得看的文章，見了士子就罵少年不讀書，見了同僚就罵長官不讀書，見了長官就罵天下人不讀書。

愛罵人者，往往也慣於笑人。這一天讀到了〈由也千乘之國可使〉的破題，居然是「香油煎蓋魚，豆油炒千張」，不禁開懷大笑，未料笑得興起，沒留神、一副下巴頦兒猛可之間掉了下來，張口閉不上，有話道不出，左右伺候的沒見過這個，還當這房官忽然之間得了怪症，一面趕緊讓廝役人給扶進內室榻上，暫且斜欹著歇息，另外喊了巡綽士兵請主考官來探視、作主。

閱卷之地是貢院的「內簾」，有叫「聚奎堂」的，也有叫「衡鑒堂」的，也有叫「掄才堂」、「衡文堂」的。堂東是座主的居處，堂西是諸房官的寢室，這廂一呼喊，那廂便聽見了。正好此科的座主跟這房官還有同年之誼，趕過跨院來一看，見這房官躺不躺、臥不臥，坐也坐不直、趴也趴不穩，就會皺個眉毛、咧張嘴傻笑，一邊笑、一邊還淌著唾沫，勉強朝外間屋的案上抖手打哆嗦，座主看著可憐，直說：「唉呀呀！老年兄怎麼得了這麼樣一個怪病呢？」

房官愈想辯解自己沒病，就愈是顯得擰眉歪嘴、怪狀十足。座主裏裏外外打量了好半晌，才勉強意會過來：房官這是在告訴他，正看著卷子；那麼一定是卷子上有甚麼要緊的文字，讓他如此激動、恐怕還動了氣血呢！

於是座主踅到外間廳上，拾起案頭查秉仁的那份卷子。偏偏他老人家拿的時候沒留神，漏了題紙，也就自然沒看見前一頁題紙上那兩句「香油煎蘿魚，豆油炒千張」。等再回頭看一眼裏間屋，但見房官仍舊笑容可掬，抖著手、顯得異常激動。

座主很快地將手中的卷子瀏覽了一遍，不禁撫髯頷首，道：「真真是好文章哪、好文章！老年兄呀老年兄！人都說你恃才傲物、摒抑後生，殊不知你是真愛才的，能夠拔擢出這樣一個文理清雋、更兼鐵畫銀鉤的佳士，無怪乎如此感動呢。這份卷子我且持去，同副總裁好生研議研議。」說完隨即拱拱手，扭頭就出去了——他老人家沒打誑語；還真是立刻找來了副總裁、還有其他各房的考官一同會商，看看這一科的文字裏，有沒有比這一篇還要好的？座主如此示意，已經很明白了：「這份卷子，我看是個『解元』的架勢，諸君之意若何呢？」

副總裁與眾房官自然一派唯諾，大家都交口稱頌座主眼光，解元慶得其人，如此發解到京師，也一定為朝廷舉薦出卓越的人才。好了，就這麼發了榜。查秉仁，果然中了這一年鄉試的解元。

可原先那房官可著了急，一出闈便到處訪求接骨名醫，好容易一巴掌把下巴頦兒給推回去了，等看了榜，發現查秉仁是解元。連忙調出原卷一核對，果然是令自己笑掉下巴頦兒的那一篇文字，這才慌慌張張去找座主。

「大人！」雖說是同年之誼，房官可不敢跟座主稱兄道弟，還是本本分分行過了禮，道：「查秉仁這個解元一發，從此大人和卑職，可就名聲掃地啦！」

「你這是說哪兒的話？」座主還當這房官是客套，笑著說：「查秉仁文章本來就十分好；莫非是因為出於老年兄門下，老年兄特意地作如此過謙之詞罷了？這，同你平日持論可是大不相同啊！」房考官打從袖筒裏摸出那份題紙來，道：「無論下文如何，觀其一破，蓋可知矣！這查秉仁居然能把子路（按：由，諧音「油」）煎了鹹魚、還炒了千張，大人！這，萬一傳揚出去，是不大像話呀！」

眾考官輪番看了看這卷子，都笑了，但都也笑不久，因為題紙底細具在，如此行文而能居於解元，考官豈能有不問罪者？百般無奈之下，此科擔任監臨的浙江巡撫硬著頭皮說：「祇能這樣了：我行一紙文書，前去他縣裏將人發落了來，讓他當場重寫一份題紙，暗中換了卷子，也就罷了。」

發落查秉仁跑這一趟還另有用意，可得問問他：究竟是吃了甚麼熊心豹子膽、敢在破題之處寫上這麼樣的兩句荒唐之文？查秉仁不敢隱瞞，渾身上下打著寒顫，把考場裏的見聞說了一遍。眾考官似乎都很滿意，因為座主說：「倒是陰錯陽差嘍！我看那牆中之鬼，定是魁星下凡，必欲為這一科添點兒佳話，否則我等走馬看花之際，說不定等閒視之，還真看走了眼，讓這佳士的文章徒留遺珠之憾——是罷？」

「陰錯陽差！是是，陰錯必得陽差！」那房官摸著自己的下巴，喃喃地說：「居然卑職這下巴落得這麼好！」

例2

狗

梁實秋

我初到重慶，住在一間湫隘的小室裏，窗外還有三兩窠肥碩的芭蕉，屋裏益發顯得陰森森的，每逢夜雨，淒慘欲絕。但淒涼中畢竟有些詩意，旅中得此，尚復何求？我所最感苦惱的乃是房門外的那一隻狗。

我的房門外是一間穿堂，亦即房東一家老小用膳之地，餐桌底下永遠臥著一條腦滿腸肥的大狗。主人從來沒有掃過地，每餐的殘羹剩飯，骨屑稀粥，以及小兒便溺，全都在地上星羅棋佈著，由那隻大狗來舔得一乾二淨。如果有生人走進，狗便不免有所誤會，以為是要和他爭食，於是聲色俱厲的猛撲過去。在這一家裏，狗完全擔負了「灑掃應對」的責任。「君子有三畏」，猘犬其一也。我知道性命並無危險，但是每次出來進去總要經過他的防次，言語不通，思想亦異，每次都要引起摩擦，釀成衝突，日久之後真覺厭煩之至。其間曾經謀求種種對策，一度投以餌餅，期收綏靖之效，不料餌餅尚未啖完，乘我返身開鎖之際，無警告的向我的腿部偷襲過來，又一度改取「進攻乃最好之防禦」的方法，轉取主動，見頭打頭，見尾打尾，雖無挫衄，然積小勝終不能成大勝，且轉戰之餘，血脈賁張，亦大失體統。因此外出即怵回家，回到房裏又不敢多飲茶。不過使我最難堪的還不是狗，而是他的主人的態度。

狗從桌底下向我撲過來的時候，如果主人在場，我心裏是存著一種奢望的：我覺得狗雖然也是高等動物，脊椎動物哺乳類，然而，究竟，至少在外形上，主人和我是屬於較近似的一類，我希望他給我一些援助或同情。但是我錯了，主客異勢，親疏有別，主人和狗站在同一立場。我並不是說主人也幫著狗狺狺然來對付我，他們尚不至於這樣的合群。我是說主人對我並不解救，看著我的狼狽而哄然噱笑，泛起一種得意之色，面帶著笑容對狗嗔罵幾聲：「小花！你昏了？連X先生你都不認識了！」罵的是狗，用的是讓我所能聽懂的語言。那弦外之音是：「我已盡了管束之責了，你如果被狗吃掉莫要怪我。」然後他就像是在羅馬劇場裏看基督徒被猛獸撲食似的作壁上觀。俗語說：「打狗看主人」，我覺得不看主人還好，看了主人我倒要狠狠的再打狗幾棍。

後來我疏散下鄉，遂脫離了這惡犬之家，聽說繼續住那間房的是一位軍人，他也遭遇了狗的同樣的待遇，也遭遇了狗的主人的同樣的待遇，但是他比我有辦法，他拔出槍來把狗當場格斃了，我於稱快之餘，想起那位主人的悲愴，又不能不付予同情了。特別是，殘茶剩飯丟在地下無人舔，主人勢必躬親灑掃，其淒涼是可想而知的。

在鄉下不是沒有犬危。沒有背景的野犬是容易應付的，除了菜花黃時的瘋犬不計外，普通的野犬都是些不修邊幅的夾尾巴的可憐的東西，就是汪汪的叫起來也是有氣無力的，不像人家豢養的狗那樣振振有詞自成系統。有些人家在門口掛著牌示「內有惡犬」，我覺得這比門裏埋伏惡犬的人家要忠厚得多。我遇見過埋伏，往往猝不及防，驚惶大呼，主人聞聲搴簾而出，嫣然而笑，肅客入座。從容相告狗在最近咬傷了多少人。

這是一種有效的安慰，因為我之未及於難是比較可慶幸的事了。但是我終不明白，他為什麼不索興養一隻虎？來一個吃一個，來兩個吃一雙，豈不是更為體面麼？

這道理我終於明白了。雅舍無圍牆，而盜風熾，於是添置了一隻狗。一日郵差貿貿然來，狗大咆哮，郵差且戰且走，蹣跚而逸，主人拊掌大笑。我頓有所悟。別人的狼狽永遠是一件可笑的事，被狗所困的人是和踏在香蕉皮上面跌跤的人同樣的可笑。養狗的目的就要他咬人，至少作吃人狀。這就是等於養雞是為要他生蛋一樣，假如一隻狗像一隻貓一樣，整天曬太陽睡覺，客人來便咪咪叫兩聲，然後逡巡而去，我想不但主人慚愧，客人也要驚訝。所以狗咬客人，在主人方面認為狗是克盡厥職，表面上僅管對客抱歉，內心裏是有一種愉快，覺得我的這隻狗並非是掛名差事，他守在崗位上發揮了作用。所以對狗一面苛責，一面也還要嘉勉。因此臉上才泛出那一層得意之色。還有衣裳楚楚的人，狗是不大咬的，這在主人也不能不有「先獲我心」之感。所可遺憾者，有些主人並不以衣裳取人，亦並不以衣裳廢人，而這種道理無法通知門上，有時不免要慢待佳賓。不過就大體論，狗的眼力總是和他的主人差不了多少。所以，有這樣多的人家都養狗。

（本文收錄於《雅舍小品》，正中書局出版）

寫東西

東西不能只是東西，詠物多以承情、言志，甚至載道，於是在設想著寫作某物的時候，必須指東畫西、說東道西，或不免於聲東擊西。

試以例言之。杜甫詠竹，前六句寫的是為物可見之竹：「綠竹半含籜，新梢才出牆。色侵書帙晚，隱過酒罇涼。雨洗娟娟淨，風吹細細香。」到了第七、八句，筆鋒一轉千里：「但令無翦伐，會見拂雲長。」就事理來說，誰會期待養了一竿長竹子去掃雲朵呢？那麼，這兩句就不是寫竹，而是自況了。但凡有志節的士人都能夠不受迫害，戮力報國，大約也就是亂世之中像杜甫這般流離失所的讀書人非常卑微的願望了。再看駱賓王早年受人誣陷入獄時所寫的〈在獄詠蟬〉：「西陸蟬聲唱，南冠客思侵。那堪玄鬢影，來對〈白頭吟〉。露重飛難進，風多響易沉。無人信高潔，誰為表予心？」細細讀之，會發現幾乎句句是寫自己的遭遇和心境，反而與生物狀態的蟬全然無關了。看起來題目指稱的東西，必須在東西之外。

小學生作文都寫過〈我最愛吃的水果〉，其難處常在於好寫的水果並不真好吃，愛吃的水果往往不好寫，我八歲的時候寫這題目就撒了謊；明明愛吃的是蘋果，可是由於價格昂貴，沒吃過一兩次，下筆當然蹇澀空洞。無可奈何，只好寫香蕉、橘子，通篇用些浮泛的比喻，湊足兩三百字，往《國語日報》投稿，居然刊出了。讀了幾遍，真不敢相信是自己寫的。

四十多年之後，某航空公司來邀稿，要我寫一篇文章，介紹一種臺灣的水果。我想起了陳年舊事，一方面覺得要對得起那優渥的稿費，不能應付了事，一方面還真想反芻一下自己多年來吃掉的水果。當下立刻想到兩個句子，是平生所愛，出自韓愈的手筆，詩題是〈送張道士〉——這首五古通篇四十二句，卻有十一個「不」字，其中有一半是可以用其他的字詞代換的，然而文起八代之衰的韓文公偏不講究——而我所衷愛的句子也在其中：「霜天熟柿栗，收拾不可遲。」

為甚麼不可收拾得遲了？這裏面有一種迫不及待的心情。那麼，該寫的可能不是水果，卻是心情。至於蘋果，早就不那麼貴了，也還是我的懸念之一，為甚麼不能寫呢？

無論柿子還是蘋果，對我而言，都不只是詠頌的對象，不是東西而已。而能夠寫、值得寫的東西，必須跟我有一種迫不及待通過文字反思再三的關係。

例1

霜天熟柿栗，收拾不可遲

柿子不是好對付的水果，想吃它得先認識它；想認識柿子，最好先瞭解榠櫨。榠櫨讀作「明楂」，不論樹幹、枝葉、果實各部分，都酷似木瓜、但是榠櫨要大得多，顏色也黃些。要分辨木瓜和榠櫨得用明代李時珍在《本草綱目．果部》裏的法子：果蒂間有重瓣的是木瓜，沒有重瓣的就是榠櫨了——其實這是廢話，就算我們能分辨出榠櫨和木瓜的差異，也沒甚麼大用處，因為市面上買不到榠櫨。有一次我問果販：「賣不賣榠櫨？就是很像木瓜、大一點、也黃一點的那種水果。」果販於是挑了一個大一點、也黃一點的木瓜給我。

買不著榠櫨不打緊，據我看木瓜也抵事。木瓜是小喬木，個頭兒比榠櫨樹矮得多，可是木瓜甜得多，對付起柿子來一樣有功效。這就得回頭說明一下：為什麼要對付柿子。

在水果之中，柿子是牡羊座，這可不祇是因為柿樹在四月間開花之故，柿子還有極其獨特的個性——有人說它的味道「倔」，就算熟透了，也還帶著些兒不情不願的澀勁兒、或者是韌性——這一點對喜歡柿子的食客不發生作用，就有偏愛不馴之氣的口味，是以普天之下的怨女曠夫不盡是牡羊座。

至於那些不能品嚐柿子原始風味的人也會想盡種種對付它那不馴之氣的法子。歐陽修《歸田錄・卷二》裏就教我們：在百十顆生柿子裏放一個榠樝，過些日子，所有的柿子就「紅爛如泥」，可以吃了。

我先前是這麼說的：買不著榠樝不打緊，木瓜也抵事。這種近朱者赤、近墨者黑的作法算是文明的，不論木瓜也好、榠樝也好，畢竟都是鮮果；薰之染之，相濡相習，還是君子行徑。然而坊間有不耐久候的果販，早早地將尚未透熟的柿子摘採了，用細白砂糖密覆重裹，強加浸漬，非要迫得它甜膩不可，這樣的蜜餞入口嗆响、在手沾黏，傖俗至極。

唐代的段成式曾經在《酉陽雜俎》為柿樹撰文旌表其美，稱道它有七種不尋常的德行：「俗謂柿樹有七絕：一壽、二多陰、三無鳥巢、四無蟲、五霜葉可翫（玩）、六嘉實、七落葉肥大。」文人下筆好穿鑿，雖然無可厚非，卻總嫌強詞奪理。試想：一棵樹活得長、而不能嘉惠蟲鳥；生得葉蔭茂密、則樹下也很難生成如茵似蓆的草皮；其孤僻可知。至於霜葉如何玩？該是侘傺無聊之極的人才會想出來的把戲。落葉肥大則更平添一種老而不死的厭氣。看來柿樹若有一美，還在它的「嘉實」上——關於這一點，我不同段成式抬槓。

柿子，從開花到結實需歷時五個月，別有一種不與桃李爭春的雍容。在乾旱的酷暑中，我們吃水果的人宜乎加意想像：柿樹的花期早就過了，可是青綠色的果子仍然殷勤地醞釀著體內殘存的一點點水分，活下去，決計不會憂心它該以如何甜美的汁液取悅知味者。

所謂生、所謂澀，都有一種頑強且孤絕的青春況味。等到夏末秋初，驕陽殘曝，是柿子嶄露頭角的季節，韓愈〈送張道士〉詩形容得好：「霜天熟柿栗，收拾不可遲。」意在提醒食客趁早。即使如此，柿子到了極熟之時，它的青春期還沒過完，嗜食柿子的人展齒相迎，鼓舌而潤，還可以依稀吮咂得出少年滋味。

例2

蘋果的名字

漢字的「蘋果」有兩種寫法，一作「蘋」，一作「苹」。這兩個字原本跟「apple」一點兒關係都沒有；就像「apple」跟伊甸園裏被亞當和夏娃誤食的禁果一點兒關係都沒有一樣。「蘋」，今天的名稱是「田字草」，四瓣四方色澤青翠的葉片，可稱之為「端莊」的一種美，春秋時代是採收來薦獻鬼神、款待王公的高級料理。「苹」，也是中國古有的一種植物，《詩經．小雅．鹿鳴》有：「呦呦鹿鳴，食野之苹。」的句子，據說這裏的「苹」所指的，是一種後來稱作「藾蕭」或「藾蒿」的野菜，葉色清白，莖像一根根的白楊木筷子，既輕又脆，長到發出香味的時候，就可以吃了。

兩種與「蘋果」全無干係的植物卻成了這水果的名稱了，這是怎麼回事？到底是誰、又到底為了甚麼緣故而為「蘋果」如此命名的？

我記得有人考證《紅樓夢》裏的果子酒，說到第九十三回，賈芹上水月庵去胡鬧，所買的酒「有可能」是蘋果酒。考證者還說：西元一世紀左右，中國已有蘋果的栽培。

漢代稱為「柰」，之後又有「林檎」、「海棠」、「西府海棠」一類的稱呼。主要分布在大西北地區，然後傳向各地大量種植。

但是從左思的〈蜀都賦〉所謂：「朱櫻春熟，素柰夏成」看來，「柰」是大熱天結實的水果。明代李時珍《本草綱目》上則特別指出：涼州（在中國的西北地區）有「冬柰，冬熟，子帶碧色」，這反而顯示一般的「柰」還真是夏日的水果。「柰」和「林檎」的形狀似卵或球，個頭兒也都比蘋果小得多。至於宋朝極有名的筆記著作——孟元老的《東京夢華錄·四月八日》記錄當天市面上的水果：「時果則御桃、李子、金杏、林檎之類。」可證「林檎」上市已經是春末了，也就不會是蘋果。

那麼「蘋婆」這個名稱怎樣？明朝謝肇淛《五雜俎·物部三》描述三種美好的水果，分別是：「上苑之蘋婆，西涼之蒲匋（葡萄），吳下之楊梅。」「蘋婆」這個名稱會讓人聯想到雞皮鶴髮的老太太吧？怎麼會是堅翠多汁、豐潤豔麗的蘋果呢？謝肇淛所指稱的的確是蘋果，但是「蘋婆」這兩個字卻另有來歷——它是梵語「bimba」的音譯，意思原本是指相思樹，由於果色鮮紅，這個印度巴利語的字也就常常被借來做為「赤紅色」的喻稱。我們只能猜測：當時除了皇帝的植物園，外間還沒人種植這種果樹，一般人也就無以名之；謝肇淛嚐到那稀罕的果實，感覺滋味冠絕天下，可是向他介紹此果的人只能借一個佛經上用來形容「赤紅」的語彙來向他介紹這種水果。誤會可就大了。

直到我偶然間讀到吳耕民所寫的《果樹栽培學》，才知道：有一位美國傳教士在清朝道光三十年（西元一八五〇年）左右，從加州引進了一批樹苗，在山東煙台新亭山東側的坡地上栽植，中國人才漸漸熟知這種水果。到了一九九〇年代，煙台所產的蘋果竟然佔全中國總量的五分之一。而吳氏則在書中非常篤定地說：「此為我國栽培外國蘋果之倡始。」

如果吳氏說得沒錯，那麼明朝皇帝御苑裏的那種水果又是甚麼呢？如果中國自有本土生產的蘋果，又是甚麼模樣、又該如何命名呢？蘋果這個名字困擾我太久了，這樣一個簡單的命名問題，卻找不到適當的答案。使我不得不想起《聖經・箴言書》第二十五章十一節的銘言：「一句簡單的話，若說得適當，有如銀網中放上金蘋果。」

率然

甚麼叫「率然」？率然不是任性，而是讓嚴密組織起來的文章有一種諸般元素自然呼應的活性。

我在《大唐李白》的故事裏說過一個現象。就是唐代寺院宣教，常常刻意不立文字，而藉助於歌唱。歸根結柢，是由於當時傳教者有一個普遍的想法：人們即使能透過文字的紀錄獲取知識、傳遞信息，卻不一定由於對於文字的理解而產生出宗教的情感。

若要問：如何才能讓善男信女產生禮佛的虔敬之心呢？恐怕是要經由佛曲的傳唱——也就是音樂美感的召喚——反而更為迷人。這是一個相當幽微深刻的道理，在此暫不細論。要之在於傳唱佛曲跟我們今天唱流行歌有些相似。受眾為旋律所吸引，反覆諷誦，熟悉其曲調，追隨其節拍，有些時候未必一一辨識字句，已經起了情感的波動。

所謂「樂以道和」者是。

說起寫作文，回顧一下中小學時代我們在課堂上受到的訓練，總是先分辨：今天要寫敘事文、今天要寫議論文、今天要寫抒情文。所謂「文體」的認識，讓我們為「寫甚麼」所制約。在這個認知基礎上，老師當然須要解釋概念，說明作法，以俾學子下筆時有其張本，就像逐字逐句講解佛經上的義理一樣。由於先有了概念（我要寫的是哪一類的文章），這個概念還可以引申成更繁複的概念（這一類的文章該這麼寫，那一類的文章該那麼寫），通常還會教導學生彼此殊異，勿相雜廁。這個作法會讓學生從小就是在條條框框的格式裏作文章，也很難真正辨別各個作家、作品風格上細膩的差異。

由於身在條條框框裏，作起文來，往往順絲就理，很難活潑。而活潑之文必須擺脫掉「我這是在寫哪一種文章」的「就軌」之念。這就要先解釋一下以下所展示的例文了。這是我幾年前寫的一系列與「遺忘」有關的小文章之一。命意之初，是兩個常見的成語：「得志毋相忘」、「得意忘形」。得志和得意在此處是相近的意思，可是一個要人莫忘前恩，一個卻指責人忘了本體，說的原不是一回事。兩句話、兩個理，能不能綁在一起說？天下無不可羅織之文，當然可以——問題是怎麼調度。

首先，要把一個說起來可能嫌長的故事（姑且把這故事命名為〈湧金門前賣字〉）

打斷成兩截，中間隔離出一個能夠讓讀者暫時忘記這故事的空間，裝上幾則相關的漫談，這樣會使文章豐富起來。

之後，才繞回來繼續說〈湧金門前賣字〉，讀者會發現他幾乎已經忘了前面還說過這個故事。這是在走文的形式上運用「遺忘」的作用，當讀者在想起來故事還沒說完的時候，已然得到「重拾」情節的快感。這就是為甚麼傳統的說書人常常硬煅硬接地說：「此處按下不表」、「前文說到」就就是強行阻斷記憶以及召回記憶的手段。

一件事從頭到尾、從前到後，嚴絲合縫地說，固然合理，不過，容我們想一想孫子用兵的一個譬喻。《孫子．九地》篇上說：

故善用兵者，譬如率然；率然者，常山之蛇也。擊其首，則尾至；擊其尾，則首至；擊其中，則首尾俱至。

「率然」，只是一個形容詞。將用兵之語用在作文上，其法亦同。它一方面是要靈活地讓敵人（讀者）捉摸不到眼前以外的兵陣部署，一方面更不會忘了自己（作者）原先在哪裏埋伏著可以調度的部隊。

文章中的大道理是隱藏著的，是不動彈的，想像一下佛經上那些發人深省的字句，它是一直在那兒等待讀者走眼而過的時候，會心一見，若有所得，這就是孫子所謂的「擊」了。讀者一擊，文章乃應。

回頭再想想：一首優美的歌曲，往往透過它曼妙的音樂讓我們記憶、感受，獲得歡愉；有時不一定要逐字解悟，辨旨訓詁，一樣心領神會。告訴你個秘密：我很喜歡聽「賽門與葛芬柯」（Simon & Garfunkel）的〈Scarborough Fair〉這首歌，可是我唱這首歌唱了四十多年，到現在為止，還經常搞混，在parsley、sage、rosemary、thyme裏，究竟哪一個是荷蘭芹、哪一個是鼠尾草、哪一個又是迷迭香或百里香。然而當這四種香草出現的時候，並不是藉助於語詞的意義打動我，而是熟悉的、重複的敲打著記憶的旋律。

例

毋相忘

相傳雍正還是皇子的時候，有「任俠微行」的活動。某年遊杭州，將泛西湖，出湧金門，見一書生賣字，筆畫頗為精到，遂命書一聯，中有「秋」字，可這書生好賣弄，將左禾右火的秋字寫成左火右禾。允禛指著那怪字問道：「這個字，沒寫錯麼？」書生當下例舉某帖某碑為證，說這是個古寫的秋字。允禛隨即道：「你這麼有學問，怎麼不應個舉業，討個功名出身？」書生答曰：「不瞞您說，學是進了的、舉也是中了的，無奈家貧候不著職缺，連妻兒都養不活；還是賣字維生、得過且過，哪裏敢奢望甚麼富貴呢？」允禛聞言，立刻從囊中取出幾錠馬蹄金，慨然道：「我作生意賺了些，不如資助你求個功名——他年得志，毋相忘耳！」

這裏且打住，先說「得志毋相忘」。在中國民間的敘事傳統裏，「得志相忘」是個老題目。蔡伯喈與趙五娘、陳世美與秦香蓮、莫稽與金玉奴、洪鈞與李藹如，可想而知：祇要有微時結褵的故事，便少不得「他年得志，幸君慎毋相忘耳」的叮嚀，且這叮嚀通常是無效的。故事裏固然有薄倖男對癡情女的性別問題，也有忘得多和忘得少的差別待遇，但是，說「得志」似乎總是會「相忘」則大體成立。

多年前曾有基隆某男中了樂透、獨得彩金三億三千萬，又不想被糟糠之妻瓜分，竟至鬧到訴請離婚的地步，可知此君之涼薄，竟也頗合於古。在《孔子家語．賢君篇》裏就曾經記載，魯哀公拿一則新聞問孔老夫子：「寡人聽說，有人忘性大到搬了家、竟然把妻子忘在老宅子裏了。」孔老夫子當然要借題發揮一下，話鋒一轉，指責起夏桀「忘祖」、「壞法」、「廢其世祀」、「荒於淫樂」；老夫子可能一時忘了他自己半途而廢的婚姻，因此沒有想到，魯哀公對這一則忘妻的故事之所以情有獨鍾、引為笑談，必定有他自己不足為外人道的羨慕之意。

《今古奇觀》第五卷的〈杜十娘怒沉百寶箱〉就是這麼一個儆醒人甚麼該忘、甚麼不該忘的故事。其中有一個段子，是老鴇斥罵十娘：

我們行戶人家，吃客穿客，前門送舊，後門迎新，門庭鬧如火，錢帛堆成垛。自從那李甲在此，混帳一年有餘，莫說新客，連舊主顧都斷了，分明接了個鍾馗老，連小鬼也沒得上門，弄得老娘一家人家，有氣無煙，成甚麼模樣！

這老鴇堪稱專業，知道煙花行戶有個「相忘」的本質在，送往迎來、前出後進，一旦流連顧盼，必有晦氣麻煩。故事的後半截兒李甲還沒來得及「得志」，便要把十娘轉賣給個鹽商，可見他才該吃十娘這「行戶人家」的飯。

同樣是「前門送舊、後門迎新」，可是煙花這行戶和官場仍有不同；其不同者唯在於後者是不容「得志相忘」的——這就要把話說回來了。話說湧金門前賣字的書生拿了允禛的馬蹄金，「即上公車，連捷翰林」，推其經歷，當有個一兩年的光景。

這個時候允禛已經踐祚，是為雍正。一日，皇上看見翰林裏頭有這麼個名字，想起湧金門前舊事，遂召見，交發了一張寫了個「和」字的紙片給書生——祇這左禾右口的和字，卻寫成了左口右禾，雍正還問了句：「這，是個甚麼字啊？」書生立刻奏答：「這是個錯寫的『和』字。」雍正笑而不語，讓書生退下去了。第二天一早，書生奉詔前往浙江向巡撫衙門報到。巡撫啟視上諭，雍正批的是：「命此書生仍向湧金門錢賣字三年，再來供職。」書生這才想起來：他實在是忘了不該忘的人、以及不該忘的事。

得意而不宜忘者不祇是恩情，還有本分。世傳另一個故事也歸之於雍正，可就慘烈得多。某日宮中獻演雜劇，有搬繡襦院本《鄭儋打子》，扮演劇中常州刺史鄭儋的是個曲伎俱佳的伶人，雍正對此伶十分稱賞，有「賜食」的恩典，未料這伶人一時得意忘形，順口問了聲：「如今常州府知府是誰啊？」雍正卻出人意料地勃然作色——可見他老子康熙在他還是個孩子的時候就曾經說他「喜怒不定」，真是識慮深遠了。話說雍正當下斥責那伶人道：「你不過是個唱戲的，居然敢擅問官守？」天子之怒，非比尋常，這伶工當場就給亂杖打死了。

這個故事聽過就忘了罷，不好到處傳誦；一旦聽的人多了，大家總十分容易聯想起當今檯面上得志忘形的官兒，那得預備下多少棍棒伺候？照忘形的德行打遍了，恐怕要滿朝為之一空。

句法調度

多年前我寫《小說稗類》，其中一文〈說時遲、那時快——一則小說的動作篇〉提到：生命中就有連施耐庵都寫不好的動作。我特意舉非常知名的段子「魯智深倒拔垂楊柳」為例，說明敘述句的主詞之後倘若出現了一連串不得不予以記錄的動作，在口耳相傳的「說」故事環境裏，人們也許不會在意動詞之冗贅，可是在書寫與閱讀的文本環境裏，一個主詞很難挑起大量連串的動作，當時我舉的例子是這樣的：

智深相了一相，走到樹前，把直裰脫了，用右手向下，把身倒繳著；卻把左手拔住上截，把腰只一趁，將那株綠楊樹帶根拔起。

（按：「相」即是看、打量的意思，「趁」即拉直、伸直之意）

為甚麼施耐庵不去掉幾個重複的「把」字，寫得簡潔一點，如：

智深相了一相，走到樹前，把直裰脫了，右手向下，倒繳著身；左手拔住樹上截，一趁腰，便將那株綠楊樹帶根拔起。

這樣多俐落？但是，我雖然像小學老師改作文一樣修剪了語詞的毛病，卻仍不能改善較大的問題，那就是一個主詞其實拖不動那麼許多連貫性的動作。說書人推動情節，喚起聽眾掌握物象與意象，聽眾但凡進入了動作的情境，不會計較那主詞是否不堪負荷。可是訴諸於文本卻迴然不同，熟練的作者必須另闢蹊徑。

《三國演義》寫戰陣、《西遊記》寫武打，無論多麼生動入微，仍不免凝滯、拖沓，要避免大賢尚且不免之病，就要學著將一部繁冗緊密的動態，拆解得玲瓏剔透。舉個例子：說烹調。

熟眼人看得出來，我偶爾寫吃食，意思都不在寫吃食。嘟嘟雞當然是吃食，以之作題，寫得又那麼短，還能有甚麼別的意思呢？

從技巧上來說，這一篇是以調度句法的方式，描述一連串的烹調實況。做菜的手段既不可偏省，書寫的內容又不能冗贅，四、五、六段是矣！要訣之一就在於領句的時間副詞如何變化。不過，常見的「接著」、「後來」、「然後」之類語詞能省則省。個人以為，最好的調度方式是「掉開一筆」，也就是不必關心敘述是不是按著時間軸線行走。比方說：第三段從沙鍋裏有一塊兩許重的豬油岔開寫聲響，而不繼續描述工序，其目的就是把做菜的活動分配到下文去寫，如此一來，既揭露了嘟嘟二字的由來，也舒緩了一直描述工序的臃腫之感。

從主題上來說，寫吃不只寫色香味，是一個別開生面的嘗試。寫聲響也不只是寫聲響，還引出魏環溪的話來，則別有懷抱。然而藉事說理，還嫌不夠，末了再「掉開一筆」，寫掌杓婦人看電視，刻意添補形容細節，以便舒緩前文的教訓顏色，則趣味橫生。不期然、竟有之，卻不是寫文章的人能編得出來的。

例

嘟嘟雞

有一年崔健在廣州辦演唱會，我受命去作一個為期四天的貼身採訪，住在一家叫白天鵝的飯店。夜裏鬧餓，翻開客房餐點單，發現樣樣貴得驚人，祇好出門下樓，到街上找小吃。拐彎兒抹角地來到一爿小店，木門半掩，昏燈微明，門前的夾板上綠漆大字「個體營業中」，我是走過了再繞回頭的，因為門裏頭透出來的香味兒實在不能錯過！

這是我跟嘟嘟雞的第一次遭遇。

為什麼叫嘟嘟雞？據說是象聲之詞。沙鍋端上桌，一路嘟嘟作響，算個噱頭。之所以會響，乃是因為沙鍋裏原先有一塊兩許重的豬油，油沸之際，放入溫度較低的物料，冷熱相逢，冰炭懷抱，不免嘀咕，這是嘟嘟的由來。道理不大，要能鬧出這聲兒卻是個學問，因為無論是生料太多、鍋身太小或者溫度不足或太過，都叫「啞巴鍋」，啞巴鍋沒有好吃不好吃的問題，就是外行而已。

愛聽響聲的必須謹記食材份量：此鍋主料是雞，雞不能大，一斤二、三兩足矣。豬肝三兩、生雞切塊，豬肝切片，以精鹽三錢、白糖二錢、太白粉五錢，雜拌，算是醃一下；之後雞歸雞、肝歸肝，小別兩處。

其次，要用大火乾烘沙鍋片時，才下豬油，復將已經切作寸斷的二兩蔥和五、六片薑入鍋爆香，隨即把雞塊置入，繼續爆至金黃，才下生抽醬油——有人好甜，那麼老抽也可，但是切記焦糖熬練的老抽往往搶鮮，對豬肝不利。

生抽五錢足矣，入鍋即加蓋，三分鐘後再下豬肝。講究的店家往往在雞塊上鋪成一圈，狀似花瓣，加蓋再嘟一分鐘，就成了。其間碧碧波波，喧填熱絡，食材佐料，相互纏鬥，頗有撾金伐鼓的氣魄。魏環溪謂：「君子如水，小人如油。水，君子也。其性涼，其質白，其味衝；其為用也，可以浣不潔者而使潔。即沸湯中投以油，亦自分別而不相混，誠哉君子也。油，小人也。其性滑，其味濃；其為用也，可以污潔者而使不潔。倘滾油中投一水，必致搏擊而不相容，誠哉小人也。」如此看來，嘟嘟鍋裏的小人亦復不少。

我第一回嚐嘟嘟雞便一掃而光，掌杓的婦人端雞上桌之後與我隔案而坐，老衝我傻笑。過了好半天，經我仔細一打量，才發現她是目瞤脫窗，注視的焦點不在我身上，惹笑的也不是我的吃相——人家是在看我左後方的電視。

「你看電視怎麼不開音量呢？」我說：「這樣看得懂嗎？」

她猛可轉臉朝我，眼睛卻像是看著我右後方的廚房：「開聲音就聽不見嘟嘟了。」

足見嘟嘟雞是吃聲相的。

開口便是

李白有一篇標題很長的短文〈冬日於龍門送從弟京兆參軍令問之淮南覲省序〉，文中充分流露出對自己才思之滿意。這篇文章是李白給李令問送行所作，想是送行之際，水酒喝了不少，歡情融洽，彼此愈見欣賞，其情如此：「（李令問）常醉目吾曰：『兄心肝五臟，皆錦繡耶！不然，何開口成文，揮翰霧散？』因撫掌大笑，揚眉當之。」

這一小段話就洋溢著十分飽滿的文采。藉由李令問不免帶些誇張意味的稱讚，李白絲毫不客氣地承認了他的能力，不是孜矻宿構、皓首摛文的普通作家，他彷彿有一種天生的能力。恰是《詩經．小雅．都人士》所形容的那樣：「彼都人士，狐裘黃黃，其容不改，出言成章。」──《詩經》裏面所推崇的是舊都鎬京人物儀容之盛，由於懷念前代人的談吐，而發明了「出言成章」的語詞。至於心肝五臟皆錦繡，其思理之敏捷、修辭之豐瞻、用事之典雅、聲韻之鏗鏘，猶較《詩經》所形容得更為燦爛，而李白「撫掌大笑，揚眉當之」八字之奇倔瀟灑，確實當得起！

放心說自己想說的話，才能到這個境界。所以，理解「出言成章」的關鍵，要之在於「其容不改」。《詩經》所描述的舊都鎬京之人，為甚麼能說出那樣美好的語言呢？他們有著上國之人的自信啊！

如何加強作文能力？這是個問題嗎？如果有那麼一整天——只要二十四小時就好——我不需要接觸這樣一個話題，至少不必聽到和感受到家有升學子女的父母這種奇特的焦慮，那麼，我或許會覺得生活清靜而愉快一些。然而想要臻於此境好像並不容易。在我們的身邊，總有人認為自己的子女多多少少有表達障礙。

「文非吾家事」的焦慮似乎還帶來了不少商機。近年來不少人自覺有能力幫助孩子寫作文，教材一本一本地寫，ＣＤ一套一套地錄，似乎就把孩子們「帶進」了「文學的殿堂」；或者是讓「文學」豐富了「孩子的心靈」。這些幫助學子們「加強作文能力」的人並不覺得為了通過升學考試而補習作文是一件多麼不對勁的事——不是也有很多人補習數學嗎？不是也有很多人補習英文嗎？不是也有很多人補習音樂嗎？如果沒有一級一級的考試檢覈「把關」，還有誰願意運用整篇整篇的文字去表達自己的思想和情感呢？

毋寧從相對的觀點來說：一旦通過了考試，學子們還願意自動自發、寫命題作文的大概很少。就像數學或英文一樣，一旦在生活現實裏工具性的應用機會少了或是沒了，人們當然不會純粹以「加強能力」為目的而主動演算或是鍛鍊。

質言之：各級考試「誘導」考生學習作文所加強的，不是一種隨身攜帶的能力，而是用後即丟的資格。人們通過了考試，卻會更加打從心眼兒裏瞧不起作文這件事：以為那不過一個跨越時費力，跨越後卻可以「去不復顧」的門檻；一種獵取功名的、不得已而施之的手段。作文，若不是與一個人表達自我的熱情相終始，那麼，它在本質上根本是造作虛假的。

我服兵役的時候在士官級的軍事學校擔任文史教官，一連兩年面對數百名大部分是高中聯考門前的落敗者。幾乎所有的學生基於種種原因痛恨作文，其中一個在課堂上公然睡覺罷寫的學生說得實在而有力：「教官出的題目我沒話可說。」

孩子們真的沒話可說嗎？還是他想說的話被作文的形式給封閉了呢？我想了幾天，終於想出一招，讓學生先讀一篇他們自選的故事，並且用自己的語言複述一遍這故事；我只規定：在口頭複述的時候不可以用「後來」、「然後」、「結果」這些方便滑溜的連接語詞（用一次就扣十分）。口述完成而能夠不遺漏原故事的內容，就拿滿分。

沒有人在第一次拿到滿分，大部分的人連六十分都夠不上。但是，在和慣用連接語詞展開搏鬥的同時，他們開始構思、開始組句、開始謀篇，不得已而拿起筆來打草稿。很快便可以文從字順地說明一個事件，掌握一段情節，甚至提供充分而不累贅的細節。

打消我們日常口語中毫無意義的口頭禪，有如清理思考的蕪蔓，掌握感受的本質，這種工作不需要花錢補習、買講義、背誦範文和修辭條例，它原本就是我們自有自成的能力。擔心孩子作文寫不好的父母倘若實在焦慮得很，請聽我一言：找一篇有頭有尾的故事，讓你的孩子讀熟了，再請他用我所要求的方式口述一遍。

我的老朋友胡金銓導演一向以風趣冷雋著稱，他編劇本、寫小說、也作雜文，總出之以乾淨俐落的口語，我聽他說故事、講笑話，只消一遍，就印象深刻，銘誌不忘——這不是因為我有多麼強大的記憶力，卻是他「開口成文，揮翰霧散」的本事。口語簡潔，文句清通，周轉敘述的角度有如調度一個個節奏明快的短拍鏡頭，就能夠讓聆聽者（讀者）暢然領會。〈胡金銓說笑〉是為了紀念這位妙趣橫溢的長者而作，行文之時，也刻意模仿了胡導演精悍的語氣。

也許父母們自己應該先試一試：你能夠乾淨俐落地說話嗎？

口頭禪四訓

一

我們臺灣人普遍重視自己在他人眼中的模樣，卻似乎很不在意他人耳中聽到了我們說的甚麼、或者是怎麼說。人人都懂得若干塑身美白養顏健體的門道，但是一旦講究起說話的品質，就會招致異樣的、質疑的眼神：你要參加演講比賽嗎？

在我上中小學的那個時代，幾乎沒有人不對裝腔作勢的國語演講比賽發自內心地反感，然而比賽的優勝者通常就是那些裝腔作勢的同學。這種反感多少也帶有某些政治意識，彷彿字正腔圓者演而講之的內容特別虛情假意，或者是趨炎附勢。連帶地，在生活中字正腔圓地說話的人，反而成了不受歡迎的異類。

語言的使用在於使用者對語言認識的程度與堅持的態度。中國古代講究言談的人也是在一定的階級和文化圈之中。在某一些特定的歷史進程裏，一群又一群主導社會發展的中堅份子不約而同地講究談吐，使言說之趣蔚為風尚，甚至啟蒙了思想。不過，一旦佔居大多數的庶民都在潛意識或無意識的狀態之中排斥「準確地講話」，則言談就無所謂優雅風趣，甚至連清楚明白都談不上了。

現在的人也不是不愛說話，大部分說著話的人都把說話視為天生而能，便不加琢磨鍛鍊，也沒有人會勞神分辨談吐之高下深淺，甚至多以經常有機會公開說話者為「名嘴」，而誤以為「名嘴」之「甚麼都能說」、「甚麼都敢說」就是會說話，「如何造就說話的典範」是一個已經不存在的美學問題。大眾既然看多了電視，也就朗朗然跟名嘴們學會了種種口頭禪。這是近年來常民社會言語品質益發低落的原因。

我對人們不自覺而經常掛在嘴邊的口頭禪有獨到的敏感，總是會追問：「你是從甚麼時候開始這麼說話的？」我有一個朋友開口閉口就是：「說句不好聽的……」當他說完了整個句子之後，我忍不住問道：「你這話沒甚麼不好聽的啊？還記得你是從甚麼時候開始這麼說話的？」他乍聽我這反應，愣了一下，也並不覺得他的話有甚麼不好聽，可是當對話繼續下去，他又來了：「說句不好聽的……」我還是一樣地問：「你這話沒甚麼不好聽的啊？還記得你是從甚麼時候開始這麼說話的？」如是者三，最後他終於忍不住，臉紅脖子粗了好一會兒，迸出一句：「說句不好聽的，你這樣我很難說話呀！」

「基本上」三字也流行過很長一段時間。據我的觀察，是從八〇年代的文化界開始，始作俑者是一批留洋後返臺任事的學者，他們這口頭禪是從「basically」翻來的，無論語意可以解做「根本地」、「本來地」、「本質地」、「實際上」、「直截了當地說」……翻成中文的口頭禪則一律出之以「基本上」；也沒有人會追究「那麼基本以下是甚麼？」我的朋友某教授在我一小時長的電台訪談節目裏可以說上五十八次，所說的內容未必真的很「基本」。

到了二十一世紀，「基本上」有了分身。有的人顯然不安於陳腔濫調，卻改不了，只好改說「原則上」。大約就在此際，「事實上」也加入了這一「失義語彙」的行列。TVBS某主播兼政論節目主持人堪稱大宗使用此語之翹楚。就其上下文來說，所言之物未必盡屬事實層次，比方說這個句子：「事實上誰也不能證明是誰作假。」

另一個不擇時不擇地不擇人皆可出的口頭禪是「其實」。我考之於不少語言學家、社會學家、文化人類學家，為什麼無論在甚麼樣的上下文語境裏，人們總是那麼喜歡說：「其實……」

我當然可以把「其實」當成「呃」、「well,」甚至等同於清嗓子的一聲咳嗽，不必深究其義。不過，世上沒有不具備意義的語言；仔細想來，在對話中能夠被說者和聽者同時「充耳不聞」的語詞很可能正涵藏了人們共同的、不可明言的設想。人們為什麼會說「其實」呢？「其實」有個不被道出的假設，隱藏在這個語詞的前面，即是「你已經知道的是不實的」，有了這一假設，才需要我來告訴你「你應該知道的」。換言之：總是說「其實」、「其實」的人潛意識已經假設：聽者是無知的。

試舉一例以明其本源：由於在電視談話節目中人人爭鋒，最好能在他人語句之間鑽縫攔截，是以具有攔截力的簡短發語詞最容易達陣，如「其實」、如「事實上」。按照修辭的慣例，此二、三字一出，必定表示攔截發言者一定有甚麼不同於前一位發言者的高明意見，殊不知攔截則攔截矣，搶話說的人經常是這麼往下說的：「其實——我完全同意你的意見……」

氾濫的電視言談非但不能保障談吐教養之提升，反而保證了修辭品質之匱乏。我還可以舉一個例子——近年我的香港朋友來訪，會不約而同地問我：臺北人為甚麼不再像過去幾年那樣談書、談電影、談藝術，甚至談政治經濟……「大家都在談吃！」而且談來談去，用的都是「好吃」、「好好吃」、「好吃得不得了」以及「感覺好舒服」、「很有質感」、「口感很特別」、「感覺對了」這一些徹底缺乏感受能力的話。為甚麼？我的答案也很乏味，千篇一律就是電視新聞，新聞電視。

趣味的淺薄、題材的貧瘠、修辭的枯乏，都還不算甚麼。你還會愈來愈熟悉下面這樣的語言，電視劇演員都這麼說話：

「你造嗎？有獸，偉直在想，神獸，偉像間醬紫，古瓊氣對飲縮，其實，偉直都宣你，宣你痕腳阿——做我女票吧！」

簡單翻譯成我少年時聽過的、不算字正腔圓的普通國語，這段話應該是這樣說的：

「你知道嗎？有時候，我一直在想，甚麼時候，我會像今天這個樣子，鼓起勇氣對你說：其實，我一直都喜歡你，喜歡你很久了——做我的女朋友吧！」

二

有些話，無論如何，就是改不了、免不了要那樣說，有人隨俗，稱之為口頭禪；有人尚古，稱之為發語詞。有人說無傷大雅，忽之略之可也。有人說這些都是轉接語，不拘泥於字面之義而誤會就好，何須望文生事？也有人直斥為無意義的廢話——既然沒意義，幹嘛一定要分析出內涵來呢？

它們無意義嗎？還是具現了某些被吾人集體或個別隱藏起來的情感與思維面向？善於聽人說話的人會注意這樣的問題，讓我們聽得更傳神。比方說：「你懂我意思？」「你懂我意思？」根本上就是夾帶著「我看你是聽不太懂我的意思」的意思。

說的人也許未必真那麼想，也未必真要那麼沒禮貌，但是出口如連珠，往往每三句話就夾一個「你懂我意思？」特別顯著促迫。聽見這樣的話，我通常立刻回答「不懂」。對方也怪，經常根本不在乎我懂或不懂，只是繼續說下去。所以這種「你懂我意思？」往往蘊含著「我不太確定我說了些甚麼，拜託你！請你說『懂』，好讓我能繼續說下去。」的意思。

有了點兒資歷的外務員、推銷員、直銷會員、保險公司營業員經常說這樣的話。此話看似對自己所言信心滿滿，然而卻正是深刻地缺乏信心的掩飾。正如我前文說過的：常不自覺地把「其實」掛在嘴邊的人多半有幾個特質：一是不相信聽者會立刻同意他的看法，二是不認為聽者懂得他所說的內容，三是自己對所說的話的確鑿性、真實性並無實際的把握，必須用這個發語詞來強調、以說服聽者或者自己。甚至——第四——他明明是在說假話。

如果現在我們的日常生活之中，就那麼兩三個魔咒，我覺得常民文化真是單調得可以了！

「基本上」現在已經為許多人自覺糗蛋，而改用「大體上」、「大致上」、「原則上」，不論怎麼用，「上」字是跑不掉啦——套句紀曉嵐跟公公說過的話：下面就沒有了。

小說家阿城極擅談吐，也不免有口頭之禪，他的慣用語亦非獨有，而是很多北京人都會說的一句：「完了呢——」相當於吾人的「然後」。聽人說一件事兒，有時間性，前一時到後一時之間，我們似乎總用「然後」帶過。我兒子年幼時的「然後」說得很浮濫，如：「我想吃草莓吐司，然後呢，也可以吃藍莓吐司。」你千萬不要撐他兩種吐司，他的意思是草莓或藍莓吐司都可以的。阿城不說「然後」，他說「完了呢」即使沒有時序性的敘述也免不了。如：「當年洋人那些個銀子都是打墨西哥煉的，完了呢，中國的瓷器就換了墨西哥的銀子。」

「說老實話」、「說句老實話」也是一絕。當年有一菸友，開口就是：「說句老實話」我登時悄悄替他算了起來，一根菸，二十一句老實話，不可謂不是老實人了。這句話的確可以有反面的指涉，意思是：「我經常動些不老實的念頭，但是我不會說出來；因為要在腦子裏過濾過濾，所以說的時候，我把那些個不老實的玩意兒都留著不說了，單說這老實的。」

我上小學的時候，有一段時間常說：「結果後來」，說得很快，聽著像是「就來」。有一天我家老爺子聽不下去了，跟我說：「你舅舅今天不會來。」我當然聽不懂，老爺子很耐心地再問我：「你鎮天價說的『就來』、『舅來』，又是甚麼意思？」

我一字一字說：「很簡單哪，就是『結果後來』呀！」老爺子接著問我一段話，教我至今難忘：「結果是結果，後來是後來；『後來』還不算『結果』呢，有了『結果』，還有『後來』嗎？」從那一天、那一刻起，我硬是「戒」掉了「結果後來」這個台詞。

戒掉廢話，就是把想說的甚麼想清楚的開始。

三

「戒掉廢話」，如果說成「戒掉廢話的部分」似乎也可以，至少在今天大部分常民語言環境之中，這麼說並不干犯誰。

我和家人坐在餐廳的一角，讚嘆著此地裝潢優雅，用具精潔，侍者服飾美觀大方，應該是在完整規劃、訓練了一大套know how之後才輸入開發的日式料理。的確，坊市間家常的閒話不是沒有道理：經營者的用心，顧客一眼就看得到。就在這一刻，耳邊傳來服務生的輕聲細語：「現在為您介紹菜單的部分喔。」

這只是「部分」的開始。

「接下來為您上前菜的部分喔」、「現在為您上主菜的部分喔」、「現在為您補充醬料的部分喔」、「為您加開水的部分喔」……

我於是側耳傾聽鄰桌動靜，發現每一位服務生都是這麼說話的——他們總在為客人作部分的服務。或者應該這麼說：在每一次將要實施特定的服務項目之時，服務生都會提醒他們的客人：這是整個流程中間的某一個部分。

不，不只是這一家餐廳，還有旁的許多餐廳；也不只是餐廳，還有旁的許多服務行業，幾乎所到之處，你都能聽到人們告訴你：這是「某某的一部分」。任何能發聲的傳播媒體也是這麼來的：「現在讓我們來瞭解一下國際新聞的部分……」、「現在為您報導聽障奧運的部分……」、「把話題拉回到黑心鮑魚的部分……」

有些人不說「的部分」，他們說「的區塊」；意思卻沒有甚麼不同，聽來更有修飾性，好像「區塊」比起「部分」來不那麼籠統，所指涉者也較為深入。是的，「block」聽起來是要比「part」更具備定位的效果，比方說：「目前在版面上放置的廣告區塊共有五家」似乎並沒有甚麼不正確的，但是「我對煮咖啡這個區塊比較熟習」就令人有喝到渣子的感覺。

「區塊」也許拗口，所以不少人簡述之為「塊」。我時時刻刻會聽到影音媒體訪問來賓，不論言及哪一個領域、哪一個專業，都會出現這樣的「一塊又一塊」，「在流行時尚這一塊，您可以稱得上是達人了……」、「個人理財這一塊真是相當複雜的……」，甚至「說到臺灣政壇地方派系這一塊，真是無奇不有」。就我印象所及，祇有蛋糕、披薩、牛排之屬是可以塊論的。至於牛排，無論是tenderloin、T-bone、porterhouse、strip、rib-eye、club、sirloin、flank等，我會稱之為「部位」，可是股市名嘴會告訴你：「今天我們所看到的這個部位還不是很好，投資人應該謹慎。」

我不祇一次地提到常民語言的曖昧、胼贅與含糊，總希望有讀者在這種千把字的小文章裏看到現代人說話用字的修辭慣性之中埋伏了多少「不思維」的情境。說話不經由思維，就只能人云亦云地使用慣性發語詞、連接詞和虛字，在我這一代人來看是不可思議的事。

但是這樣說話的人卻很可能自以為是很謹慎的，站在我面前的餐廳服務生繼續說：「先生，現在為您收回菜單的部分喔！」

「你還是全部都收回去吧。」我說。

他一臉茫然，卻仍然非常有禮貌地說：「為您收回菜單的部分有甚麼不對嗎？」

不不不，是我不對，我一定有哪一個部分出了問題！

四

曾經，四位導演和我在聚會閒談或節目訪問中都提及了臺灣社會的語言環境敗壞的問題。做為電影導演，不能不考慮做為整體表演重要環節的語言能力該如何鞏固和培養，但是每每看著綺年玉貌的明日之星，脫口而出的居然都是童子語甚至娃娃語，語言內容之淺薄貧乏固無足論，就連正確、堅定的語氣都無從掌握。關於國語語境的崩潰、淪喪，陳可辛搖頭表示震驚；王家衛說他祇能感覺到那是一種「懶音」——從字面上說，就是「懶得發出聲音」的說話；馮小剛則認為現在這種說起話來軟溜溜、黏乎乎、不清不楚的調調兒連大陸年輕人都學上了，蔚為時尚流風。侯孝賢說得更明白：臺灣演員根本上已經「不會說話」了。

壞語言不容易被察覺，乃是因為大家都使用這種語言。人們長期浸泡在不準確的發音環境裏無甚講究，總以為「聽得懂意思就好」。一旦想到「發音字正腔圓、聲調抑揚頓挫」就不免想到小學生演講比賽，以為那是裝腔作勢。的確，我自己打從小學開始聽人比賽演講就渾身起雞皮疙瘩，那顯然是一種類似刑罰的處境。然而在誇飾的演說和準確的言詞之間，還是有很明顯的差別，只不過我們大多數的人寧可不講究。

常民語言之敗壞總可以歸咎於大眾傳媒。我昨晚看電視新聞，當TVBS某女記者在一所醫院裏說出下面這兩句話的時候，我立刻關掉了電視機：「目前還沒有查出車禍受傷的老阿伯是甚麼人，老阿伯還處於一個無名氏的狀態。」看起來沒甚麼謬誤的語言之所以會令我不安，是因為我很怕自己不知不覺受其蠱惑，墮入冗贅、支離、繁瑣且邏輯錯亂的文法之中，難以自拔。一如：「前第一夫人吳淑珍此刻正前往臺北看守所對陳水扁總統進行一個探視的動作。」一如：「李老闆終於在所謂的金融海嘯之中，憑藉自己所謂的毅力和所謂的發明，開創了一片所謂的自己的天空。」也不只是主播、記者滿口胼詞贅語，不論餐廳裏做的是甚麼菜，吃得滿臉油光接受訪問的民眾似乎只會這兩句：「口感滿順的，對啊。湯頭也超讚的，對啊。絕對物超所值，對啊——耶！」你知道他腦袋裏的詞彙不夠用，所以最後祇能用手指筆畫兩個「V」字對著鏡頭「耶」一下，表示努力助興了。

人們總願意在瘦身、減重、美白、化妝和服飾上儘量讓自己顯得美好，卻很少花時間反省自己的語言是不是平順或準確，人們一點兒也不希望、不追求自己是個能流利運用字句的人，所以在日常生活之中，總是任由自己完全接受大眾媒體慣用詞藻和語氣的操控，隨波逐流。我們在彩妝和名牌手提包似乎很強調個性，但是說起話來千篇一律，眾口一聲，而渾然不覺得「喪失了自我」。這不是很荒謬錯亂的心態嗎？

我長期觀察吾人所生活的語境，在它最敗壞的期間養兒育女，忽然略有所悟：原來這樣的常民語言和我八歲左右的孩子——也就是正在逐漸脫離兒語的年紀——相當接近。換言之：大部分你我身邊五十歲以下的成人平日交談的狀態，從未離開過自己八歲左右的情境。孩子們在這個階段，依然備受呵護，不大挨得起嚴厲的指責，一旦吵鬧過度而受到訓斥的時候，還時時以囁嚅支吾之態，表達天真爛漫之情，企圖免責。

說穿了，成年的男女耍幼稚、混含糊，本質上是一種力圖以「可愛」為遮掩、為修飾的偽裝；當這種「扮小免責」之情普及於整個成人社會，就不要談甚麼品質、品味了。我跟十足憂心這個「語言返童現象」的馮小剛說：「這叫『可愛文化』，如果連對岸的成人也這麼說話，一切沒治！」馮小剛的臉垮了下來，他一定在擔心，也許觀眾根本看不懂「非誠勿擾」四個字。

例2

胡金銓說笑

天底下做戲的人都是一個樣。他們看上了一個甚麼玩意兒——哪怕祇是一張臉孔、一片景色、一段生活瑣碎、一個無足為奇的故事，都會像著了魔似地受了莫大的感動，要把它寫下來、演起來、拍出來。

從前有個電影導演叫張徹，很是博聞雜學，一度迷上了「杭城地藏王」、「杭河藏王幫」的題材，原本想要讓他的弟子陳觀泰領銜演出一部名為《杭城風雲》的電影，到處請人打聽「地藏王」在宗教、神話和民間傳說裏的各種細節。消息傳出，來了個自稱是「杭城藏王缽嫡傳弟子」的人物，宣稱此事甚秘，非單獨約見導演不可，但是要一萬塊錢港紙「填缽兒」（化緣）才肯說。張導演答應了，和對方約在半島酒店的一個房間裏晤談。

彼人生得是形容猥瑣、樣貌醜怪，渾身還散發著一股魚腥泥臭，一見面就要錢。張導演立刻如數掏出——只不過是大致上相當一萬港元的美金，都是百元鈔，而且只有多、沒有少。對方前前後後翻來覆去點了好幾遍，硬說少一張百元鈔，張導演拿回去再數，果然少一張，祇好給補上。那「藏王」又算一遍，赫然還是少一張。張導演依樣將所有的鈔票抓回手裏再數一遍，果然還是少了。如是者一連十二次。

張導演在第三次以後就知道來者耍了手法，但是他想親眼看破對方的機關，就算被當成肉頭也無所謂。一路這麼數下去，總不信邪——雖然他肚子裏明白：身上就祇剩一百塊錢了，卻還是準備豁出去再數一遍；孰料那「藏王」乾脆伸手道：「你口袋裏還有一百，掏出來就是了。」張導演依言掏了錢，交給「藏王」。「藏王」隨即一抬屁股，朝房間的大面窗戶大步走去，道：「讓你看了十三回都看不出，還當導演呢！我看你根本是個騙子！」說時人已經鑽進窗玻璃裏去了。

張導演大驚，起座開窗一看，外面是空的，臨街俯首，不過是幾十公尺峭壁也似的樓面，那「藏王」不見鬼影，而自己身上連一個蹦子兒都不剩了。那一部《杭城風雲》畢竟沒拍成，直到好幾年之後，張徹也才敢把這件事向幾個較為親近的朋友坦白說出，我則是在陪同胡導演赴杉林溪看景的路上聽來的。

杉林溪當地有一小瀑布，巖壁陡峭，而水勢不甚湍急，瀑底水簾，後面的拱形石洞可數丈深，頗似傳統劇場，純出天然；旅人可以從一旁的小徑繞到水簾後方佇足，隔水看山，別有情味。可惜的是就在一片平坦的巨石當央，晾著一泡屎。我正想口吐髒字咒罵幾聲，卻見胡導演低頭看看穢物、復抬頭看看風光，笑著說：「拉屎的這位老兄還挺知道風雅。」

與胡導演一同工作，完全是基於這些樂子。即使骯髒不堪、即使受騙上當、即使明明虛妄不可信，都會出現一個帶著無比趣味的好奇角度，而且聽一遍就忘不了。

一九九七年一月中，胡導演心臟手術失敗，病逝於臺北榮民總醫院。他生前的朋友聚在一道說起來，每個人都會想起一部他發願而未能成就的作品。有人說他的《華工血淚》沒能拍成，最屬遺憾。有人說他還想拍《徐光啟傳》，才跟大陸某電影製片場談出一點眉目，就鬧出個天安門事件，計畫當下泡湯。也有人說他晚年鍾情於動畫片，策劃《劉海戲金蟾》，光是原畫手稿就有近千張，卻苦於沒有資金，連腳本都出不來，才是賫志以歿。

我跟胡導演合作過兩個計畫，一個是香港徐克的《笑傲江湖》，一個是臺製魯稚子的《將邪神劍》，前者拍不到幾場戲，徐克收回去自己導了，本子作廢。後者還沒開拍，胡導演便因一再要求追加預算而遭到撤換，本子給接手的丁善璽改得體無完膚、不成面目，從歷史宮廷劇變成了武打色情劇。可我先前領過稿費，拿人手短，沒有申覆的權利。倒是胡導演給我打了個越洋電話，劈頭就問我：「對吳三桂有沒有興趣？」「聊的興趣很大，寫的興趣沒有。」我說：「我不想寫一個小人的故事。」我在電話裏對胡導演說。

胡導演哈哈大笑起來，道：「滿世界都是小人；不寫小人，你還能寫甚麼呢？」他的笑，昂揚奮發，聽來一點兒也沒有鄙夷小人的意思，最教人懷念。

寓意

我的小學老師俞敏之女士曾經勉勵班上的同學：要多讀故事，才會說話，才好作文。她還特別強調：光是隨便哪一本成語詞典裏的故事就會讓我們終身受用不盡。我聽從她的指示，親手抄寫成語，抄了滿滿兩小冊作業簿。每個四字語彙背後的故事也都反覆讀了，還經常把來應用於作文之中，每受褒揚，則沾沾自喜，以為作文之道，庶幾在於是焉。

沒想到上了高中，遇見另一位教國文的魏開瑜老師——魏老師同時也是一位中醫師——他給我的作文把了一脈。在一篇命題作文後面，魏老師用硃筆細批：「你的詞彙豐富，可是為甚麼只會從正面說理？」這問題我沒想過，心想：不從正面說理，還有甚麼裏可說？

待到上大學後，對照賈誼的〈過秦論〉和蘇洵的〈六國論〉才逐漸開竅：任何一段故事，都可以應用在相對的義理上；任何一條義理，也都可以容納相異的詮釋——即使是《傑克和豆樹》也完全可以理解成一篇鼓勵行竊殺人以致富的誨盜之作。

每一個故事，都有不同的解釋面向。一般我們在文章中引用故事，多取其明顯而正面浮現的意思，這是用典的慣例。由於典故長時間在歷史中累積，有許多最後還化身為四字成語；一旦為成語，意思就更加固著，除非戲謔式的低貶仿諷（burlesque, parody，今人習慣稱之曰 Kuso），幾乎不可能改變其意義。

因此，僅僅從成語中汲取教訓，往往限制了我們對於史事多方面的發掘和觀察。比方說以下的例文所舉的「狄青斬關」。截至目前為止，這「狄青斬關」還不是一個大眾通用的成語。也幸虧不是，因為這種寓意繁複的故事是讓我們進一步想像和思索的，不是供人方便套模利用的。

反面用典的深刻意義是顛覆「成語式思維」，也就是打破「故事／教訓」的慣性、甚至惰性關係，這種書寫恰恰不是為了因循前人的判斷，而是開啟我們自己的觀點。

例

狄元帥不會告訴你

我在十歲那年初讀《五虎平西》，讀的是東方出版社的繪圖注音縮節版，也就是看熱鬧。父親總想讓我從熱鬧裏提取一些教訓，卻很少成功。

有一日他忽然問我：「讀到狄元帥打崑崙關的故事了沒有？」老實說：我不記得當時怎麼答的，我祇記得他接著笑了笑、指著我手裏的書，說：「打崑崙關打得乾淨俐落，痛快淋漓，而且意思很深。」依照他一向對我讀書活動旁敲側擊的慣例來看，他的目的似乎不是在考較我記憶情節，而是提醒我那個段子別有意趣。

《五虎平西》不是甚麼值得一讀再讀的小說。我在十多年以後是因為學業的需要，非得讀一讀未經縮節的原版不可；卻不期然想起前述的情景。可是在厚達四百頁的原版書中，根本找不著有甚麼「狄元帥打崑崙關」的情節，便反問起父親：記不記得《五虎平西》裏狄元帥打崑崙關的事。我得到的答覆更妙——父親竟然說他一直沒有閒工夫讀《五虎平西》。換言之：他根本不知道書裏有（或者沒有）甚麼「狄元帥打崑崙關」的段子。

那麼，我年幼時的記憶是錯誤的？可是，「狄元帥打崑崙關」、「乾淨俐落、痛快淋漓，而且意思很深。」這幾句話，為什麼會使我有言猶在耳之感呢？

又過了二十多年，我偶然間在《續墨客揮犀》裏讀到一則題為〈上元夜張燕〉（按：上元，即今之所謂元宵；張燕，就是大開宴席的意思）的文字：

狄青為樞密副使，宣撫廣西時，儂智高守崑崙關。青至賓州，值上元節，令大張燈燭。首夜燕將佐，次夜燕從軍官，三夜燕軍校。首夜樂飲徹曉。次夜二鼓時，青稱疾暫起如內。久之，使人諭孫元規，令：「暫主席行酒，少服藥，乃出。」數使人勤勞座客，至曉，各未敢退。忽有馳者云：「是夜五鼓，青已奪崑崙矣！」

這才有了點兒恍然之感：也許當年父親問起我的那個時候所指的，就是這則筆記的內容，祇不過他始終不知道此則所記的狄青故事，實則並未經說書人編入《五虎平西》而已。接下來，就剩下困擾了我三十年的那個問題：「乾淨俐落、痛快淋漓，而且意思很深」究竟深在哪裏？

對照其它有關狄青徵討儂智高的史料來看，我們知道：宋仁宗皇祐四年（西元一〇五二年），廣源州（今廣西與越南交界處）部落主儂智高為了擺脫交趾的控制，想歸順宋朝遭拒，索性向兩廣地區進兵，以迅雷不及掩耳之勢攻陷邕州（今廣西西寧市），而且沿邕江東下，一度甚至威脅廣州。〈上元夜張燕〉這則筆記所載，應該就是皇祐五年（西元一〇五三年）初，狄青領兵萬餘人、經過幾個月非常緩慢、安靜的移師行動、初抵賓州的情形。一般的史料上都曾記錄到狄青在賓州安營，並散播糧運不繼、下令大軍籌糧安頓的情節，這讓儂智高方面的間諜誤判：宋軍一時還不會出兵。可是，〈上元夜張燕〉這個故事卻讓人想到狄青發動奇襲前的另一個顧慮：奇襲若要成功，孰為可用之人？

〈上元夜張燕〉告訴我們：狄青刻意宣布了分三次宴請軍中將士，為的不只是欺敵，也是欺己。他既不想讓敵人以為他會立刻用兵，也不想讓太多人參與一次看來十分匆促的攻擊行動——這裏的「太多人」顯然包括了首夜之宴中歡飲至天亮的「將佐」（高級將領）以及次夜正無知地守在宴席上恭候元帥回座的「從軍官」（中級軍官）——狄青當然也不可能孤丁一人，戴起銅面具，跨馬搦戰、奪關而還。他是否率領了準備在第三夜宴請的「軍校」（任輔佐之職的低級軍官）？筆記上沒有明說，但是我卻認為很有可能。換言之：前兩夜的達旦之飲擺明就是要排除部隊裏較高層的軍官——就一次奇襲行動而言，他們不是真正的戰力。

這個故事可能會帶來不實的教訓——讓人誤以為一個天縱英明的領導者根本不需要一大群在科層體系中由升遷制度所拔擢、供養出來的中級幹部。不過這樣的誤會很普遍，否則不會有人成天價不論大事小事都呼喚「總統，您在哪裏？」從另一方面來看：這個故事也可以帶來切實的教訓——一個自認深謀遠慮的領導者最常欺騙的敵人是他自己手下的高級和中級幹部。這是為什麼你每隔一小段時間就會從報紙上讀到政府某行政首長忽然發言作成某一政策裁示、而他手下的各級官僚都表示：事前一無所知。我相信這些首長肯定沒有讀過這則故事，他們只是把施政當作一次又一次必須歸功於個人興之所至、偶然得之的奇襲。

借題發揮

我看過一張模仿明清文人畫風格的水墨。畫面上寥寥三數筆線條，一筆畫出兩相對斜線中間連著一水平橫線，這是橋身；底下一筆半圓弧，這是橋拱；橋邊一垂直線條，頂上一彎、一圈，就算是路燈了，其餘了無它物。倒是在畫面的右上方題了四個小字：「霧失遠山」。其妙，在於畫面上根本沒有山，也唯其在體會了山被迷霧遮掩之後，才發現途中大量的留白不是無物，而是霧；命題在霧，確又沒有畫霧。

舉〈捫蝨的人〉以為例文，是為了交代幾種寫法。首先，是借題發揮。

借題發揮，求的是歪打正著。我們對一篇文章的內容有所期待，多半來自題目字面所給予的明喻或暗示。文章讀完，有所體會，先前的期待得到了滿足，這是行文呼應了題目，文章本格常道如此。

但是有些文章，自有一種閒話閒說的風趣；隨興吐囑，信手拈來。覽文之際，時而會切題之意；時而卻根本忘了題目，題與文或近或遠，若即若離，在臺靜農、汪曾祺筆下，往往有這種不為著文而自成煙霞綺繡的神采。也正由於作者不為著文，文章的宗旨交錯曼衍，綿延不拘，散意風流，別見活潑。尋常寫作者即使心摹手追，其境界未必能到，這時，借題發揮四字便派上了用場。

作者胸中早有一段成竹，卻不以之命題，反而往他處拈出字句，讓讀者以為用意在彼，實則所喻在此。就像〈捫蝨的人〉，題目明明說的是古人衛生習慣不好，身上髒到養著蝨子，卻以名士標榜之故，不以為意；可是實際上卻藉由捫蝨來談「識人」——這是一表、一裏兩套。先讓表面的故事隨語流轉，而內在的意涵卻逐事潛伏，顯示出捫蝨故事相當巧合地帶有一種觀人知機的智慧。

其次，這篇〈捫蝨的人〉還掌握了一個在接近結尾時筆鋒轉出，亂以他語的手段，讓末段蕩開，和先前通篇文字隱、顯兩般題旨都無關係，這會疏解文字稠密、主題集中的沉重感，彷彿王家衛電影《阿飛正傳》末尾離開原本故事、單演梁朝偉的那一段。這種設計必須看來隨意，但是透過精心組裝；刻意離題，卻不能決絕走死。更要緊的是：看似蕩開了，那兩句：「大人者能與微物共生而不離不棄，是環保基礎」卻可能是作者本來要說的話。

有心學好作文的人可以注意第二篇例文所引的〈辨姦論〉原文，也用了我上文所說的手法——蘇洵引孫子的話，與他全文的論旨並不直接有關，這就是一種蕩開的手段。

例1 捫蝨的人

蘇東坡的爸爸蘇洵寫過一篇痛罵王安石的〈辨姦論〉，頗不乏誅心之論，且語涉人身攻擊；在今天，無論如何是會吃上誹謗官司的。這篇文章把王安石刻畫得骯髒還不算，更要說他生活不檢點的惡劣本質，是一種裝模作樣，因為：臉髒了不忘擦抹、衣服髒了不忘洗滌，這是人情之常。像王安石那樣，「衣臣虜之衣，食犬彘之食，囚首喪面而談詩書，此豈其情也哉？」蘇洵稱這叫「不近人情」，而且他所導出的理論是：「凡事之不近人情者，鮮不為大姦慝！」而王安石的衛生習慣實在到了噁心人的地步，據說他隨時可以從衣服裏摸出幾個蝨子來。

身上養蝨子的不只王安石，還有王猛（西元三二五至三七五年）。前秦苻堅稱王猛為「諸葛亮」，官拜大將軍兼丞相。王猛只活了五十年，卻創造了不世的功業。

原先，他不過是華陰山區野居的一個年輕人，誰看不出他有甚麼出息。有回穿著一身破舊的短衣，來到一所軍營門口，求見大將軍桓溫。桓溫當時正準備第一次北伐，打進了關中，駐軍於灞上。可是為了保存實力，他又遲遲不肯渡過灞水，攻進長安，就這麼耗著。在傳統的中國軍人而言，這是很正常的：一旦把敵人完全消滅，軍人不就祇有解甲歸田一途了嗎？

來訪的王猛處境也很悶。當時關中士族嫌他出身低微，瞧不起他。他來見桓溫，自然有更大的企圖，可就在縱論天下之際，居然忘形，一面說著，一面從破舊的衣服裏摸出一隻又一隻的蝨子來，「旁若無人」一語，就是從這個場面來的。桓溫有雅量、擅賞鑒，知道王猛絕非泛泛之輩，也不以為忤，反而虛心問道：「我奉天子之命，率銳師十萬，仗義討逆，為百姓除殘賊，可是來到這裏，地方上的豪傑卻沒有一個人來同我會師，這是甚麼道理？」

王猛說：「明公不遠數千里，深入寇境，可是長安就在咫尺之間，大軍卻不肯渡灞水，連老百姓都看出你並無恢復之意，當然不來了。」這一番話正說中了桓溫的心事。

原來桓溫北伐，主要是想在東晉朝廷樹威，所謂的「養寇自重」。

這就等於是往桓溫身上摸出不可見人的蝨子來了，桓溫「默然無以酬之」。北伐是個幌子，居然讓這身上長蝨子的年輕人給拆穿了。桓溫只好班師還朝，做他的太平顯貴。臨行之際，賞賜了王猛車馬，拜高官督護，請他跟自己一塊兒回南方去。王猛則先回了一趟華陰山，請教他山上的老師。老師父說得好：「你和桓溫是彼此相當而應該各領風騷的人物，在這裏，你自有富貴可期，跑那麼遠幹嘛？」王猛於是決定留在長安，日後成為前秦苻堅的左右手，一代名相。

苻堅即位之前就相信：祇有長期任用熟悉南方社會的讀書人才有機會幫助他改造北方的政府和制度。有人推薦王猛，苻堅把他請了來，一見而傾心。一年之中拔擢五次，權傾滿朝——也藉這個「外人」之手，苻堅除去了不少老臣、功臣集團裏棘手的政敵。此際王猛才三十六歲，應該是這個時候才學會洗澡的。

「捫蝨」一事，在中國歷史上包藏著一個「鑒識人格」的傳統，則大體無疑。唐代鄭綮的《開天傳信記》記錄宣律法師中夜捫蝨，眼看就要把蝨子甩棄於地，被三奘法師一聲：「律師撲死佛子！」（按：律師，即和尚）叫住，忽然便開悟了。今人更不該忘記，張愛玲寫錯字的那兩句名言：「生命是一襲華美的袍，卻爬滿了蚤子。」蚤會跳，不爬；而會在袍上爬行的，確實應該是蝨子，正是生命角落裏不堪的猥瑣象徵。別嫌這題目髒，大人者能與微物共生而不離不棄，是環保基礎。

例2

辨姦論

蘇洵

事有必至，理有固然。惟天下之靜者，乃能見微而知著。月暈而風，礎潤而雨，人人知之。人事之推移，理勢之相因，其疎闊而難知，變化而不可測者，孰與天地陰陽之事？而賢者有不知，其故何也？好惡亂其中，而利害奪其外也。

昔者山巨源見王衍曰：「誤天下蒼生者，必此人也！」郭汾陽見盧杞曰：「此人得志，吾子孫無遺類矣！」自今而言之，其理固有可見者。以吾觀之，王衍之為人，容貌言語，固有以欺世而盜名者。然不忮不求，與物浮沉，使晉無惠帝，僅得中主，雖衍百千，何從而亂天下乎？盧杞之姦，固足以敗國；然而不學無文，容貌不足以動人，言語不足以眩世，非德宗之鄙暗，亦何從而用之？由是言之，二公之料二子，亦容有未必然也。

今有人，口誦孔、老之言，身履夷、齊之行，收召好名之士、不得志之人，相與造作言語，私立名字，以為顏淵、孟軻復出；而陰賊險狠，與人異趣，是王衍、盧杞合而為一人也，其禍豈可勝言哉！

夫面垢不忘洗，衣垢不忘澣，此人之至情也。今也不然，衣臣虜之衣，食犬彘之食，囚首喪面，而談《詩》、《書》，此豈其情也哉？凡事之不近人情者，鮮不為大姦慝，豎刁、易牙、開方是也。以蓋世之名，而濟其未形之患，雖有願治之主，好賢之相，猶將舉而用之，則其為天下患，必然而無疑者，非特二子之比也。

孫子曰：「善用兵者，無赫赫之功。」使斯人而不用也，則吾言為過，而斯人有不遇之歎，孰知禍之至於此哉！不然，天下將被其禍，而吾獲知言之名，悲夫！

晃子議論

要把政論、時評當作文章看待，也就是賦予一點點文學上的價值，可能有些困難。其原因很單純，一篇文章所要呈現或反省的原始材料必須完整地從本文之中獵取，然而政論、時評一類的文字往往在書寫時已然假設其讀者對於周遭剛剛發生過的公共事務本有充分的瞭解，而毋須於論理中多事鋪陳，這會讓讀者——哪怕是原本就熟悉該評論所指涉之事件的眾人——在事過境遷（乃至於多少遺忘）之後，根本無從依據。如此一來，再精闢的評論都可能由於無法喚起讀者對事實的完整認知而撲空。

除非，除非——除非這些文字確乎有長久流傳的價值，拈出了向所未見的觀點，開拓了前人不及的視角，甚至發明了即使剝落現實仍然能夠震聾啟聵的論證，則或許不勞作者自己於日後補充解說，自有欣賞者或教學家會為那樣的文字作注，稽古勾沉，覆按道理。此事在傳統古文的流布過程中早已數見不鮮，我們耳熟能詳的《文選》、《古文辭類纂》、《古文觀止》裏所收者，多的是這樣的作品。

陳義過高，的確難以落實為文。可是，唯其先設想如何使一篇文字能穿透背景事實的牢籠，才會不受單一時空、單一社群、單一信念、單一價值取向的無形束縛，脫略而出，儘管未必能與流傳了多少年的古人佳篇並肩，也不一定夠得上辯理精妙、洞機詳瞻的標準；但是起碼不至於人云亦云。作文的基本要求，其實也就是不要人云亦云而已。道理無它：從眾，不必有文。

以下所舉之例，本來有感於媒體全面之崩壞而發。可是繼之一想：儘著罵媒體不爭氣，不也是人云亦云嗎？何不把這份牢騷轉成一篇在修辭角度上別有趣味的文章呢？於是，在本文的倒數第二段，我刻意運用了像唸經一般反覆、重疊的句法，其間再稍加變化，主體就是要藉由這種催眠式的語句達成兩種相對的諷喻效果。其一，當然還是針對媒體一般性的的表現而頻頻數落，其二則是令讀者產生一種冗贅、繁複的閱讀疲勞，因之而不免後設地發現：無論如何數落媒體的行徑，也不會有多少效果。

我敢說：這篇文章不會過時。不是因為我寫得多麼好，而是因為我們眼前接觸到的大眾傳媒永遠不會進步，永遠會是那個樣子。

例

全稱詞的陷阱

小時候我罵我爸爸：「爸爸最壞。」我爸爸抬頭往屋外一張望，說：「滿街都是爸爸，你說哪個最壞？」我不敢吭氣了。倒不是怕捱眼前的這個修理，而是我真不知道哪個最壞——這就說到「白馬非馬」了。

「白馬」是更大一個品類範圍的物（馬）中的一種，為甚麼它又「不是」馬呢？媒體是一個像「馬」一樣的詞兒。名學家既然指出了「白馬不是馬」，基於同樣的邏輯，黑馬一樣不是馬。接下來關於馬的形容詞都可以套在媒體身上：病馬、肥馬、懶馬、瘋馬、御馬、野馬、害群之馬……每個形容詞在某一個別情境之中可能都對特定的馬作了形容或者狀述。這些給套上形容詞的馬大可以說：上述諸般形容詞形容的是馬；不是我，我是個別的一匹，不是那個全稱的馬。尤其是被罵的馬，每一匹都可以否認各種指控。

所以當某個政客大罵媒體、且信誓旦旦地要對媒體「敬而遠之」之際，沒有任何一個媒體會把他的話當真，這並不是說那政客再也不會炒新聞了、也不是說媒體再也不會挖那政客的新聞了，而是那政客和媒體都心知肚明：那個「可惡的媒體」根本不存在。

怎麼會不存在呢？因為一個全稱詞把它給消化於無形了。全稱詞「媒體」既不指向任何一個個別的媒體，任何一個個別的媒體也可以經由全稱詞而將自己存在的那一部分抹去。這使得媒體口中的媒體成為「他者」。媒體一旦指出其它媒體所犯的錯誤時，往往會這樣說：「有媒體」、「部分媒體」、「某些媒體」、「少數媒體」。好了，又是一堆模糊的詞。這種模糊的詞使個別媒體本身居於旁觀的地位——讓媒體的受眾備覺親切——因為受眾就是要旁觀的，旁觀使受眾在價值和事實上都感到安全。旁觀不會涉險犯錯。

然而媒體犯不犯錯呢？

媒體有時連事實都弄錯了。媒體有時暗藏著或明顯暴露著種種立場。媒體有時附庸當權者。媒體有時為了顯示客觀公正卻反而偏倚於單一的社會正義價值。媒體有時不節制自己的第四權反而任令媒體人之間形成「媒媒相護」的論述場域。媒體有時不認錯。媒體有時為了賺錢而犧牲所有傳播學所揄揚的專業倫理。媒體有時很難看、很難聽、很難讀。媒體有時懶得發現問題或懶得深入追索議題，只會抄、跟、追、挖別的媒體已經發現的、其實不值得進入的表象細節。媒體有時媚俗且原因不明——也許為了討好廣告商、也許為了討好企業主、也許為了討好消費者、也許為了討好主流價值、也許為了討好另類價值、也許為了討好學界、也許為了討好次文化主體群……媒體有時忘記討好支持這媒體的受眾而突然伸張了對立於忠實受眾的價值觀。媒體有時罹患嚴重的失憶症。媒體有時太想製造主流價值的複製品。媒體有時太想製造非主流價值的複製品。媒體有時太想比非媒體或其它形式的媒體或同形式的其它媒體先對社會做出反應。媒體有時炮製不重要的新聞以成就獨家消息。最重要的是：媒體有時根本不反省這些。為什麼不？因為這個該反省的媒體又不是我；而是「有的」、「部分」、「某些」、「少數」的他者。

名學家早在公元前三世紀就提醒過我們：一個全稱的詞其實具有妨害認知的危險性。它消解了這個詞的每一個可以被辨認的細節知識，好讓我們自以為在使用這個詞的時候掌握了它的全盤意義。所以，一旦出現了批評，媒體不會被罵到，當然，政客也不會被罵到、官僚也不會被罵到、學者也不會被罵到……批評但凡是指向全稱詞，大抵是罵給自己爽的。相對地說：只要是針對全稱詞所做的抨擊，哪怕遣詞用語再激烈，都是晃子。

吹毛求字

「吹毛求疵」語出《韓非子．大體》，說的是把毛髮吹開，尋找皮膚上不起眼的疤痕。此語寓意明顯：挑剌兒、找麻煩。寫文章必須具備這樣的精神。一個字的計較，常關乎一篇文章的氣韻。更有些時候，關於一個字的斟酌、考較、窮究與研商也可以看出為文之心。

在我的讀書筆記裏，有很多不成文章的小段子，多是隨手摭拾。時日既久，根本忘了出處，其中有幾條是跟改文章有關的，統其緒而抄錄下來，雖然感覺微酸，似也有正襟危坐以面對文字的莊重。

先說一個人，叫蘇伯衡，字平仲，金華人。生年不詳，元代至正二十年（西元一三六一年）前後在世。明太祖闢禮賢館，亦為當局所延致，曾擢翰林編修。他的同鄉宋濂辭官退休的時候，曾經薦以自代；稱他「文詞蔚贍有法，殆非虛美。」蘇伯衡一生數度稱病辭官，鬧得明太祖十分介意，最後還是找了個上表用字外誤的過失，把他給殺了。偏偏這個人是講究作文的，其罪與死，恐怕還有深刻的用意——求仁得仁乎？亦未可知也。

回頭說我的讀書小筆記，蘇伯衡只佔其中一條，但是它影響我的寫作十分深重。先抄在這裏：

答尉遲楚問「文章宜簡宜繁？」曰：「不在繁，不在簡，狀情寫物在辭達，辭達則一二言而非不足，辭未達則千百言而非有餘。」

和蘇伯衡這些話抄在一起的，是劉知幾《史通．敘事》論《漢書．張蒼傳》的一段話。《漢書》此篇有幾個字：「年老，口中無齒。」劉知幾就以為「年」、「口中」三字為「煩字」，是可以刪去而無礙的。劉氏的立論是：「言雖簡略，理皆要害，故能疏而不遺，儉而無闕。」

抄在劉知幾隔壁的，是以橫挑鼻子豎挑眼著稱的王若虛。王若虛《滹南遺老集》中，講究精簡文字的議論也不少，而且專拿大經典——《史記》——開刀。

司馬遷在《史記．范雎列傳》有這麼一段文字：

須賈謂范雎曰：「非大車駟馬，吾固不出。」范雎曰：「願為君借大車駟馬於主人翁。」范雎歸，取大車駟馬。

王若虛這一刀砍得很深廣，剔筋刓肉帶去骨，中間一大段全不要了，他以為「范雎曰」以下，司馬遷的後半段應該寫成：「願為君借於主人翁，即歸取車馬。」顯得乾淨清爽。

不過，我卻不能同意王若虛的意見。司馬遷顯然是刻意要三次贅用「大車駟馬」，第一次用「非」帶頭，第二次用「借」、第三次用「取」，強調須賈求索意志之強，也強調范雎踐履一諾之切。

看起來比較有道理的刪削，是《史記》〈周本紀〉、〈齊世家〉中稱武王觀兵的一節：「諸侯不期而會盟津者八百諸侯，諸侯皆曰：『紂可伐矣！』」王若虛刪去後面的兩「諸侯」。此外，《史記．李斯傳》裏也出現了的確像是衍字的一段敘述：「李斯出獄，與其中子（即他的第二個兒子）具執，顧謂其中子曰……」王若虛以為第二處「其中子」可以省略。就簡鍊、明快、不冗贅的要求而言，司馬遷不能不承認原文小疵。也有實在不知道該同意還是不該同意的改動。

《史記．李將軍傳》：

廣出獵，見草中石，以為虎而射之，中石沒鏃，視之，石也，因復更射之，終不能復入石矣。

王若虛認為這段敘述多了兩個「石」字，應該改成：「嘗見草中石，以為虎而射之，沒鏃，既知其石，因復更射，終不能入。」這一改動有沒有道理？見仁見智。就像《史記．陳涉世家》中準備造反的陳涉的話：「今亡亦死，大舉亦死，等死，死國可乎？」若不重複冗贅，那「死」字看來會不夠沉重。

《史記．司馬相如傳》：

相如既病免，家居茂陵。天子曰：「司馬相如病甚，可往從悉取其書；若不然，後失之矣。」使所忠往，而相如已死，家無書。問其妻，對曰：「長卿固未嘗有書也。時時著書，人又取去，即空居。長卿未死時，為一卷書，曰：有使者來求書，奏之。無他書。」其遺劄書言封禪事，奏所忠。忠奏其書，天子異之。其書曰……

這一段原本寫得委婉纏綿，後來被改得明快簡約，我卻總覺得缺少一點迴盪之氣。王若虛是這麼改的：「相如已死，其妻曰：『長卿固未嘗有書，時有所著，人又取去。且死，獨遺一卷，曰：有使者來，即奏之。』其書乃言封禪事，既奏，天子異焉。其辭曰……」

當我們玩味這些文字的時候，必然會有自己的感覺和意見，有的人喜歡簡練，有的人喜歡豐饒。徘徊二端之間，一般比較容易體會排比整齊、對仗凝重的句子，比較不容易滋味出清簡疏淡，化駢入散的功夫。然而，文章就是一回生、二回熟，哪怕是覺來帶些古澀輕酸的文言文，多體會兩遍，不過是幾眨眼的工夫，揣摩出用意與駕馭之道，文章就不只是流利，還顯得鏗鏘琳瑯。

例1

一枚真字動江湖

西元一九二七到一九三七年間，曹纕蘅主編《國聞週報．采風錄》，前後五百期，有推激騷雅，恢閎宗風的成就。曹纕蘅，四川綿竹人，在同光、光宣一脈相承的宋詩格調當令了半世紀之後，他能夠排除門戶之見、扞格之說；以溫柔敦厚、兼容並包的胸懷，讓取材、取徑、取法、取義不同的詩，都能在這個園地上綻現姿彩。而曹纕蘅自己的詩也兼得唐、宋兩朝氣格，呈現一種大方無隅的圓融神理。

曹纕蘅年壽不永，五十四歲上便辭世了，留下了一千多首詩，以及無數曾經在〈采風錄〉上分潤中國舊文壇最後一掬膏露的讀者和作者的懷念。他主要的詩作收錄在《借槐廬詩集》裏，這個集子之所以能夠付梓傳世，還歷經輾轉拖磨。先是由曹纕蘅的入室弟子曾學孔一筆一劃，以鋼筆抄錄在劣質的紙上，字小如粟。曾學孔於文革中「挫折以歿」，手抄本之借槐廬詩尚未成編，居然堪稱海內孤本，是曾學孔的友人許伯建頗有眼力，將之贈送給聲名斐然的前輩女詩人黃稚荃。

黃稚荃是民國女詞人呂碧城的弟子，於曹纕蘅也算是晚一輩人，原本並無深刻的交往，可是她卻小心庋藏起這一部手抄稿，留待多年之後，交付曹氏後人，黃稚荃在一九九二年為此集做序，隔年便以八五高齡仙逝了。這本《借槐廬詩集》終於在一九九七年問世。

論世知人，論詩亦可知人。我將曹纕蘅的這個集子，反覆讀過幾遍，發現此老愛用「真」字提神，其意頗見幽微。甚麼是「用真字提神」呢？粗略地說：「真」字之義，不外本原天性、實在不假、正直清楚數端，儘管旁及道教仙人、容貌畫像、甚至漢字書體等等，皆可於日常體會，並非罕僻。不過，用之於詩，則別有一種刻意作驚詫狀、居然如此、不忍置信的情態。比方說〈柬范老〉：「掌故待從前輩問，鬢霜真遣遠人知」；如〈寄懷海上〉：「真成浩劫哀猿鶴，孰向遺編辨魯魚」；再如〈庚午春遊雜詩十五首之十四〉：「鶯花微惜匆匆別，葵麥真成歲歲新」；或如〈秋草再和味雲四首之一〉：「黏天曾作無邊碧，匝地真成一片黃」；還有〈沽上喜晤醇士，即送南歸〉：「揚塵真見海桑枯，喜子朱顏了不殊」之類，以及〈魯南大捷〉：「問天終信哀軍勝，背水真從死地生」；〈默君來渝枉談，賦柬〉：「君話雙樅似隔生，淚河真欲為君傾」……等等，可以說是多得不勝枚舉。

在詩句中誇張其情，本來是熟手慣技。不過能僅以一個「真」字用在各種經過「訝異感」而催化鮮明的境遇之中，詩史上大概沒有第二人。這讓我不禁想起《莊子．養生主》裏面那個十九年沒換一把刀的庖丁，真覺其游刃有餘！所謂詩法，有從大處謀方略者，有從細處得竅竅者，尤其是善用一二普通用語，卻靈活周轉，從容不疲，曹纕蘅的這個「真」，應該可以用「四兩撥千斤」名之。

《石遺室詩話》堪稱巨著，作者陳石遺曾經在蘇州胭脂橋畔購屋僦居，為晚清詞家朱彊村寫過一首〈避兵上海答古微〉，曹纕蘅隱括其意，也寫了一首〈石遺買宅吳門胭脂橋畔，賦賀兼柬松岑〉，起句所用的一個「真」字最為傳神，明明說的是逃避戰亂，卻被這個帶有強調意味的字敷衍成有些可疑、有些猶豫、有些不知道該向誰發出「天問」的諷誚，茲錄其原作全文：

浮家真為避兵來，笑口因君得暫開。
花竹料量宜晚計，江山彈壓要詩才。
討春好買橫塘棹，衝雪新探鄧尉梅。
子美方回先例在，遙飛一盞賀蘇臺。

整首詩自然是慶賀酬酢之屬，洋溢著一種輕鬆、愉悅、即目賞心的和暢之感，通篇讀過之後，回頭在獨獨品味那個「真」字，你不能不喟嘆：藏在如夢似幻的好景佳會之下的，是令人不堪相信又不敢不相信的兵災，它看似在遠方，詩人和讀詩的人已經躲過了，然而——真的躲過了嗎？真的嗎？

例2

百無聊賴之事

除非百無聊賴，不可能將網友的隨口一問拿來當學問作；也除非百無聊賴，不會從頭到尾讀一遍《論語》。但是百無聊賴有個好處：在不可疑處生出疑惑來，一旦求解，就讀了書。

曾有位網友來我部落格說他看李敖的節目，講到《論語》裏的一段話：「加我數年，五十以學易，可以無大過矣。」李敖舉證歷歷說這裏的「易」應該通「亦」，重新標點後應該為：「加我數年，五、十，以學，亦可以無大過矣。」（再給我幾年壽命，或者五年、或者十年，來學習。也就沒有什麼大的過錯了。）

這位網友的結論是：「老實講，我被說服了，但是這種說法始終與我國高中的學法不同，我去問了幾位國高中的國文老師，全都一致說課本是對的。」

他想聽聽我的解釋。

李敖的原說何所據？我欠學。僅就那翻案之說來看，大約李敖是指出「易」為「亦」的同義字。

在古籍上，的確有這樣通用的地方，《列子．黃帝》：「常勝之道曰柔，常不勝之道曰彊；二者亦知，而人未之知。」此處的「亦」，張湛的注是這麼說的：「亦，易也。」換言之，亦通「易」。

此外，《素問．氣厥論》：「大腸移熱於胃，善食而瘦，又謂之食亦。」在此處，王冰的注是這樣說的：「食亦者，謂食入移易而過，不生肌膚也。亦，易也。」

寫「亦」而表達的卻是「易」若成立，那麼寫「易」能不能也表達了「亦」呢？也有這例子，同樣是在《素問．骨空論》：「扁骨有滲理湊，無髓孔，易髓無空。」王冰的注說：「易，亦也。骨有孔，則髓有孔；骨若無恐，髓亦無孔也。」

這樣的方法可以說明：在《列子》、《素問》成書的時代，此二字有通假的情況。《列子》這本書極可疑，歷來學者多認為這是晉代道家之士拼湊成章之作；而《素問》成書也在戰國以後。

回頭再看：在孔子及孔子以前的時代，似未見任何書中有此一通假的例子。這是學者判斷的依據之一。一般說來，在儒家經典上立新說頗不易，一個常見的方法是：比較《論語》內部有沒有同樣的「亦」、「易」通假的用法。我將《論語》全書查考了一遍，除了「不亦」、「抑亦」這一類的連用語不論之外，發現「亦」做為介詞和連詞的用法都有，像是「君子博學於文，約之以禮，亦可以弗畔矣夫。」、「富而可求也，雖執鞭之士，吾亦為之。」、「君子亦有窮乎？」這一類的例子共有十七個；而「邦君樹塞門，管氏亦樹塞門。」、「左丘明恥之，丘亦恥之。」、「知者不失人，亦不失言。」這一類的例子則有十一個。不過，「亦」、「易」通假之例，則一個都沒有。

另外，就文義判斷：「加我數年，五十以學易，可以無大過矣。」可以和孔子的「五十而知天命」相對應，其義自顯。如果斷讀成：「加我數年，五、十，以學，亦可以無大過矣。」在語感上，那孤懸的「五、十」兩個數字很突兀，而「十」已經是整數，很難說是「幾年」的範圍，與《論語》其他的內容相勘，也沒有以將孤立的兩個數字斷讀而成義的例子。

然而，經典例有「歧讀異解」之趣，何妨李敖有他一說？既然李敖可以有他的一說，我幹嘛分辯這一場？道理亦很簡單，百無聊賴讀《論語》。

改文章

文章無定法，所以除了「會心人自得之」之外，實難授受。清人唐彪的《讀書作文譜》引了明代的程楷之言，以為：「修辭無他巧，唯要知換字之法，瑣碎字宜以冠冕字換之；庸俗字宜以文雅字換之。」這已經說得夠簡要了，但是道理卻不夠硬。

像世傳宋太祖的詩，有這樣的句子：「欲出未出光辣撻，千山萬山如火發。須臾走向天上來，逐卻殘星趕卻月。」雖然不避俚語俗字，可是讀來格局宏大，氣象萬千。當他的詞臣建議把原句修改為「未離海嶠千山黑，才到天心萬國明」，看來修辭工整，音律協調，可是文氣悖弱，遠不如原作辭志慷慨。

《舊唐書．狄仁傑傳》有這麼一小段：「則天嘗問仁傑曰：『朕要一好漢任使，有乎？』」到了《資治通鑑》裏，話就改成了：「則天嘗問仁傑曰：『朕要一佳士任使，有乎？』」到了《新唐書》「佳士」又變成了「奇士」，接著，在《唐史論斷》裏，卻又改成了「好人」。每經一手，那更動字句的人一定有他個人的品味和顧慮，可是無論怎麼看，還都是原先那「好漢」兩字能傳武則天之神。

白居易詩：「芙蓉如面柳如眉」，李後主詞：「離恨恰如春草，漸行漸遠還生」蘇東坡〈望湖亭〉：「黑雲堆墨未遮山，白雨跳珠亂入船」這一類傳誦千古的名句看來都是眼前即景，其渾然天成，似乎沒有經過雕琢剪裁，後人想要在原意原境上作點撥，卻分毫撼動不了。

也有藉著改動他人文字，趁機竊佔，卻畫虎不成反類犬的。記不得是在哪一本筆記裏讀到一聯原作如此：「滿眼是花花不見，一層明月一層霜」這是很生動、也很自然的襯托比擬之法，經人改成「滿眼見山山不見，一層紅樹一層雲」簡直就不知所云了。

我們早就熟悉王荊公數度圈改更易，才得出「春風又綠江南岸」的「綠」字，這樣的修改過程之得以流傳，還是由於三改五改之後，果然修成正果。據說孟浩然那一首家喻戶曉的〈過故人莊〉卻是在詩人身故數百年之後遭逢改動，可以說是一連串的慘禍。原文如此：

故人具雞黍，邀我至田家。
綠樹村邊合，青山郭外斜。
開軒面敞圃，把酒話桑麻。
待到重陽日，還來就菊花。

明刻本脫去「就」字，有人給改了「醉」字、也有人給改了「泛」字、還有改成「賞」字的、改成「對」字的。所幸日後得一得善本證之，原來還是「就」字，偏也也就是這一個「就」字的當得很，改不得。

江為原有兩句詩：「竹影橫斜水清淺，桂香浮動月黃昏」，這是泛寫水邊竹桂夜景的一聯，只能說屬對工穩、詠物尋常罷了，經林逋之手改了兩個字：以「疏」字代「竹」字，用「暗」字代「桂」字，境界全出，單以之詠梅，成為絕唱，自後千載沒有可以與之相提並論的梅花詞。這樣的竊佔，原作者即使有知而有憾，也不好意思承認的。

我對寫文章用字打通過一竅，是高中時由家父給開的。他見我正在背一篇課文——歐陽修〈瀧岡阡表〉；便說：「這文章裏原先有一句『回顧乳者抱汝而立於旁』，但是等到定稿的時候，『抱』字已經改成『劍』字了。『劍』者，挾之於旁也。看，改得多響？」「響」，就是那一刻學會的。而所謂修改，有時候不是訂正甚麼錯誤，而是為了這種極其細微之處的講究。〈醬肘子〉數易其稿，緣故在此。

〈醬肘子〉原文主旨是做菜，材料、工序而已；在寫文章的人說來，都不容易引起趣味，所以得壓縮文字。然而單寫食譜，枯瘦乏味，又必須飾之以故事、人情，這便要短話長說。這就要調度敘述的順序。原先的版本直寫黃師傅和我在廚房裏的爭辯，帶出北京「天福號」的古方。這樣寫，兩套作法反而顯得重複，讀來容易混淆。

到了第二個版本，我先寫黃良其人對於美食家的觀感，以及我們倆在酒桌邊的許多議論。這就走岔了路，成為另一篇文章，讀來竟是我自己對美食書寫的風潮抒感慨、發牢騷了。回頭想想：行文之初衷，不就是一道菜嗎？不就是醬肘子嗎？

第三個版本，是三篇之中最短的。關鍵所在，無關長短，而在節奏。我縮節了每一個面向的內容，使原先逼近三千字的長文只剩下一千兩百字，與黃師傅論廚藝的內容儘管快刀芟削，不留一字。長話短說的要旨便在於此：刪除一半文字，調度語句順序，回頭看看，就像理髮，清爽了。

例

醬肘子

醬肘子是北京有名的熟食。要言之：用肉滿膘肥的豬肘子，洗刷乾淨後，與花椒、桂皮、鹽、薑、糖、酒、等佐料一起下鍋大火煮。一小時後取出用涼水沖，浮油盡去。原湯過籮兩次，再把肘子回鍋，傾入原湯，加上香料，大火先煮四個小時，再以微火燜一個小時。特點是皮肉亮，熟爛香醇。

據說北京西單牌樓「天福號」海內獨步，起於乾隆三年（西元一七三八年），山東寓京庖人劉德山無意間的發明。說是劉德山讓兒子守湯鍋，看燒熟肉，沒想到這孩子打瞌睡，一覺醒來，鍋裏的肉已經塌爛，祇剩下一點濃稠的湯汁。起鍋之後，肉軟爛如泥，祇好晾涼了，勉強置賣。不料有個刑部司官的家人買回去之後，主翁吃了大感滿意。第二天，又派家人特地到天福號來買這種醬肘子。劉德山因之而改變了原先熟肉舖的製程，專燒醬肘子，迄今近二百八十年。

話分另一頭說。我的朋友黃良在臺北新店開了一家麵館，主食是韓式麵點，兼賣泡菜、滷味和他夫妻兩家拿手配方的東北酸白菜火鍋。店面不大，卻能夠在大臺北都會區馳名十年。黃良於庖藝最不喜「美食家」者言，總覺得這些年許多打著美食記者、美食專欄作家、美食部落格主旗號的吃客，大多數都是腦懶嘴饞的流氓；仗著一枝刀筆，據案大嚼之餘，還帶著些揎拳擼袖的架子，顯露著些許「趙孟之所貴，趙孟能賤之」的派頭。是以他老人家很少跟人談飲饌、談烹調、談賞味。一旦說起來，必定是實戰技術導向，絕不徒托空言。

他聽我說起天福號的傳聞，立刻搖頭擺手，全然不肯相信守爐鍋打瞌睡這故事的真實性。試想：近三百年前的灶爐是何等物？燒熟肉自然要不時加以攪拌，守爐的果真睡到湯鍋收汁，底下的肘子皮非燒焦不可。

黃良自己研製的醬肘子是以蔥、薑、八角為主要的佐料，輔以花椒、桂皮，白芷、小茴香、丁香、山耐和陳皮，程序上與世傳天福號的作法也小有不同，黃良的醬肘子在下鍋滷煮一小時左右，試以箸穿之，大約半熟，即可關火待涼，讓肘子在湯汁裏浸泡一整天。之後再重新以小火燉煮一個小時，此時再以箸試之，能夠輕易洞穿，就算熟透了。接下來便是定型——從前用細麻繩捆紮縛裹，頗費工夫；如今代之以保鮮膜，便捷省事得多，但是為求真空往往要包裹十六層、二十層，耗材亦頗可觀。

酒之清者為聖，濁者為賢。醬肘子下酒，可謂賢聖兩宜，我跟黃良一起喝過不少酒了，沒有醬肘子，總不愜意；有了醬肘子，就會多喝不知際涯。前幾年一喝多，我就抄起大筆、飽酣濃墨，往他牆上寫字，害他經常得重新髹漆。我猜他後來窺出這裏頭的機關了，醬肘子隨即減產，之後我果然喝得少；因之常保清醒，粉牆便清爽許多。有一陣，面對麵的醬肘子僅於每週四開滷，週末、週日供應，我想這一定是衝著我週末不出門而來的。

某歲入冬甚晚，乍寒難禁，總在找烈酒喝。然而有酒無餚，殊少意趣，想用一幅字換黃良一個醬肘子，問他該寫甚麼，他說：「寫一幅『本店絕不打罵客人』好了。」這是嚴重警告我不得再藉酒書壁的意思。我還真為他寫了一軸，他也著實張掛了一陣，人來看著笑，算是小小的噱頭。過不兩春秋，藉著收拾店面的機會，他又給摘了去。可是拿字換醬肘子這事他記住了，往後再入冬，遇到寒流南下，他會冷著臉，主動說：「給你準備了肘子——但是千萬別再拿字來換了。」

轉典借喻

某些西餐廳會把特定的湯品盛在咖啡杯裏，我就有過這樣奇妙的經驗：第一口湯入喉，忽然會錯覺有肉桂的味道。是容器的緣故，使我在不意間暫時移植了關於維也納咖啡的味覺記憶嗎？

莊子發明了很多語詞，意味著他的許多想法實在發人之所未發，沒有現成的話能夠對應、表述，只好創造一些。在這些語詞裏，有一個詞叫「卮言」。「卮」是古代盛酒的器皿，空著和裝滿的時候傾斜的樣態不同，「卮言」便用來比喻意義變化不定的語言。《莊子》的〈寓言〉、〈天下〉篇裏都提及「卮言」，意思是說：言談（的意義）就像放在杯子裏的水酒一樣，隨容器而改變形狀，沒有定論。

放在寫文章這件事上來看，「卮言」的觀念很值得玩味。我們從小學作文，不但使用的成語、典故在字句上不能有出入，連寓意也不可偏移扭曲，否則就會被老師斥責，謂為「砌詞曲解」或「引喻失義」。不過，寫文章自有轉典借喻之法，把尋常語詞、或者耳熟能詳的故事作刻意的扭曲轉換，就像是在盛咖啡的杯子裏倒入巧達濃湯，肉桂粉的錯覺卻豐富了湯味。

歷經長遠流通、廣泛應用，語言的確會積澱出厚重而固著的意義，以下例文中的「應聲蟲」就是很鮮明的例子。我們說「應聲蟲」，就是說人胸無定見、只會隨聲附和，然而這一層意思應該和原語詞的故事緣由無關；而那緣由，又令人不免產生憐憫之情。此外，「寄生」這個詞，原本有它生物學上的命意，指某種生物生於宿主的體內，並從宿主身上攝取養分，來維生繁殖的現象。中國古代的文學家用上這個詞，不免多有悵惘卑微的情感。民初以降，「寄生蟲」一詞更衍生出譴責的意思，對那些不事生產、無所用於社會的人，貶抑殊甚。應聲蟲和寄生蟲了無關係，卻十分巧合地都與乞丐一詞略有淵源，這時，莊子所謂的「卮言」帶來了啟發——讓我們試著把「應聲」、「寄生」這兩個難堪的詞稍事翻轉，從碗裏倒杯裏的，把曲解當作正解。

第二篇例文〈匾〉，出自魯迅之手。這篇文章短小精悍，只有三百多字，藉由一篇流傳於明代的笑談，轉來嘲謔民初藝文界狼吞虎嚥引進西方各種主義學說、強作解人的怪現狀。文中笑談，還有兩個版本，最早的版本出自馮夢龍編纂的《笑府》，題為〈近視〉：

> 兄弟三人皆近視，同拜一客。登其堂，上懸「遺清堂」匾。伯曰：「主人病怯耶？不然，何為寫遺精堂也？」仲曰：「不然。主人好道，故寫道清堂耳。」二人爭論不已，以季弟少年目力使辨之。季弟張目曰：「汝二人皆妄，上面那得有匾？」

到了清代，崔述《考信錄提要》上卷有異曲同工的〈不考虛實而論得失〉一則，把《笑府》的故事轉換成兩個近視、一個明眼人，才有了魯迅那篇短文的張本：

> 有二人皆患近視，而各矜其目力不相下。適村中富人將以明日懸匾於門，乃約於次日同至其門，讀匾上字以驗之。然皆自恐弗見，甲先於暮夜使人刺得其字，乙並刺得其旁小字。暨至門，甲先以手指門上曰：「大字某某。」乙亦用手指門上曰：「小字某某。」甲不信乙之能見小字也，延主人出，指而問之曰：「所言字誤否？」主人曰：「誤則不誤，但匾尚未懸，門上虛無物，不知兩君所指者何也？」

轉典借喻，如蒼鷹搏兔，下筆並不在窮究義理是否貼切，而在語詞情境的興會圓洽，趣味要高明得多。也許湯裏真沒有擱肉桂粉，味得有，就有了。

例1

應聲與寄生

小說家黃春明曾經為他一九七四年出版的短篇小說集《鑼》畫過一張油彩封面，圖中是一隻畸形的手，五彩斑斕，乍看不知所以。小說家親自在序裏作了解釋，原來那手的主人是個小乞丐，朝夕在市場裏搖晃、揮舞著畸形殘廢的手，博取同情，索討小錢。根據也當過多年廣告人的黃春明描述：是鎮上一個喝醉了酒的油漆工替小乞丐塗上的油彩，而這樣的惡作劇畢竟收到了動耳目、廣招徠的效果。

我直到大學畢業還相信這篇序文的真實性，以為世上真有一個以這些短篇小說為鏡相的小鎮，有那樣一個菜市場，有那樣一個油漆匠，有那樣一隻塗了彩漆的、畸形的手；作品裏過度的荒謬居然讓人以為非真實存在不可。誇張的敘述難道真是為了讓人懷疑其「不可能被如此虛構」，反而寧可盡信其為實錄嗎？

唐代劉餗的《隋唐嘉話》、張鷟的《朝野僉載》，宋代范正敏的《遯齋閑覽》、龐元英的《文昌雜錄》、彭乘的《續墨客揮犀》等等筆記之作，容或行文繁簡有別，但是都記載了一則大致雷同的故事。筆記作者多聲稱：他有一個叫劉伯時的朋友，曾經親眼見過一位淮西地方的讀書人，名叫楊勔。根據楊勔自己的說法，人過中年，忽然罹患一種怪病，每當發言應答，肚子裏就會發出仿效那言答的聲音，而且那樣隨聲以應的話語愈來愈清晰、愈來愈響亮，令楊勔困擾極了。

數年之後，被一道士撞見了，大驚失色，道：「此應聲蟲也，久不治，延及妻子，宜讀本草，遇蟲所不應者，當取服之。」楊勔不敢遲疑，立刻取了《本草》來，逐條逐目讀下去，肚子裏的應聲蟲也隨之朗誦，一直讀到了「雷丸」，那蟲忽然寂寂不作一聲，得！於是楊勔每頓飯就吃幾粒雷丸，病也就好了。

雷丸又被稱為雷矢、雷實、竹矢、白雷丸、木蓮子等。此藥性寒，味苦，有微毒。是一種多孔菌的地下菌核，在中國民間醫學的應用上，已經有千年之久，一向是用來殺死體內像蛔蟲、條蟲、蟯蟲之類的寄生蟲。據云：胃虛寒者戒用。一個近代醫學上的解釋是：雷丸含有某種蛋白酶，在腸道弱鹼性的環境中，具有積極分解蛋白質的作用，能破壞條蟲的頭節。然而，「寄生蟲」和「蛔蟲」在中文隱喻性的語意裏大不同，「寄生蟲」打從民國以來就是貶斥遊手好閒、不事生產的流氓棍痞；而「蛔蟲」卻可能是一個人最親暱而相知者的謔稱。看來雷丸所殛，似乎不堪掃蕩前者，亦不忍驅離後者。

倒是在《續墨客揮犀》中，作者彭乘還補述了一段，說他一開始的時候並不相信世間有這等怪事，其後到長汀，遇見一個丐者，肚子裏也有應聲蟲，這丐者就站在市集上，隨口說話，任令腹中的蟲兒應腔，環而觀者甚眾。彭乘於是上前對那丐者說：「你這毛病，有一味『雷丸』可以治得來。」不料丐者連忙給作了一個大揖，說：「某貧無他技，所以求衣食者，唯藉此耳！」

黃春明筆下的小乞丐只出現在那篇序文裏，這孩子沒有屬於「小鎮」的故事。我一直納悶：擁有一隻如此色澤鮮明的畸形的手，為什麼不能像打鑼的憨欽仔、全家生癬的江阿發、跟老木匠當學徒的阿倉、妓女梅子、廣告的坤樹，以及把自己溺死在泳池裏抗議的老貓阿盛那般，呈現他做為一個社會的畸零人的完整的悲劇呢？

我只能這麼想：在沒有情節支撐——或渲染——的狀態下，一隻搖晃著紅、綠、白、藍、黃，又黃、藍、白、綠、紅往復不停的小手，已經道盡了那個邊緣社會的一切，就像我們不需要知道長汀地方的丐者讓圍觀如堵的群眾聽見他肚子裏的應聲蟲說了些甚麼一樣。文學作品所喚起的同情經常有著大尺幅的留白，並沒有我們基於庸俗好奇所欲探知的究竟。

恐怕也正是因為那樣的留白，缺乏看似應該鋪陳出來讓人們信以為真的生活細節，我才會在高中時代讀了《鑼》以後，直到大學畢業還不覺得那個十歲左右的小乞丐已經長大了。

例2

匾

魯迅

中國文藝界上可怕的現象，是在儘先輸入名詞，而並不紹介這名詞的含意。

於是各各以意為之。看見作品上多講自己，便稱之為表現主義；多講別人，是寫實主義；見女郎小腿肚作詩，是浪漫主義；見女郎小腿肚不准作詩，是古典主義；天上掉下一顆頭，頭上站著一頭牛，愛呀，海中央的青霹靂呀……是未來主義……等等。

還要由此生出議論來。這個主義好，那個主義壞……等等。

鄉間一向有一個笑談：兩位近視眼要比眼力，無可質證，便約定到關帝廟去看這一天新掛的匾額。他們都先從漆匠探得字句。但因為探來的詳略不同，只知道大字的那一個便不服，爭執起來了，說看見小字的人是說謊的。又無可質證，只好一同探問一個過路的人。那人望了一望，回答道：「什麼也沒有。匾還沒有掛哩。」我想，在文藝批評上要比眼力，也總得先有那塊匾額掛起來才行。空空洞洞的爭，實在只有兩面自己心裏明白。

論世知人

在書市上，常是名人傳記受人青睞，同樣地，在一般報刊雜誌上，捕捉人物生命與生活片段的文字也比較受人歡迎。披文而知人，情味最易躍出紙上。《孟子．萬章下》有這麼一段話：「頌其詩，讀其書，不知其人可乎？是以論其世也。」原本說的是：瞭解一個人的作品，還得明白作者是個甚麼樣的人；要明白作者是個甚麼樣的人，就還得研究他所處的時代背景。這話，日後縮節成「論世知人」，也用來指稱議論世事的得失，鑒別人物的高下的活動。

此處說「論世知人」，則是為了提出一個概念：無論描寫多麼平凡的人，都會因為帶入了時代特徵而讓那人物立體鮮活，即使所謂的時代並不關心個別的人物。

個別人物（尤其是親人、家人、愛人）不好寫，常在於作者與傳主親近密切，難以客觀耙梳。用情愈深，走筆益滯，失去了觀看的距離，更不容易、也不習慣將之「位置」在一個他自己的背景之中。

毛尖寫評論十分犀利，寫人物亦冷雋，但是這一回寫的是父母，熱則不能免俗，冷則不近人情，更見難度。〈老爸老媽〉文長三千字，歸結成寥寥數語，也就是文中的這麼幾句：「老爸老媽，在集體生活中長大，退休前的家庭生活也是公共生活一樣，當歷史插手突然把他們推進一百平方米的屋子，當他們只擁有彼此的生活時，他們才真正短兵相接。」從「公共生活」過渡到「只擁有彼此」，讓我們看到了一代人擁有和表達感情的方式，於是老爸老媽不只是毛尖的父母，還是歷經那「把自己獻給工作」的億萬男女——即使出身不是上個世紀中大陸地區的臺灣讀者——也可以約莫體會「爸爸媽媽所做的唯一私人的事情，就是生下了我和姐姐。」中微酸帶苦的趣味，以及「現在年紀大了，終於老爸過馬路的時候會拉起老媽的手。不過等到了馬路那邊，他馬上又會放開手，好像剛才只是做好事。」中的甜蜜與壓抑。

細心的讀者還可以玩味毛尖用筆細膩多姿，文章開篇第一段描寫的是她的兒少時代，所以會用「然後」、「然後」、「而平時呢」之類天真稚拙的口語，其下歲月飛逝，二老告別公共生活，開始進入小家庭的晚年，而毛尖的修辭也逐漸老熟而冷峭。在許多看似尋常瑣碎的日常細節中不斷提醒讀者：即使在被高度壓縮和制約的現實生活中，夫妻的情義竟是在通過兩種扞格不入的「美學原則」（「爸爸重形式，媽媽重內容，一輩子沒有調和過」）的不斷碰撞，而更加鞏固綿延。

〈峭壁上的老山羊〉寫的是馬哥，一個親近的朋友，也是和我一起工作多年的伙伴。馬哥猶在壯年，卻因工作意外而過世。我受喪家囑託，在告別式上報告馬哥一生行誼。這篇文章所掌握的，差不多是我另一篇文章的標題：「眷村子弟江湖老」。馬哥沒有混那狹義的江湖，但是他從很小的時候起，就經常離家，離開熟悉的生活、一個人到遠方陌生之地，總是與現實格格不入，卻總是在幫助他人。行文之際，我不斷地提醒自己：馬哥不是一個人，而是一代人。

那是哪樣的一代人呢？

那一代人有一種不著邊際的高傲：他們出身社會邊緣，卻自覺扛負著一個國族的核心價值，可是生活、理想、夢都在遠方，只有不斷向未知之地行去，才能踩踏在尊嚴之上。我沒趕上那一代的末班車，差個幾年，可是這中間有一段適合觀察、見證的距離，使我能夠書寫。

例1

老爸老媽

毛尖

叫著叫著，爸爸媽媽真的成了老爸老媽。一輩子，他們沒有手把手在外面走過，現在年紀大了，終於老爸過馬路的時候會拉起老媽的手。不過等到了馬路那邊，他馬上又會放開手，好像剛才只是做好事。

老爸老媽有一個上世紀六〇年代的典型婚姻。媽媽去爸爸的中學實習，應該是互相覺得對路，不過還是得有個介紹人，然後就結婚，然後各自忙工作。在爸爸終於從中學校長的崗位上退下來前，我沒有在家裏見他完整地待過一整天。媽媽也是一直忙進修，尤其因為聲帶原因離開學校轉入無線電行業，她就一直在讀夜校忙學科轉型。我們都是外婆帶大的，好在我們的同學朋友也都是外婆帶大的，在我的整個童年時代，也從來沒有見過哪一家的父母會在星期天，父母孩子一起出門去逛公園。那時候一個星期只休息一天，國家為了電力調配，媽媽所在的無線電行業是週三休息，爸爸和我們是周日休息，當時，全國人民估計都是發自肺腑地認為，夫妻錯開休息日是一件非常經濟合算的事情，即便在家務上也可以發揮更大的效益。而平時呢，爸爸總是在我們差不多上床的時候才回家，一家人團聚的時間本就非常少，這樣，好不容易有個休息天，媽媽要做衣服補衣服，爸爸要接待他的同事和學生，即使在嘴上，他們也從來沒有向我們允諾過旅遊這種事情。

和所有那個年代的人一樣，爸爸媽媽所做的唯一私人的事情，就是生下了我和姐姐。我們都住在外婆家，小姨和姨夫也都住外婆家，小姨負責買，媽媽負責燒，外婆負責我們，男人都不用負擔任何責任。爸爸天經地義就回家吃個飯睡個覺，還贏得外婆的尊敬，「男人在家待著還叫男人啊！」在一個大家庭，女婿其實是和丈母娘相處的。而等到外婆家的大院子面臨拆遷，爸爸媽媽才突然焦頭爛額地意識到，以後，大家得各自獨立生活，更令他們感到手足無措的是，他們以後不僅得小家庭生活，還得二十四小時彼此面對。他們都到退休年齡了。

終於，他們有了時間相處，或者說，結婚三十年後，他們告別外婆家的公共生活，開始真正意義上的小家庭生活。

很自然，他們不斷吵架。離家多年的我和姐姐就經常接到媽媽的投訴電話。讓他去買菜，買回來十個番茄、兩斤草頭。兩斤草頭你們見過嗎？整整三馬夾袋。算了，菜從此不讓他買了。買餅乾總會的吧？也不知道哪個花頭花腦的女營業員忽悠的他，買回來包裝好看得嚇死人的兩包餅乾，加起來還沒有半斤，卻比兩斤餅乾還要貴。老媽在電話那頭歎氣，最後就歸結到老爸的出身上去，地主兒子，沒辦法！

沒辦法的。爸爸重形式，媽媽重內容，一輩子沒有調和過的美學原則到了晚年，變本加厲地回到他們的生活中來。離開外婆的大宅院搬入新社區後，媽媽和爸爸各自安排了自己的生活方式。爸爸的房間是國畫和名花和新傢俱，媽媽的房間是縫紉機和電視機和舊家具。媽媽把底樓的院子變成野趣橫生的菜地，爸爸把客廳變成一塵不染的書房。媽媽出門不照鏡子，爸爸見客必要梳洗，用媽媽的話說，不塗點雪花膏好像不是人臉了。他們總是一前一後地出門，每次都是媽媽不耐煩等爸爸，搞得社區裏的保安在很久以後才知道他們是一對夫妻。不過，他們這樣各自行動多年後，倒是被爸爸概括出了一種「一前一後出門法」，而且在親戚中推廣，中心意思是，一前一後出門，被小偷發現家裏沒人的機率大大降低了。

老媽知道這是老爸的花頭，不過，她吃這套花頭。這麼多年，老媽總是讓老爸吃好的穿好的，早飯還要給老爸清蒸一條小黃魚。家裏的電燈壞了，老媽換；電視機壞了，老媽修；水管堵塞了，老媽通；老媽是永遠在操勞的那一個，而老爸就為老媽做一件事，每天早上，從老媽看不懂的英文瓶子裏，拿出一片藥，「喏，吃一片。」老媽吃下這片鈣，擎天柱一樣地出門去勞動，遇到天氣不好，她還不吃這片鈣。在老媽樸實的唯物主義心裏，鈣是需要太陽的，所以，她只在有太陽的日子裏補鈣。她吃了鈣片去太陽下種菜灌溉，覺得自己也和青菜番茄一樣生機勃勃。

媽媽在菜園裏忙的時候，爸爸看書。爸爸有時也抱怨媽媽在地裏忙乎的時間太長，但媽媽覺得，兩個人都待在房間裏做什麼呢？我和姐姐鼓勵他們去外地外國看看，但他們從來沒有動過心。我有時候想，也許他們還在彼此適應。下雨天媽媽沒法去菜園子幹活的時候，爸爸就會出去散很長時間的步，他說下雨天空氣好，他這麼說的時候，有一種老年人的羞澀，然後，他匆匆出門，更顯得像是逃避什麼似的。

老爸老媽，在集體生活中長大，退休前的家庭生活也是公共生活一樣，當歷史插手突然把他們推進一百平方米的屋子，當他們只擁有彼此的生活時，他們才真正短兵相接。老媽也曾經努力過讓老爸學習做點事，兩年前，老媽眼睛要動手術，她一點沒擔心自己，只擔心住院期間爸爸怎麼辦。他讓老爸學習燒菜，她在前面示範，老爸就在後面拿本菜譜看，老媽菜剛下鍋，他就一勺鹽進去了，然後老媽光火，不歡而散後，老媽就在手術第二天，戴著個墨鏡回到廚房做飯燒菜。我和姐姐說我媽命苦，小姨卻覺得，要不是我爹，我媽沒這麼快好。那是一代人的相處方式嗎？不過老爸拍的老媽戴墨鏡烹製紅燒肉，雖然魔幻現實主義了一點，確是很有氣勢。

今年是他們結婚五十年，我和姐在飯桌上剛提議要不要辦一個金婚，就遭到了他們的共同反對，好像他們的婚姻上不了檯面似的。五十年來，爸爸從來沒有買過一朵花給媽媽，有一段時間，他在北京學習，他給家裏寫信，收信人也是外公外婆，他從北京回來，也沒有特別的禮物給媽媽。爸爸說你媽只喜歡油鹽醬醋，買什麼都難討她喜歡。她也幾乎不買新衣服，爸爸不要穿的長褲，她會改改自己穿，家裏兩個衣櫥，爸爸的衣服倒是佔了一大半。每年梅雨過後，我們有個習俗叫「晾黴」，也就是挑個豔陽天，把所有的衣服被子全部曬一遍。小時候我們很喜歡晾黴，因為會晾出很多嬰兒時期的小帽子小鞋子，家博會似的，爸媽年輕時候的衣服也會晾出來，爸爸的衣服就明顯要比媽媽的多。媽媽只有一件碎花連衣裙特別寶貝點，這件衣服不是她結婚時候穿的，也不是爸爸買給她的。我和姐姐在青春期的旖旎想像中，一直把這件衣服想像成一件特殊的禮物，來自媽媽結婚前的某個戀人什麼的。很多年以後幫他們整理老照片，才發現，這件衣服是媽媽在爸爸學校實習時候穿的，他們六個實習老師在寧波四中門口的照片，笑容都看不太清楚了，但小碎花裙襬在飛揚，媽媽那時候一定非常非常快樂。

是為了這一點快樂嗎，媽媽伺候了爸爸一輩子，爸爸也心安理得地接受了一輩子的伺候。常常，晚飯的時候，爸爸被匆匆而來的同事叫走了。常常，本來說好一家人去看電影的，外婆說，不等你爸了，給鄰居阿六去看吧。常常，家裏有人生病需要個男人的時候，都是小姨夫請假。常常，我們也看不過去的時候，會跟媽說，沒想過離婚嗎？老媽沒想過跟小津電影中要出嫁的姑娘一樣，她把小碎花連衣裙收起來放進箱子的時候，她就把自己交給了另一道口令，這個口令沒有她撒嬌或任性的餘地，這個口令讓她廁身於一味付出的傳統中，她實在生氣的時候，還是會把晚飯給爸爸做好，因為骨子裏她跟外婆一樣，覺得一個男人是應該把自己獻給工作的。

這是我的老爸老媽。他們現在都快八十了，因為爸爸做了虛頭巴腦的事情買了華而不實的東西，還會吵架，吵完媽媽去菜園子消氣，爸爸繼續等媽媽回來燒晚飯。這輩子，爸爸只學會了工作，沒學會當丈夫。不過，當我翻翻現在的文藝作品，影視劇裏盡是些深情款款的男人時，我覺得我父親這樣有嚴重缺陷的男人，比那些為女人抓耳撓腮嘔心瀝血的小男人強多了。而老媽，用女權主義的視角來看，簡直是太需要被教育了，但是，在這個被無邊的愛情和愛情修辭污染了的世界裏，我覺得老媽的人生乾淨明亮得多。

（本文由毛尖女士授權收錄，首發於《藝術手冊》雜誌二〇一五年九月）

例2

峭壁上的老山羊

——關於馬哥的一點回憶

這是一篇我們這些家人、親戚、朋友、同學和同事聚集在一起為馬哥送行，同時也一起重新記憶以及回想馬哥的文字。

熟悉馬哥的人一定可以想像到馬哥看見我們鄭重其事地跟他道別，他會有多麼不自在，可是有些言語如果不能及時說出，可能再也不被聽見。馬哥也許要破例接受一次這樣正式的致意與致敬——趁他離我們還不算太遠的時候。而且，我抖膽揣測馬哥的心意，他一定不喜歡我們使用「在天之靈」這樣的字眼，他會說「在天之靈」太遠，「我哪有跑到那麼遠？搞甚麼？」是的，我們要記得：在我們身邊的馬哥總不安分，但是他也總捨不得離我們太遠。

幾個月之前，在一次朋友的家庭聚會上，馬哥追著問一個不滿三歲大的小丫頭和她五歲的哥哥：「你將來長大要做甚麼？」問了好多聲，孩子們把拒絕回答當作是同馬哥玩耍的遊戲方式，馬哥有點兒急，可是最後似乎不得不欣然接受這種回報；急切的熱情遭到率意的輕忽，這似乎是他的宿命。

這情境立刻讓他的老朋友們想起多年前馬哥到南部出差，深夜路經高速公路收費站，他在繳交回數票的時候順口問候了一下那值夜班的小姐：「這麼晚了，還在當班，辛苦了！」當下他所得到的回報是：「干你屁事呀！」馬哥的家人和朋友們在回憶起這一段往事的時候總不免要揶揄地大笑，以及輕盈地悲傷——這個人生之中轉瞬即逝的小片段，似乎道盡了馬哥一向以來的處境。馬哥總有用不完的熱情，慷慨地交付給不管哪個值得或不值得的王哥柳哥麻子哥。

我們常在人生見識或遭遇到難以理解、難以接受的現實的時候發出天問：「怎麼會這樣？」、「按理不該如此」——在馬哥的告別式上，我們似乎也不得不這樣詢問。一個善良、熱情、慷慨的好人，怎麼就這樣忽然離我們遠去，而且一去不回？我們似乎不祇失去了一個家人、朋友、同學或同事，我們也同時失去了一個人格的典型。這使我們所有在場的人都該回頭重新尋索一番：我們所痛惜悼念的，除了一個可愛的人之外，究竟還有些甚麼？

民國四十一年十二月三十一日，馬哥出生於臺北市的迪化街。熟悉星座的朋友可以立刻想到：馬哥是魔羯座，魔羯，一隻孤獨的、遠遠地在無人能夠攀爬的峭壁上深情款款地注視著世間的山羊；這頭山羊心裏永遠有一個秘密的世界，旁人無論如何努力探求，卻始終無從真正得知。

在四、五歲之前，就曾經展現過驚人的記憶力和意志力，他曾經獨自從我們習稱大龍峒的家裏，徒步走到杭州南路他父親的辦公室——之前他祇去過一次的地方。即使到馬哥已經離開我們的現在，仍然沒有誰能確切地說明：在那特別的一天裏，這個小孩為什麼要穿越半個臺北市去找他的爸爸。依照不同的方式認識馬哥的人一定會有不同的答案；比方說：他祇是想試一試自己能不能辦到？比方說：他忽然感受到對於父親強烈而不能克制的思念？或者，這也顯示了一個長遠而重大的生活態度：對馬哥來說，美好的事物總在外面，在遠方——而這一次尋找父親的行動，正是一個暫時性的離家出走？

馬哥一家在民國四十五、六年間遷居至板橋福州里的婦聯一村，到民國五十六年再度遷居至內湖。我們當然可以如此相信：馬哥可能很喜歡這樣的搬遷。他有不同的鄉野生活，充盈著捕蛇、抓蟲、採葡萄、摘芭樂的活動——有類似經驗的朋友一定知道：這樣的遊戲在合法與非法之間——你的童年是否有趣，是得付出相當程度的代價的；你的生活是否具有教養上的意義，也端賴於生活中有沒有可貴的冒險。對馬哥而言，冒險的意思就是：萬一被抓到偷採水果的話要一肩膀扛下來：是我幹的。是馬哥我幹的。

這個頑皮的孩子在還是個孩子的時代其實已經展現了極不尋常的能力，他的記憶力強，活潑、好動，往往是同儕之間的領袖。即使是學業，彷彿也還相當高明。當時還要聯考初中，他考上的是位在長春路上的第一志願大同中學。記憶力好的馬哥不應該忘記，在這個時期，他有了好些從來沒有過的、迎接新人生階段的啟蒙。他可以彈吉他、學「雷蒙合唱團」、聽〈學生之音〉，可以在大過年的時節故意穿破衣服、舊衣服，可以選擇甚至創造許多追求無拘無束、刻意標新立異的生活方式。

這是他的青春期，幾乎和一整個戰後嬰兒潮的前衛青年同步的青春期。還有，馬哥！連你都一定很驚訝：如果我們現在問起你的老姊世齡、老弟世中和世統：「馬哥當年都唱些甚麼歌兒？」他們會異口同聲地哼起：「If you missed the train I'm on, you will know that I am gone, you can hear the whistle blew a hundred miles...」

是的，〈離家五百哩〉。一個對你而言，十分隱密的渴望。你的家人、朋友、同學和同事都知道你是個全心全意戀家、顧家的人；但是到了今天，我們似乎也該有另外一個角度去理解陡峭的山壁上的這頭山羊，從來不忍心告訴家人或親人的秘密：生命中也有很多個片刻，馬哥的生活渴望其實是在他方，是在距離他當下處境十分遙遠的所在。

回想起來，我們可以調轉頭對馬哥說：我們其實早就應該知道了。初中畢業之後，馬哥和他的朋友偷偷花掉了應該用來報考高中聯招的費用，當時他已經打定主意報考陸軍幼校。因為，唯其如此，才能夠減輕沉重的家庭經濟負擔；唯其如此，才能夠減少父母對教養環境的憂慮；但是，請容許老朋友多作一個解釋——唯其如此，馬哥也才能實踐他生平第一次離開家的追尋。似乎，祇有在離開家之後，他才能夠一而再、再而三地感受到、享受到回家的喜悅；也祇有在離開家之後，他才能夠變成他徒步縱貫了半個臺北市才見到的那個人——變成像他的父親一樣，一個穿著戎裝的人。

馬哥可能萬萬沒有料想到：軍隊並不是家的分部、並不是家的延伸、軍隊甚至並不是家的隱喻。紀律的要求在一個十五歲少年的身上衝撞到一種頑強的堅持，對於任何一個人來說，這都可能是一個無解的難題，我們實在不太能判斷：服從的天職與自主的探索，群性的力量與獨立的敏銳，究竟是哪一種追求比較可貴？哪一種選擇比較接近終極的價值？一個活在十五到十八歲之間的少年亦復如此。

但是馬哥有他更果敢的作為：幾乎是出於一種蓄意為之的態度（比方說帶領著同學爬到高高的樹上抽菸、比方說故意讓憲兵抓到他戴假髮跳舞），他就這樣跟軍隊的教養機制道別了。在幼校結業的學業成績，他得到了八十六點幾的分數，但是就做為一個軍人，校方給予了「品質特性不及格」的評斷，是以馬哥失去了直升官校深造的資格——當時，十八歲的馬哥曾經跟親近的人表示：軍中太黑。在飽經世故的人看來，這話像是一般的常識，然而，容我們不帶一點政治立場地說：日後，我們終將知道：軍方對於馬哥的評斷成了天大的諷刺；而他對軍隊的評斷卻庶幾近之。

民國六十二年，馬哥還是得重新入伍當兵的。這一次，體格幫上了大忙，給了他一個平反冤屈的機會。馬哥成為海軍陸戰隊兩棲偵察連的一員，服役期限三年整。在民國六十五年夏天，六月下旬襲臺的Ruby颱風使得旗山的楠梓仙溪暴漲，當時退伍在即、身為上等兵的馬哥打著赤膊、穿著紅短褲、扛著橡皮小艇，奉命到河邊的低窪地區，去搶救受困的老百姓。家人們都還記得，馬哥失蹤了一兩天，就在部隊幾乎要向家人發佈死亡通知的時刻，馬哥忽然出現了——打著赤膊、穿著紅短褲、扛著橡皮小艇回來了——而且，還完成了救人任務。

當時，他是個文書兵。馬哥喜歡這個工作，因為在南臺灣酷暑而偶有微風的天氣裏，他可以打著赤膊用一點兒也不符合他長相的娟秀字跡抄寫文件，不傷腦筋。然而這時候麻煩來了，他沒有正式的軍服——他卻非得找一套來穿上不可，因為他當選了民國六十五年的國軍英雄——在中華民國的歷史上，非職業軍人而膺獲此一殊榮者，馬哥是第一人，恐怕也是最後一個。（據說，退伍之後的馬哥在颱風天總是會大展身手，至今讓家人說來還半是驕傲半是氣——馬哥總是搶著先去安置鄰居的老人家。關於這一點，沒有人敢說馬哥是不是應該好好檢討檢討。）

如果馬哥從此就老老實實待在家裏、待在村子裏的話，他就不是馬哥了。此時的馬哥已經有一種完足的氣質，好像人人都會叫他一聲馬哥似的——有時候我們甚至懷疑，連他的姊姊或家中的長輩是不是也會叫他馬哥。他沒有混過一天太保，沒有加入過一個幫派，但是在便宜上永遠先人後己、在苦難上永遠先己後人的慣性似乎讓馬哥贏得了黑白兩道長遠的尊敬。他還是那個總在望著遠方、嘗試標新立異、渴望無拘無束、強烈追求自主的人；他也還是那個不按牌理出牌，話多、意見多、常常說多了後悔但是還是先說了算完事的人。但是，他已經是個大人了，他要幹些甚麼呢？

請容我先岔出去說一說先前提到的一個孩子。在決定要為馬哥寫這篇文字的那一天晚上，我用同樣的問題問那個當初始終不肯回答馬哥的孩子：「你將來長大要做甚麼？」那孩子想了想，跟我說：「我要在百貨公司的玩具部幫其他的小朋友組裝樂高玩具，讓他們帶回家玩。將來那小朋友如果還要改變設計，也可以再回到玩具部來找我，我會給他新的設計圖。」我說：「你不錯，你是個好孩子。」這孩子要是當初這麼跟馬哥說，馬哥一定也會這麼說的。馬哥自己的工作，其實跟一個「在百貨公司玩具部幫其他小朋友組裝玩具」的人差不多——玩具不必是他自己的，設計圖也儘可以給人，可他也挺高興。

經由眷村裏幹武行的老朋友豬八的介紹，馬哥開始跟著中影的燈光老師傅阿標幹學徒。在這一段學藝的生涯之中，馬哥究竟怎麼幹活兒？怎麼賣力氣？怎麼吃飯？怎麼睡覺？吃了些甚麼苦？過的甚麼日子？其實日後跟他一塊兒工作過的朋友都不會感覺陌生——因為，即使馬哥當上了正式的燈光師，甚至也當上了別人的師傅，他依舊跟個學徒似地傻賣力氣，一直到嚥下最後一口氣為止。

然而在工作上，他始終缺少而真正需要的，其實是瞭解他的專業而信任他的導演。馬哥曾經不止一次地跟他的朋友提及徐克，徐克在拍《蝶變》的過程中，正式將馬哥由燈光助理升成燈光師，馬哥不會忘記，也老是提醒他的朋友——所以我們比較熟識的人從來不在馬哥面前批評徐克的做人和作品。

馬哥也常提到一位因為合作拍攝環球小姐選美賽事而結識的澳洲導演——很抱歉我們無法得知他的名字——這位導演似乎也是馬哥的伯樂之一，他曾經十分鄭重地邀請馬哥去澳洲工作，但是馬哥婉拒了那份既能贏得專業尊重、又能賺取高薪報酬的誘惑，因為他捨不得離我們太遠，也因為他畢竟還有另外一個半專職的工作，無人可以取代：他隨時要回家幫老娘打屋裏的蚊子——要打到一隻蚊子都沒有才能放心；別人，沒法做得像他一樣好。

如果把馬哥全職的燈光師工作比喻成替別的小朋友組裝屬於「他們」的玩具，應該是有幾分恰當的。無論是電影、電視劇、現場轉播活動，燈光師總是置身於黑暗之中，點亮演員、導演甚至製片人或觀眾的光環；作品也永遠是「別的小朋友」的。就這一點看，馬哥的性格上很過得去，他從來沒有計較或爭執過名利方面的甚麼。凡是同馬哥共事過的人都該記得，他要的就是一份舒服自在、無管束、不受監督也不監別人的督、不依規定打卡上下班也決計不至於打混摸魚，還有就是不開會——我們有理由相信馬哥連今天這樣的會也是不想開的。

就我們的記憶所及，在工作上，不論導演要甚麼樣的燈光，祇要能把感覺向馬哥描述清楚，他會做到百分之一百或者百分之一百以上。就算導演說不清楚，他也能一次又一次地幫助導演試算出自己究竟感覺對了還是感覺錯了。可是，到了爭取攸關於養家活口的福利的時候，馬哥似乎祇會在關鍵時刻犧牲自己，免得那些比他收入低、負擔大的同仁受累。這話不是隨便說的——當年超視裁減員工，馬哥苦惱著三天睡不著，最後是馬嫂珊珊的體諒和建議幫助他做了痛快的決定——他把自己裁掉了。

我們失去馬哥這個人之後，最為切身的感受，應該不祇是失去了一個親人、一個朋友、一個同學或同事，請容我絲毫不誇張地說：我們失去了一個非凡的典型，也失去了一種深刻的教養。這種典型和教養也許來自歷經了卓絕艱苦的父母，也許來自飽受過憂患刻蝕的時代，也許——也許不假外求，就像當代的一位小說家東年所形容的那樣——也許來自一個「原人」自身。東年用「原人」這兩個字形容馬哥是在十多年以前；由於拍攝電視節目的關係，他們有過短短三天的接觸，我們的小說家敏銳地道出了他的結論：「這個馬哥是個『原人』，我已經很多年沒有見過這麼純潔的人了！」

在馬哥的世界裏，的確有一個神秘難解的部分。我們不知道：怎麼會有一個人倘若一頓飯沒有麵食，這一天就算沒吃飽？我們也不太知道：怎麼會有一個人一再地、故意地斷送掉他辛苦爭取來的學業或事業機會？我們也未必能夠猜得出，為什麼一個從來不過情人節、不過結婚紀念日、甚至幾乎不為妻子慶生的丈夫，能夠在過往的十七年間，無論晴雨、每天接送妻子上下班。我們大概也不會瞭解：站在黑暗而風聲肅颯的快速路橋柱上、高舉著十尺長的燈桿、為一個小明星打光，還能忍受她一再忘詞兒吃螺絲而絲毫不以為意的馬哥，究竟是怎樣看待他所服務的這個世界。

但是我們大約永遠不會忘記：他經常跟他的朋友說：「你覺得爽就好。」通常這意味著他已經覺得不很爽了；他也經常跟他的工作伙伴說：「你覺得過得去就好。」通常這意味著他已經覺得過不去了；他更經常跟這個世界說：「大家高興就好。」如果大家真地都高興了，通常，馬哥也高興了。

今天我們在這裏重新感受一下馬哥，重新回味一下馬哥，重新認識一下馬哥，知道他的善良體貼出自一種天生就要站在弱勢者前面捍衛甚麼的價值感，到底那是一種甚麼樣的價值感，也許我們和馬哥都說不清楚。然而，當我們覺得憐惜、當我們覺得傷痛、當我們覺得遺憾的時候，我們也同時知道：像馬哥這樣的人正逐漸稀少著了。我們在此時向遙遠的、陡峭的山壁上再看一眼，看見那隻老山羊也還依依不捨地望著我們；這一次，他逃家的渴望算是徹底完遂了，但是請相信我——像他這樣的老屁股，並不會離我們太遠的；他捨不得！

跋

李白大惑不解

從開始編寫這本書起，我例行的長篇、中篇小說和其它時論文字都放空了，今天早上打了個盹兒，朦朦朧朧發覺兩年多來天天在我書房打轉的李白還晾在我書桌對面。我居然一上午沒理他，只顧著寫令我滿心焦慮的文章，這種與時事實務牽動緊密的文章大約沒有傳世的價值，李白則大惑不解。

「胡為而作此文？」

「胡」在此處是指「為甚麼？」李白的意思是：你為甚麼寫這篇文章？聽來雖然並不是指斥我胡作非為，不過比起應該寫的《大唐李白》、或是應該交稿的〈西施〉音樂劇歌詞來說，這種檢討高中、大學入學考作文的東西實在沒甚麼價值。

我只好這樣回答他：「《詩》曰：『微君之故，胡為乎中露？』《禮》曰：『夫古之人，胡為而死其親乎？』《漢書》曰：『胡為廢上計而出下計？』君謂僕『胡為』，蓋何所指？」

李白極不耐煩地說：「某身在賤賈，向不能與科考，而心雄萬夫，不礙鴻鵠之行。汝錙銖於考制細故，白首而後，猶不能窮一經之旨；千言俱下，復不能干群公之政，何苦來哉？」

我只好搬出勉強能夠同他一較地位的老古人來說嘴：「王安石有論：『天下之患，不患材之不眾，患上之人不欲其眾；不患士之不為，患上之人不使其為也。』故權仲螳臂，以擋公車，勉為其難而已。」

「拗相公」這幾句話的意思，原本是提醒帝王：宜深切反思自己用人的動機，世上的人才不可謂不多，人才之進取不可謂不切；但是主政者權衡士子、陟黜官僚，一旦用錯了手段，反而會使幹才一空、良驥不前；有時所取、所用之人，還恰恰是群奸群小。今天的人不相信文章和思想的價值，可是道理就是道理，沒有時尚流行為然否的問題。

「王安石何人？」

「汝生也早，彼生也晚，兩不相及。」

「論固甚佳。」李白接著說：「『患上之不欲』、『患上之不使』，此千古之大患，古今皆然。」

「有解乎？」我問。

「無。」

「某作一文，萬人追蹤，千人按讚，仍無解乎？」

「何謂按讚？」

「歡喜同意也。」我猜想：英文的「like」就是「喜歡」，則翻成「歡喜」也不算錯吧？

「歡喜同意而不免於患，直是無解。」李白道：「汝小子胡為乎？胡為耳！」

我應該就是這樣被罵醒了。但是——當我醒來時，恐龍還在那裏。

附錄

你要考甚麼

我可敬的媒體界朋友夏珍曾在一篇專文中如此寫道：

算一算，臺灣政治開放後二十七年中的十一位教育部長，沒有一位是名氣冠全臺的建中畢業，勉強搭得上「明星高中」的只有四位，毛高文和楊朝祥是師大附中畢業，郭為藩是臺南一中畢業，還有曾志朗是高雄中學畢業，現任的蔣偉寧是復興中學畢業，其他諸如吳京是臺東、吳清基是北門、杜正勝是岡山、鄭瑞城是宜蘭、林清江是虎尾、黃榮村是員林高中，不都是領航教育的人才嗎？可偏偏沒人信。

我不由得放聲大笑了——如果我是迷信明星高中出偉大人才的那種人，至此則不免恍然大悟：怪不得我們的教育會迷航到這個地步。

誰都知道明星高中和非明星高中都會出人才，而真正的人才也都可能是不世出的，未必與高中之亮眼與否有關。時下問題的本旨是教育環境整體的崩壞，有人認為升學主義是罪魁禍首；有人強調教改實驗才是巨憝元兇；有人更質疑：問題出在欲拒還迎、半推半就卻想要包山包海、面面俱到的搖擺政策，讓人無所適從；也有很多人已經看穿了，過往多年以來，那些匆促登程、邊走邊唱而不免父子騎驢、捉襟見肘的急功短視，並不能解決基礎教育在知識大爆發時代必須面對的許多矛盾。

我們必須一點一點清理這些糾結不清的矛盾，尤其是讓參與學習的主體——也就是孩子們——也充分意識到教育環境裹加諸於他們身上的這些矛盾，他們才有機會真實面對並做出選擇。

那麼，請讓我由「你到底想考甚麼？」說起。

今世之作文考試被譬喻為千年以來之八股，而謂科舉一直沒有滅絕；其根本的原因在於我們這個文化體還完全不能擺脫「附和題目」的思維習慣。也就是說：作文題不是讓學生「發揮」的，而是讓學生「闡揚」的。

我的一位臉友（也曾是高中會考考生）莊子弘傳來的作文六級分考評標準如此：

級分	評分規準	
六級分	六級分的文章是優秀的，這種文章明顯具有下列特徵：	
	立意取材	能依據題目及主旨選取適切材料，並能進一步闡述說明，以凸顯文章的主旨。
	結構組織	文章結構完整，脈絡分明，內容前後連貫。
	遣詞造句	能精確使用語詞，並有效運用各種句型使文句流暢。
	錯別字、格式與標點符號	幾乎沒有錯別字，及格式、標點符號運用上的錯誤。
五級分	五級分的文章在一般水準之上，這種文章明顯具有下列特徵：	
	立意取材	能依據題目及主旨選取適當材料，並能闡述說明主旨。
	結構組織	文章結構完整，但偶有轉折不流暢之處。
	遣詞造句	能正確使用語詞，並運用各種句型使文句通順。
	錯別字、格式與標點符號	少有錯別字，及格式、標點符號運用上的錯誤，但並不影響文意的表達。

級分	項目	特徵
四級分		四級分的文章已達一般水準，這種文章明顯具有下列特徵：
	立意取材	能依據題目及主旨選取材料，尚能闡述說明主旨。
	結構組織	文章結構大致完整，但偶有不連貫、轉折不清之處。
	遣詞造句	能正確使用語詞，文意表達尚稱清楚，但有時會出現冗詞贅句；句型較無變化。
	錯別字、格式與標點符號	有一些錯別字，及格式、標點符號運用上的錯誤，但不至於造成理解上太大的困難。
三級分		三級分的文章在表達上是不充分的，這種文章明顯具有下列特徵：
	立意取材	嘗試依據題目及主旨選取材料，但選取的材料不甚適當或發展不夠充分。
	結構組織	文章結構鬆散；或前後不連貫。
	遣詞造句	用字遣詞不太恰當，或出現錯誤；或冗詞贅句過多。
	錯別字、格式與標點符號	有一些錯別字，及格式、標點符號運用上的錯誤，以致造成理解上的困難。

二級分	二級分的文章在表達上呈現嚴重的問題，這種文章明顯具有下列特徵：	
	立意取材	雖嘗試依據題目及主旨選取材料，但所選取的材料不足，發展有限。
	結構組織	文章結構不完整；或僅有單一段落，但可區分出結構。
	遣詞造句	遣詞造句常有錯誤。
	錯別字、格式與標點符號	不太能掌握格式，不太會使用標點符號，錯別字頗多。
一級分	一級分的文章在表達上呈現極嚴重的問題，這種文章明顯具有下列特徵：	
	立意取材	僅解釋題目或說明；或雖提及文章主題，但材料過於簡略或無法選取相關材料加以發展。
	結構組織	沒有明顯的文章結構；或僅有單一段落，且不能辨認出結構。
	遣詞造句	用字遣詞極不恰當，頗多錯誤；或文句支離破碎，難以理解。
	錯別字、格式與標點符號	不能掌握格式，不會運用標點符號，錯別字極多。
零級分	使用詩歌體、完全離題、只抄寫題目或說明、空白卷。	

（參見http://cap.ntnu.edu.tw/exam_3_1.html）

由此可知，無論教育主管機關費盡多少唇舌文飾其擁護八股取士的居心，卻仍受到考生的唾棄，這是因為孩子的生活、情感和思維從不可能因「附和題目」而真正展開，教育者也不可能透過一種尋求附和的方式真正發現下一代人生的自主追求。

說到「附和題目」，我想起近日鄰家小姑娘的兩句至理名言。這孩子十四歲，和我的女兒同班，平時就是個努力奮發、名列前茅的好學生。我只知道她功課好，沒有想到她還有頑抗主流的個性。針對〈我看歪腰郵筒〉這種作文考題，她是這麼說的：「你要考的是我閱讀理解的能力，而不是你理解文章後，考我知不知道你的想法。」

年初大學入學考試中心寄發成績單的第二天公佈，二〇一六年英文作文有僅一人滿分，國文作文則依舊無人滿分，最高分為二十六分，一人獨得；但零分有二千二百四十人（較前一年的一千五百九十三人增加六百四十七人，創近五年新高）。

看到這條新聞，家長學生們會怎麼想？孩子的「作文能力」急速地變得低落了嗎？我卻不是這樣想的。作文分數如此明顯偏低——不要牽拖或憂心了——承認罷，問題出在題目！

至於學生的語文能力是否須要進一步地鍛鍊？如何鍛鍊？那是一個艱鉅而長遠的工程。國語文教育工作者如果只能從考試分數表現下判斷，反而忽略了〈我看歪腰郵筒〉

這種隨著媒體話題炒作而起舞的題目根本無法甄別學子的思考和表達。

多年以來，每逢大考過後，媒體總會用一種籠統的標準討論作文題，一言以蔽之，曰：「生活化」。但凡是題目看來「不說教」、「不八股」而能讓學子「就日常經驗取材發揮」，便是值得鼓勵的好題目。隨手舉幾個例子：〈面對未來，我應該具備的能力〉（一〇〇年會考）、〈來不及〉（一〇二年基測）、〈在成長中逐漸明白的一件事〉（一〇〇年基測）、〈常常，我想起那雙手〉（九八年基測）、〈漂流木的獨白〉（九九年學測）、〈走過〉（九五年學測）、〈想飛〉（九五年指考）……花樣很多，總之是抒情、敘事、立論皆宜者為佳，好在大家的題目都一樣，維持著公平的體面，還不能流露出制約學子思想的意圖，似乎能讓所有的人都就近取義、俯拾而得，便成就了功果。

根據大考中心自己訂定的標準，零級分是：「使用詩歌體、完全離題、只抄寫題目或說明、空白卷。」現在出了一個作文題目，搞得二千二百四十人拿零分，這是甚麼意思？這些拿零分的孩子都寫了詩歌？還是都「沒看過歪腰郵筒」？或者要怪他們都「不注意時事」？或者要怪他們都「不懂得審題」？

出題者的動機昭然，他們很想遷就風災過後一時在網路社群媒體上發酵熱議的氣氛，讓題目顯得平易近人，帶點諷喻的趣味，甚或還期待孩子們對於這種一窩蜂的社會景觀有所反省、有所批判。那麼，到歪腰郵筒邊拍照的人們，與出歪腰郵筒題目的人有甚麼差別呢？不都是一窩蜂嗎？好了，果有對此題深刻反思的學子，是不是要冒一個風險：這題目不也是歪腰現象的一環嗎？出題的老師難道要我把這份作文也引入那可笑的庸俗熱潮之中去嗎？

前文曾說過一個謝材俊跟我說的故事（參見〈齊克果句法與想像〉）。材俊的二哥念中學的時候（怕不也是五十年前的事了），老師出了一個作文題——「從臺灣看大陸」；謝二哥班上有位同學如此寫道：「看不到。」他說的是實話，真看不到。出題的人希望寫作的人說這樣的實話嗎？在歪腰郵筒的題目上，應該沒有思想檢查的問題，可是，交白卷或來不及交卷的人裏面，有沒有想透了這問題，卻真不知道如何在不危及自己的分數的前提下動筆的呢？那你還不如出一個題目，就叫〈來不及〉呢！三年前就出過的。

我曾經在臉書上出了兩個題目：〈我有一個白日夢〉和〈狗咬尾巴團團轉〉，人們一定以為我又在開玩笑、鬧俚戲，實則不然；比起過去多年來臺灣各級考試的題目來看，這兩個題目都好得多，好在哪兒？好在不使人有心附和。再舉個例子：對岸的陝西、河南，在二〇〇七年全國高考時出過一個考題：〈摔了一跤〉。我反覆思之，覺得出題者確乎是有心人——這也是可以讓考生們盡情發揮的題目，即使據題而故作勵志教訓之語，也很容易甄別出行文傖俗與否。

出題考試不是僅僅要求「生活化」、「易表達」、「旨意明朗」而已，出作文題也要避免誘拐學生說空話、造虛語、賣弄陳腔濫調的常談。尤有甚者，更應避免讓學生程式化地調度修辭法則、沿用大量成語、背誦以便引述許多用意「放諸四海而皆準」的嘉言名句。可是，我們的六級分作文標準恰恰背道而馳。這是因為我們那些教育界的領航者及其專家顧問們完全跳脫不出令學生「附和題目」的陋習。這些領航之人只想複製自己看似成功的學習經驗或授業傳統，誤以為文從字順、人云亦云的寫作再加上些華麗亮眼的辭藻，就成功地落實了文教。

我不得不跟這些人耳提面命一聲：你連題目都不會出，憑甚麼考我作文？

文學森林 LF0069

文章自在

作者
張大春

一九五七年出生，山東濟南人。臺灣輔仁大學中文碩士。作品以小說為主，已陸續在臺灣、中國大陸、英國、美國、日本等地出版。

張大春的作品著力跳脫日常語言的陷阱，從而產生對各種意識形態的解構作用。在張大春的小說裡，充斥著虛構與現實交織的流動變化，具有魔幻寫實主義的光澤。八〇年代以來，評家、讀者們跟著張大春走過早期驚豔、融入時事、以文字顛覆政治的新聞寫作時期，經歷過風靡一時的「大頭春生活周記」暢銷現象、一路來到為現代武俠小說開創新局的長篇代表作《城邦暴力團》，以及開拓歷史小說寫法的《大唐李白》系列，張大春的創作姿態獨樹風骨。

《聆聽父親》入選中國「二〇〇八年度十大好書」，《認得幾個字》入選「二〇〇九年度十大好書」，成為唯一連續兩年獲此殊榮的作家。近作為《送給孩子的字》、《大唐李白：少年遊》、《大唐李白（二）：鳳凰臺》、《大唐李白（三）：將進酒》等。

封面題字　張大春
封面設計　謝佳穎
行銷企劃　傅恩群、王琦柔
版權負責　陳柏昌
副總編輯　梁心愉
初版一刷　二〇一六年四月一日
定價　新臺幣三八〇元

ThinKingDom 新經典文化
發行人　葉美瑤
出版　新經典圖文傳播有限公司
地址　臺北市中正區重慶南路一段五七號十一樓之四
電話　02-2331-1830　傳真　02-2331-1831
讀者服務信箱　thinkingdomtw@gmail.com
部落格　http://blog.roodo.com/thinkingdom

總經銷　高寶書版集團
地址　臺北市內湖區洲子街八八號三樓
電話　02-2799-2788　傳真　02-2799-0909
海外總經銷　時報文化出版企業股份有限公司
地址　桃園縣龜山鄉萬壽路二段三五一號
電話　02-2306-6842　傳真　02-2304-9301

文章自在 / 張大春著. -- 初版. -- 臺北市：新經典圖文傳播, 2016.04
348 面；14.8×21 公分. --（文學森林；YY0169）
ISBN 978-986-5824-58-7（平裝）

1.寫作法

811.1　　105003396

ISBN：978-986-5824-58-7